ro
ro
ro

HEINZ STRUNK

Roman

Rowohlt Taschenbuch Verlag

Originalausgabe
Veröffentlicht im Rowohlt Taschenbuch Verlag,
Reinbek bei Hamburg, Januar 2009
Copyright © 2009 by Rowohlt Verlag GmbH,
Reinbek bei Hamburg
Umschlaggestaltung any.way, Cathrin Günther
(Foto: © M. Lema/zefa/Corbis)
Satz FF Quadraat PostScript (InDesign) bei
Pinkuin Satz und Datentechnik, Berlin
Druck und Bindung CPI – Clausen & Bosse, Leck
Printed in Germany
ISBN 978 3 499 25224 2

Unter Landsern

Bereits eineinhalb Stunden vor Abfahrt des Busses sitze ich auf der Treppe des Gemeindehauses und warte darauf, dass es endlich losgeht. Ich bin zu Fuß gegangen, um das Busgeld zu sparen, fünf Stationen, fast eine Stunde war ich unterwegs, in der rechten Hand eine prallgefüllte Reisetasche, in der linken einen zusammengeknüllten Schlafsack. Auf halber Strecke hat mich volles Brett ein Schauer erwischt, aber jetzt knallt wieder die Sonne, in einer Stunde bin ich hoffentlich trocken. Ich bin der Erste. Peinlich, hoffentlich sieht mich niemand, aber es sind ja große Ferien, da ist im Gemeindehaus nichts los.

4. August 1977. Es ist fast windstill. Das wird sich ändern, sobald wir an der Ostsee sind. Die Ostsee ist, verglichen mit der Nordsee, zwar eher so eine Art Teich, aber an manchen Tagen gibt es trotzdem mannshohen Wellengang. Das erbarmungslose Ostmeer, das schon so unendlich viele Opfer gefordert hat!

Beknackt, so früh da zu sein. Aber ich hab's zu Hause einfach nicht mehr ausgehalten vor Vorfreude und Vorangst. Jetzt langweile ich mich in Grund und Boden. Ich wühle in meiner Reisetasche und fische ein *Fünf-Freunde*-Buch heraus. Total peinlich, dass ich in meinem Alter noch *Fünf-Freunde*-Bücher lese; wenn das einer mitbekommt, wird er diese Information hundertprozentig gegen mich verwenden. Aber ich finde das Leben bereits jetzt unverhältnismäßig schwer, da brauche ich zum Ausgleich etwas Leichtes. *Fünf Freunde, Asterix und Obelix, Fix und Foxi.* Und Landserhefte, Groschenromane, die sich mit den Abenteuern der Wehrmacht im Zweiten Weltkrieg beschäftigen. Selbst im Hochsommer jagt mir die Vorstellung, wie die armen deutschen Landser im unmenschlichen russischen Winter gefroren haben wie die Schneider, Schauer über meinen zwergenhaften Körper. Ich habe neben drei *Fünf-Freunde*-Büchern noch ungefähr ein halbes Dutzend Landserhefte dabei, die muss ich unter strenger Geheimhaltung lesen. Kriegsschundliteratur auf einer christlichen Freizeit ist das Allerletzte, wenn das rauskommt, kann ich gleich wieder nach Hause fahren. Der Kessel von Stalingrad.

Ich hab noch gar keine geraucht heute, ich bin einfach nicht dazu gekommen vor lauter Stress. Jetzt hab ich tierischen Schmachter, und ich stecke mir gleich zwei Zigaretten hintereinander an, die erste hastig eingesogen und schön bis zum Filter runter, wie es sich gehört. Als ich die zweite gerade mal halb aufgeraucht habe, stellt sich plötzlich heftiger Arschdruck ein. Die verdammte Raucherei! Vor Aufregung und Hektik und Angst habe ich heute noch gar nicht gekackt. Und gestern auch nicht. Das rächt sich, ausgerechnet jetzt! Ich könnte die Toilette des Gemeindehauses benutzen, aber Kacken ist etwas Schmutziges, das man privat für sich machen muss. Ich lasse erst mal eine Ladung Entlastungspupse kommen.

Pppppfffff.

Ihhgitt. Ein stiller Kriecher, mit dumpf-erdiger Blume, in die sich im Abgang eine beißende Note einschleicht. Zeitlupenhaft zieht der braune Dunst nach oben und bleibt stehen, weil es ja praktisch windstill ist.

Pppppffffiiigggglll.

Statt den Gestank wegzuwedeln, schiebe ich gleich noch einen hinterher, ohne Geräusche geht es diesmal nicht ab. Herrlich riecht das. Krabbelkinderstumpfsinn. Die Luft steht und steht und steht. Warum man wohl seine Pupse gerne riechen mag, seine Kotze jedoch nicht? Das muss doch einen Grund haben, es gibt schließlich für alles einen Grund.

Pffffkkrrr. Noch einer.

Fffffüüürrrrrkkk. Und noch einer.

Die Wolke kann sich gar nicht so schnell verflüchtigen, wie ich nachlege. Bestimmt ist schon das Gemeindehaus plus Grundstück eingenebelt, aber was soll ich machen. Ist das alles peinlich. Das ganze Leben ist peinlich. Vor der Abfahrt muss ich unbedingt kacken, ich weiß nicht, wie ich die Fahrt sonst überstehen soll. Das Busklo ist, wenn überhaupt, nur für kleine Geschäfte zugelassen, fürs Scheißen kommt man ins Gefängnis. Ich schaue auf die Uhr. Kurz nach zwei, um drei ist Abfahrt, mir bleibt also noch eine ungestörte halbe Stunde, mindestens.

Pppppppppppfffffffffffffffffffkkkkkkkkkkkkkkrrrrrrrrrrröööö. Ich hab's echt raus, die Knatterei ruhig und gleichmäßig zu halten. Alles eine Frage der Kontrolle. «Ein gut funktionierender Schließmuskel ist ebenso wichtig wie eine Lunge, die nicht dauernd in sich zusammenfällt.» Ist mir eingefallen, nachdem Dirk Kessler letztes Jahr mit eingefallener Lunge ins Krankenhaus musste und fast abgenippelt wäre.

Meine Güte, wo kommt das nur alles her? Ich habe doch nichts Besonderes gegessen: rote Paprikaschoten, gefüllt mit Hack, als Beilage Reis, zum Nachtisch Rhabarberkompott. Wahrscheinlich ist es der Rhabarber, Scheißrhabarber, Armeleuteessen. Arme Ritter, Milchreis, Russischbrot, Russischei, Wassereintopf. Unsere Oma isst am liebsten Eingebrocktes, jeden Morgen, seit fünfzig Jahren oder so, da könnte sie sich reinsetzen, sagt sie immer. Eingebrocktes ist in heißem Kaffee aufgelöstes altes

Brot. Oma ist morgens immer als Erste wach, Eingebrocktes schlürfen ist für sie die größte Freude überhaupt. Bevor sie sich die heiße Plörre ins Gesicht löffelt, nimmt sie immer das Gebiss raus, wahrscheinlich, weil der Speisebrei so besser die Mundhöhle flutet: Jede einzelne Geschmacksknospe saugt sich voll wie ein Schwamm, mehr Genuss geht nicht. Das Gebiss nimmt Oma natürlich nur raus, wenn sie glaubt, alleine zu sein, sie ist ja nicht bescheuert. Bei Oma schmeckt die Schlagsahne nach Wasser, der Weißwein nach Fisch, und die Bierkrone riecht ein bisschen nach Kotze.

Pfffffffkkkkkkkrrrrrrrräää. Ganz heiß und feucht, ich muss echt aufpassen, das klingt nach den Vorboten von Sturzdurchfall, und den kann man nicht mehr kontrollieren, kein Mensch kann das. Puuuäääääärrrräää. Jetzt mischt sich in den Mief noch was Verdorbenes. Der Geruch ist kurz davor, endgültig umzukippen, wie Milch, die von einer Sekunde zur anderen sauer wird. Das kann selbst ich bald nicht mehr aushalten.

QUIITTSCHKNNRRR. Ach du Elend. Begleitet von lautem Knarzen und Knörzen, öffnet sich die Tür des Gemeindehauses. Ich drehe mich um und schaue nach oben. Da steht sie, wie aus Stein gemeißelt, hochgewachsen, starr und streng: Frau von Roth, die Frau des Küsters. Sie schaut mich an, ohne eine Miene zu verziehen.

«Guten Tag, Thorsten.»

«Ach, guten Tag, Frau von Roth.»

Es stinkt immer noch bestialisch, aber sie lässt sich nichts anmerken. Eiserne Selbstbeherrschung, Contenance nennt man das in Adelskreisen. Frau von Roth entstammt einem verarmten Adelsgeschlecht, Pommern oder Schlesien oder so, und hat diese typische Adelsfresse, den Zug, den irgendwie alle Adligen im Gesicht haben, wahrscheinlich infolge jahrhundertelanger Inzucht. Sie leidet, glaube ich, sehr darunter, dass es bei ihr nur zur Küstersfrau gelangt hat. Und jetzt so was, das Ende eines langen Abstiegs.

«Du bist ja ziemlich früh dran.»

«Ja, stimmt, tut mir leid.»

Tut mir leid, so was Bescheuertes!

Ihre feinen Gesichtszüge sind erschlafft und von geplatzten Äderchen übersät. Das schwarze Haar ist so schwarz, dass es dunkelviolett schimmert.

Der Gestank will sich einfach nicht verziehen. Wahrscheinlich hängt der Miefkern gerade in Höhe ihres königlichen Gesichts. Frau von Roth würde so etwas nie offen ansprechen, niemals. Aber trotzdem muss sie wie alle anderen auch ihre wahnsinnigen Aggressionen loswerden, und sie hat sich für solche Gelegenheiten ein richtig hartes, strafendes Gesicht antrainiert, ein Kleine-Leute-Hassgesicht. Sie bleibt in der Tür stehen und kostet meine Scham richtig aus. Ich spüre, wie meine Wangen glühen und ich gleichzeitig sauer werde. Tut so, als hätte sie in ihrem ganzen Leben noch nichts ausgeschieden! Blitzschnell rechne ich hoch, wie viel Kacke Frau von Roth in ihrem bisherigen Leben schon ausgeschissen hat: Fußballfelder. Ganze Strände. Ja, Frau von Roth, mir kannst du nichts vormachen, ich weiß Bescheid. Bestimmt hat sie irgendwelche verbotenen Leidenschaften. Gerade die besonders Disziplinierten sind in Wahrheit die Allerschlimmsten: Strullerpartys, Schlickspiele. Moorbäder. Brauner Salon. Luke zwo.

Egal, ich kann's drehen und wenden, wie ich will, etwas Peinlicheres ist mir im Leben noch nicht passiert. Außer vielleicht das eine Mal, als mich meine Mutter beim Wichsen erwischt hat. An sich schon unfassbar peinlich, aber ich habe auch noch den Namen meines Klassenkameraden Andreas gestöhnt. «Andi, o Andi, bitte, bitte», oder so ähnlich. Auch noch schwul, was kommt als Nächstes? Die Geschichte ist schon länger her, aber die Scham bleibt auf ewig konserviert. Wo nimmt sie nur ihre Lebendigkeit her, die Scham? Egal.

«Andi, bitte, ja, Andi.» Ausgerechnet Andreas. Sein plattes, ausdrucksloses, ewig käseweißes Gesicht mit den leicht hervorquellenden Augen und den seltsam roten Lippen ist alles andere als hübsch, und die kurzgeschnittenen Locken sehen aus, als trage er eine Omadauerwelle. Außerdem hat er so eine schnarrende, halsig-heisere Stimme. Die meisten Jungen haben meckernde Scheißstimmen, aber die von Andreas ist besonders hässlich.

Das Auffälligste an ihm ist jedoch sein Schwanz. Andreas scheint ausschließlich aus Schwanz zu bestehen. Es ist, als wäre er zu groß für ihn, der Schwanz führt den Menschen spazieren statt umgekehrt und hat längst die Kontrolle über den Gesamtorganismus übernommen. Sagenhaft, wenn Andreas nach vorne muss in Mathe. Er ist extrem schlecht in Logarithmen und dem ganzen Wahnsinn und wird deshalb dauernd an die Tafel zitiert, wo er verzweifelt von einem Bein aufs andere tippelt und sich wie ein Irrer verrechnet. Herr Dierks, unser Mathelehrer, ist ein echtes Schwein, er weidet sich an seinen Qualen.

Wenn Andreas da steht, sind sechsundzwanzig Augenpaare auf sein Genital gerichtet. Die Mädchen tuscheln und kichern, und die Jungen tun so, als ob nichts wäre. Was bleibt ihnen übrig. Andreas scheint nichts mitzubekommen, er tut wenigstens so. Ob er wirklich nicht weiß, was *eigentlich* los ist? Manchmal denke ich ja, dann wieder nein. Einmal Andreas einen wichsen, herrlich muss das sein. Ich bin genauso wenig schwul wie er, aber Bock hätte ich schon. Ich stelle mir vor, wie er dabei mit seiner kaputten Quakstimme ununterbrochen dünn und glucksend lacht. Ohne Schwanz würde seine meckernde Stimme einfach nur meckern, mit Schwanz klingt das Gegacker geil. Furchtbar. Was ist das nur für ein Leben.

Meine aktuellen Phantasien schwanken fifty-fifty zwischen Jungen und Mädchen. Von den Weibern denke ich am häufigsten an meine Klassenkameradinnen Petra Barfknecht und Simone

Jahn, wahrscheinlich, weil ich sie jeden Tag sehe und sich im Laufe der Zeit eben einiges anstaut. Ansonsten gibt es keinen Grund: Petra drall und leicht vergnomt, Simone groß, dünn und kamelig. Männliche Ausweichphantasie ist gelegentlich Uwe Lohmann, dessen Schwanz klein und dünn ist, mit einem noch kleineren, extraprallen Sack, hab ich mal in der Umkleide gesehen. Auch schon wieder geil irgendwie. Eigentlich ist alles irgendwie geil.

«Na ja, dann, viel Spaß.»

Frau von Roth holt mich wieder in die ungeile Wirklichkeit zurück. RRRRRuuummms. Sie lässt zum Abschied nochmal ordentlich die Tür knallen, denn ich soll wissen, dass ich ein Schwein bin, ein menschliches Schwein. Oder vielmehr ein menschliches Schweineäffchen, weil ich so klein bin. Gottogott, wie soll ich ihr nur jemals wieder in die Augen schauen?

Ppppppffffffff.

Es nützt nichts, ich muss mich im Garten hinter dem Gemeindehaus erleichtern, das Arschwasser steht mir mittlerweile bis zum Hals. Allein zu Hause kann man den Arschdruck auskosten und genießen. Arschdruck ist geiler als Kiffen. Ich habe zwar noch nie gekifft, weiß aber trotzdem, dass ich recht habe. Happy Hour.

Mit zusammengekniffenen Arschbacken kreisel ich nach hinten. Ach du Elend: Herr von Roth (geborener Drechsler, er hat den Namen seiner Frau angenommen) mäht den heiligen Gemeinderasen. Bahn um Bahn um Bahn, schneckenlangsam und gewissenhaft, als ob er fürs Rasenmähen geboren wäre. Das kann dauern, wahrscheinlich den ganzen Nachmittag, bis in die Abendstunden. Was soll ich nur machen? PPffrröööökkkkrr. Fühlt sich schon verdächtig nach braunem Bremser an. Meine Güte, wie soll ich das nur aushalten, ich habe doch noch gar nichts verbrochen. Zum Glück hat er mich nicht gesehen.

Erst mal zurück nach vorne auf die Treppe, um Zeit zu gewinnen und die drohende Spontanentleerung zu verhindern.

Plötzlich kommt Herr von Roth samt Rasenmäher um die Ecke. Hinten ist's doch noch gar nicht fertig, da kann er doch nicht einfach vorne weitermachen!

«Hallo, Thorsten.»

«Guten Tag, Herr von Roth.»

Ich kenne Herrn von Roth seit der Konfirmandenzeit. Eigentlich mag ich ihn ganz gern, und er mich, glaube ich, auch.

«Na, gleich geht's los. Freust du dich schon?»

«Ja.»

«Du bist ja heute zum ersten Mal mit auf Familienfreizeit. Weißt du eigentlich, wie oft Fiedlers schon waren?»

«Nö, keine Ahnung.»

«Sechzehnmal!»

Die Fiedlers sind Ende sechzig und halten den Rekord. Ich kenne sie schon seit Ewigkeiten, sie hatten bis zu ihrer Rente eine kleine Reinigung, in der es immer komisch roch. Saurer Armeleutegeruch, ich konnte mir nie so richtig vorstellen, wie bei so einem Geruch die Klamotten sauber werden. Fiedlers interessieren sich wie die meisten anderen Erwachsenen nicht für christliche Inhalte, sie fahren nur mit, weil es so billig ist. Zwei Wochen Sommerfrische an der Ostsee mit Vollpension für nicht mal vierhundert Mark pro Nase, das ist konkurrenzloses Kirchenangebot, gibt's sonst nirgends. Fiedlers sind unfassbar fett, sie sehen aus wie zwei Pilze, ein großer und ein mittlerer. Herr Fiedler hat das Gesicht eines Schafbocks, Frau Fiedler auffallend kurze Arme, an denen riesige Hände kleben, groß wie Maulwurfpfoten. Ab und an treffe ich sie im EKZ, stumm und schwitzend schleppen sie überladene Einkaufstüten mit sich herum. Seltsam zerlumpt und halb betäubt sehen sie immer aus. Ihre Hände riechen nach Geld und Marmelade, stell ich mir jedenfalls vor. Aber ich hab gerade andere Probleme, als mir den Kopf darüber zu zerbrechen, welche Hände wie riechen und wer wie oft mit war. In Herrn von Roths Gesicht lese ich ein gewisses Misstrauen:

«Wie viele seid ihr diesmal eigentlich insgesamt?»

«Ich weiß nicht. So fünfzig rum.»

«Fünfzig nur? Vor ein paar Jahren waren es noch siebzig.»

Mit gespielter Entrüstung tritt er gegen den Rasenmäher. Aua, denke ich.

«Mmhh.»

So, Herr Küster, Schnauze jetzt, der Rasen mäht sich schließlich auch nicht von allein. Doch Herr von Roth stiert mich mit seinem rotbramsigen Mondkuchengesicht leutselig an und fährt fort mit dem Verhör:

«Hast du schon gehört, dass es wahrscheinlich die letzte Saison ist? Das Haus soll bald abgerissen werden!»

So ein Quatsch. Das Gebäude gehört dem Kirchenkreis, es kann gar nicht abgerissen werden.

«Ach. Wusste ich nicht.»

«An der Stelle soll ein Hotel gebaut werden. Scharbeutz will in Zukunft hoch hinaus, so wie Timmendorf.»

Scharbeutz hoch hinaus, da lachen ja die Hühner, und noch nicht mal die. Das Einzige, wofür Scharbeutz bekannt ist, ist das Irrenhaus. «Pass bloß auf, sonst kommst du nach Scharbeutz!» So wie es in Hamburg «Pass bloß auf, sonst kommst du nach Ochsenzoll» heißt. Bloß dass Hamburg noch mehr zu bieten hat als ein Irrenhaus. Scharbeutz aber nicht. Scharbeutz ist ein total runtergeranztes Kaff, das weiß selbst ich mit meinen sechzehn Jahren. Vielleicht bauen sie ja noch ein zweites Irrenhaus. Aber das ist mir vollkommen egal, genauso, wie es mir egal ist, dass ich im zwölften Stock eines Hochhauses lebe, so ziemlich dem hässlichsten in der ganzen Gegend. Umgangssprachlich heißt es «Nuttenbunker», weil in den oberen Stockwerken angeblich mal Nutten ihren Geschäften nachgegangen sein sollen, aber das ist lange her, schade eigentlich, dann wär wenigstens mal was los. Als Kind ist es einem in Wahrheit vollkommen egal, wo man wohnt, man nimmt die Dinge, wie sie sind, und macht das Beste draus, Bauernhof oder Nuttenbunker spielt nicht die geringste Rolle, egal, egal, egal. Herr von Roth fummelt sinnlos am Rasenmähergriff herum.

«Und auf das Vogelschutzgebiet sollen Nurdachhäuser aus der DDR hin, wie in Haffkrug.»

Nurdachhäuser aus der DDR. So ein Schwachsinn! Das denkt er sich doch alles nur aus, warum, weiß ich auch nicht. Vor lauter Verzweiflung sage ich gar nichts mehr und schaue stumm und mit extra gequältem Gesichtsausdruck auf den ungemähten Rasen. Herr von Roth unternimmt einen letzten Versuch:

«Jaja, so ist das.»

Keine Reaktion.

«Na gut, Thorsten, ich wünsch dir jedenfalls viel Spaß.»

«Danke schön, Ihnen auch.»

Er nimmt ächzend seinen rostigen Mäher und beginnt, die vordere Seite zu beackern. Määäh. Määähh.

Ich warte noch eine endlose Minute, dann reiße ich aus einem Landserheft (*Hauptfeldwebel Ernst Kruse*) ein paar Seiten heraus, kneife mit letzter Kraft die Arschbacken zusammen und watschle in Kackquetschhaltung erneut nach hinten. Es duftet schön nach frischgemähtem Rasen. Nicht mehr lange, haha. Mir ist mittlerweile alles egal, und wenn Frau von Roth mich erwischt, soll sie doch, ich hab nichts mehr zu verlieren.

Ich ziehe mir die Hose bis in die Kniekehlen, und ab geht die Post: Ein wässriger Spritzwurf, begleitet von verkniffenen Trompetengeräuschen, die Plörre spritzt vorne bis zum Bauchnabel und hinten den Steiß hoch. Es riecht ekelhaft sauer. Ich habe mal irgendwo gelesen, dass gesunder Stuhl neutral riecht und den After kaum beschmutzt. Jaja. Es kommt mir vor, als hätte ich ein Viertel meines Körpergewichts weggeschissen, erstaunlich, wie viel Scheiße in so einen kleinen Körper hineinpasst. Ich hocke mit puterrotem Pavianarsch in einem Kornkreis aus Scheiße und muss auch noch sparsam sein beim Abwischen, weil ich zu wenig Seiten rausgerissen habe. Mit Landserheftpapier den Arsch abwischen fühlt sich aber gar nicht gut an. Aua, aua, es brennt wie Hölle. Wund geschissen, das gibt richtiges Arschfeuer, na das wird vielleicht ein Höllentrip nach Scharbeutz.

Arschbrand

Ich ziehe mir die Hose hoch, setze ein harmloses Gesicht auf und gehe wieder nach vorn.

«Hallo.»

«Tach.»

Inzwischen haben sich ungefähr zwanzig Leutchen vor dem Gemeindehaus versammelt, darunter Andreas. Hä, ich wusste gar nicht, dass er mitkommt, eigentlich hätte er ja mal was sagen können. Er hockt zusammengesunken auf einem riesigen Rucksack, seine Augen sind von Hitze und Geilheit ganz glasig, kommt mir jedenfalls so vor. Wie immer trägt er eine hautenge Wrangler Jeans, in der sich seine Rute abzeichnet wie nichts Gutes.

Von den Erwachsenen sind bisher nur die Fiedlers da, die können's gar nicht abwarten, dann das Ehepaar Wöllmann und Herr Schrader, unser Nachbar aus dem neunten Stock. Die Wöllmanns kenne ich von der Gemeindearbeit, sie sind um die vierzig, kommen aus Hessen und sprechen unfassbar breiten Dialekt, obwohl sie schon vor Ewigkeiten nach Hamburg gezogen sind. Das ewige Gebabbele grenzt bisweilen an Geistesschwäche, und dieser Eindruck wird von Frau Wöllmanns «Frisur» unterstützt: Kurzes braunes, wirr abgeschnittenes Haar, es sieht aus, als ob ihr Mann ihr immer die Haare stutzt, wenn sie so richtig besoffen sind. Dabei trinken sie bestimmt nur mal sonntags zum Essen ein Glas Wein oder Silvester einen Sekt zu zweit. Herr Wöllmann hat die Marotte, immerzu mit den Augen zu rollen. Ansonsten sehen sie normal aus, normaler geht's nicht. Sie sind sehr freundliche und anständige Leute, die es ernst nehmen mit der Nächstenliebe, sie haben mehrere Patenschaften in der Dritten Welt und kümmern sich außerdem noch um Obdachlose. Zweimal in der Woche ist bei ihnen zu Hause großer Wasch- und Futtertag, da laden sie die Obdachlosen zu sich ein, damit die mal so richtig schön baden können und sich rasieren und Haare waschen und sich vollfuttern.

Herr Schrader hat mit Kirche nichts am Hut, wahrscheinlich ist er noch nicht mal getauft. Seit dem Tod seiner Frau fährt er mit, der Pastor hat ihn überredet, damit er nicht immer so alleine ist. Er gehört wie die Fiedlers zum Inventar, ein warziger, staubiger alter Mann, unter dessen Zehennägeln Flöhe leben. Könnte ich mir jedenfalls gut vorstellen. Sommers wie winters trägt er eine abgeranzte Taxifahrerlederweste, in der Dutzende Kugelschreiber stecken, und die ewig gleiche Cordhose. Vom Kettenrauchen (LUX-Zigaretten) ist er schon ganz gelb, nicht nur die Finger. Herr Schrader ist fast so dick wie Herr Fiedler, aber anders. Während Herr Fiedler eine riesige Ballonwampe vor sich herträgt, ist Herr Schrader am ganzen Körper gleich dick. Stammfettsucht nennt sich das, hab ich mal gehört. Weil er so unappetitlich ist, nennen wir ihn hinter vorgehaltener Hand Ekelopa. Er hat den ganzen Tag nichts zu tun und liegt deshalb ständig auf der Lauer, um uns irgendwas anzuhängen: Müll wegwerfen, rauchen und Alkohol trinken, Klingelstreiche, in den Fahrstuhl pissen, Schmierereien. Schrader ist Blockwart von eigenen Gnaden, selbsternannter Privatsheriff, einer, der dem Bademeister petzt, wenn jemand ins Becken gepinkelt hat.

«Tach, Herr Schrader.»

«Tach, Thorsten. Kein Scheiß machen.»
Jaja.

Haha, guck mal, da ist ja auch Peter Behrmann, das Schwein!
Total abgehetzt. Als er den riesigen Rucksack absetzt, bemerke
ich seinen klatschnassen Rücken. Ihhh, der ganze Rücken ein
Schweißfleck, wie bei alten Leuten. Er schaut sich suchend um,
offenbar kennt er niemanden. Peter ist ein dauernervöser Typ
mit einem zu kleinen Kopf. Irgendwie wirkt er wie ein Hamster
oder ein Eichhörnchen, das ständig vor sich hin zittert und nach
Löchern sucht, in denen es seine Vorräte bunkern kann. Hauptsache bunkern. Ich hasse Peter Behrmann, weil er ein ekelhafter
Geschäftemacher ist. Vor einem Jahr hat er mir ein wertvolles
Mikroskop, das ich von meinem Opa geerbt habe, für acht
Mark siebzig abgekauft. Den ganzen Nachmittag hat er mich
weichgekocht und immer weiter runtergehandelt; irgendwann
war ich zu erschöpft und habe es ihm zu dem Spottpreis über-
lassen. Zu Hause hat's dann richtig Ärger gegeben, mein Vater
hätte mir fast eine gescheuert, er rief bei Behrmanns an, Peter
solle das verdammte Mikroskop wieder rausrücken, aber Herr
Behrmann hat nur gesagt, dass die Jungs das unter sich abma-
chen müssen, und wenn ich zu doof zum Handeln bin, selber
schuld. Mein Vater ist weiß geworden vor Wut, konnte aber
nichts machen, weil Herr Behrmann Polizist ist, sonst hätte er
ihm bestimmt eine reingehauen und sich das verdammte Mikroskop wiedergeholt. Ich weiß, dass Peter das mit andern auch so
macht, ständig kauft er irgendjemandem was ab, mir ist völlig
rätselhaft, wo er das ganze Geld herhat. Aber irgendwo muss er
den ganzen Kram ja lassen, sein beknacktes Kinderzimmer ist
viel zu klein, deshalb gräbt er's bestimmt im Wald oder sonst
wo ein, der Pickerhamster. Peter besitzt als einer der wenigen
ein Mofa, lässt uns jedoch nur gegen Geld darauf fahren. Pro
Runde nimmt er zehn Pfennig, das ist umgerechnet fast so teuer
wie Autoscooter. Das kriegt er zurück, in den nächsten zwei

Wochen wird abgerechnet. Er schaut und schaut und schaut mit seinem kleinen Pickerkopf, aber *ich* werde ihm nicht den Gefallen tun, mich mit ihm zu unterhalten. Das ist ganz bitter, wenn man auf einer Freizeit niemanden kennt und keinen Anschluss findet. Ganz bitter. Übrig bleiben ist noch schlimmer, als verlassen zu werden.

Ein Freizeitteilnehmer nach dem anderen trudelt ein, langsam müssten wir mal vollzählig sein. Die meisten Jugendlichen kenne ich nur flüchtig, vom Sehen oder von früher von den Konfirmandenfreizeiten. Ich weiß nicht, zu wem ich mich stellen soll, deshalb setze ich mich auf meine Reisetasche und tu abwesend. Kurz vor drei kommt der Bus und manövriert wie irre auf dem viel zu kleinen Parkplatz herum. Alle stehen im Weg, der Fahrer wird sauer und schreit in seinem überhitzten Bus rum wie sonst was, obwohl wir doch eine christliche Familienfreizeit sind.

Im Sitzen spüre ich erst so richtig, wie der Arsch brennt, ich weiß gar nicht, wie ich die Busfahrt überstehen soll. Hoffentlich ist die Unterhose nicht nass vom Arschwasser, wie der Rücken von Peter Behrmann. Kann aber eigentlich nicht sein, denn ich habe eine dunkelblaue, farbneutrale Baumwollhose aus irgendeinem Scheißmaterial an. Wir haben zu Hause ziemlich wenig Geld; wenn ich mir mal *richtige* Klamotten kaufen wollte, müsste ich mir die selber verdienen.

Seit zwei Jahren trage ich Zeitungen aus (*Bild am Sonntag/Welt am Sonntag*), denke aber gar nicht daran, das Geld in Kleidung zu investieren. Ich trage schon seit so vielen Hunderten von Ewigkeiten schlecht sitzende Stoffhosen und bescheuerte Hemden und kaputte Schuhe und fleckige Mickymausunterwäsche, dass es total auffallen würde, wenn ich plötzlich mit geilen Wrangler Jeans oder gar einer Veddelhose in die Schule käme. Ich will aber nicht auffallen, unter keinen Umständen. Mir ist eh schon alles peinlich genug. Ich schäme mich zu Tode, seit ich denken kann, und weiß nicht wofür, wird schon stimmen.

Mein Zeitungsgeld habe ich sowieso viel sinnvoller investiert, in ein gebrauchtes Starflite Mofa, das mir Maik Hansen für hundert Mark verkauft hat. Woher er die Kiste hat, weiß kein Mensch, wahrscheinlich geklaut, und falls nicht, hat er dafür auf gar keinen Fall mehr als fünfzig Mark bezahlt, da bin ich mir sicher, er ist ja nicht bescheuert. Ist mir in Wahrheit auch egal. Hundert Mark, das sind umgerechnet mindestens 100 000 Bamms und Wamms plus Weihnachtsgeld. Starflites sind die schwächsten Mofas überhaupt, sogar noch schwächer als Mars Mofas aus dem Quellekatalog. Das geilste Mofa ist die Flory Dreigang, das einzige Mofa auf der ganzen Welt mit Gangschaltung. Ich kenne niemanden persönlich, der eine hat, vielleicht gibt's die in Wahrheit auch gar nicht oder nur auf dem Papier. Meine Starflite ist weder frisiert noch angemeldet, weil mir meine Mutter kein Mofa erlaubt. Ich fahre daher schwarz, zahl weder Steuern noch Versicherung und hab auch kein Nummernschild. Wenn mich die Bullen erwischen oder wirklich mal was passiert, bin ich im Arsch und meine Eltern auch. Es ist totales Glück, dass ich die Mühle bei Ute im Fahrradkeller unterstellen darf. Ute ist so was wie meine beste Freundin. Wir gehen in dieselbe Klasse, und sie hat dauernd was am Laufen mit älteren Typen. Ihr neuer Freund war angeblich schon mal für ein halbes Jahr im Jugendknast und will mit ihr schlafen, sie ist aber noch unentschieden, von wegen ob er es ernst meint und der ganze Quatsch. Ute zieht mich regelmäßig ins Vertrauen, sie fragt mich ernsthaft nach meiner Meinung, ob sie mit ihm schlafen soll oder lieber nicht. Ich bin immer stolz wie Bolle, wenn Ute mich als ihren *besten Freund* vorstellt:

«Das ist Thorsten, mein bester Freund.»

Fast jeden Nachmittag treffe ich mich mit Ute, damit sie mir den Fahrradkeller aufschließt und ich endlich fahren kann. Peter Behrmann nennt diesen Zustand der Vorfreude «fahrgeil». Wo er recht hat, hat er recht, selbst wenn es Peter Behrmann ist.

Endlich sind alle da, bis auf einen. Scheiße, dann muss der eben hierbleiben, er ist schließlich nicht alleine auf der Welt.

«Abfahrt! Wir wollen mal endlich los!» Herr Schrader hat vor Wut eine rote Rübe. «Selber schuld. Wer nicht hören will, muss fühlen. Los jetzt, Abfahrt!»

Pastor Schmidt entscheidet, noch ein paar Minuten zu warten.

Zwanzig nach drei. Herr Schrader rast vor Wut: «Was soll die Scheiße. Abfahrt!!!»

Endlich erscheint am Horizont eine flirrende Silhouette. Als sie näher kommt, erkenne ich, dass es Harald Stanischewsky ist, im algengrünen Sportblouson. Oneinonein, Harald Stanischewsky, bitte nicht Harald Stanischewsky! Was soll das denn, wieso kommt der denn mit, der ist ja noch nicht mal konfirmiert und nix! Da muss der Diakon mit seiner scheißsozialen Ader dahinterstecken. Harald ist mein Feind, nicht weil ich das will, sondern weil er das will. Er ist mit fast achtzehn immer der Älteste, Stärkste und Dümmste von allen.

«Harald, zwanzig mal zwanzig, wie viel ist das?»

Harald haut zu.

Er ist eine arglistige Missgeburt, ein böser Schwachsinniger, ein elender Mistkäfer, aus gepresstem Müll gebacken. Ich bin mir sicher, dass er es auf mich abgesehen hat, deshalb suche ich Kontakt zu ihm, damit er runterkommt und es normal wird zwischen uns, aber er will einfach nicht. Was mir ernsthaft Angst macht. Er guckt mich immer wie wahnsinnig an und sagt nur einen *einzigen* Satz zu mir, egal, um was es geht. Beispiel:

«Sag mal, Harald, weißt du eigentlich, wie das Wetter am Wochenende werden soll?»

Harald:

«Hast du dir eigentlich schon mal in den Arsch gekackt?»

Das war's. In den Arsch gekackt. Nicht mehr und auch nicht weniger. Er beherrscht zehn hoch zehn Varianten dieses einen Satzes:

«Hat dir jemand schon mal so richtig schön in den Arsch geschissen?»

«Wann hat man dir eigentlich das letzte Mal in den Arsch reingekackt?»

Unheimlich. Da kommt noch was. Er weiß es, und ich soll es auch wissen. Jetzt muss ich zwei Wochen in der Angst leben, von Harald aufs Maul zu kriegen. Vielleicht findet er ja ein anderes Opfer, hoffentlich, Peter Behrmann zum Beispiel. Trübe Aussichten. Na ja, jetzt ist's eh zu spät.

Die Erwachsenen sitzen vorn und die Jugendlichen hinten. Vom Ding her ist es so, dass man umso geiler ist, je weiter hinten man sitzt, und die Geilsten sitzen auf der letzten Bank. Das war so, ist so und wird auch immer so bleiben. Ich hab mich irgendwo in der Mitte hingepflanzt, neben einem Jungen, den ich original noch nie gesehen habe. Er trägt noch beknacktere Klamotten als ich und sieht total bescheuert aus: Ganz dünne, wirre gelbe Haare, wie ein alter Opi, seine Augen stehen dicht nebeneinander, und in den Mundwinkeln nisten eingetrocknete Spucke und/oder Speiseklümpchen. Außerdem sieht er irgendwie verwachsen aus, selbst im Sitzen eine gnomenhafte Erscheinung. Ich befürchte, dass er sich an mich dranhängt und ich in seinem Sog mit untergehe. Vielleicht kommt er auf die Idee, wir wären Freunde, nur weil wir im Bus nebeneinandersitzen. Von wegen. Träum weiter, Junge.

Und dann entdecke ich sie, die *eine*, die Göttliche, Diva, Unberührbare, heilige Maria: Susanne Bohne. Sie muss sich unbemerkt in den Bus gesetzt haben, als ich noch hinten war. Susanne Bohne, der Name ist natürlich total bescheuert und lässt in keiner Weise auf die Person schließen: Susanne ist das schönste Mädchen weit und breit, ich bin seit drei Jahren verliebt in sie, heimlich, das darf niemand mitkriegen, weil es einfach lächerlich ist. Selbst wenn ich eine Chance bei ihr hätte, bestünde die einzige Möglichkeit darin, es zu verheimlichen und bei allen Gelegenheiten eine leichte Gleichgültigkeit zu demonstrieren. Traurig, aber wahr. Aber da ich eh niemals bei ihr landen werde, brauche ich mir darum auch keine Gedanken zu machen. Susanne ist so schön, dass ich gar nicht auf die Idee käme, mir einen auf sie zu pellen. Es gibt Wichsvorlagen, und es gibt Susanne Bohne. Sie hat die Anziehungskraft derer, die keine Anstrengung unternehmen, um zu leuchten. Und sie hat wie meine Ute einen älteren Freund, Dieter Dorsch, der ist schon zwanzig. Zwanzig, unvorstellbar. Dieter Dorsch, auch schon wieder so ein Name. Er wohnt bereits in einem eigenen *Apartment* (O-Ton Susanne Bohne) und fährt einen Ford Taunus mit Fuchsschwanz und trägt Cowboystiefel und Totenkopf-gürtel undundundoderoderoder, mit oder ohne vier Jahre älter ist er mir eine Milliarde Lichtjahre überlegen. Das vereinfacht die Sache irgendwie, und ich verzichte freiwillig auf Susanne Bohne.

Immerhin duldet sie mich gelegentlich als Kumpel, im letzten Winter waren wir zum Beispiel mal Schlitten fahren. In unserer Gegend ist eine Art Hügel (Willkommberg, woher der Name kommt, weiß ich nicht), und da treffen sich im Winter immer alle zum *Wintersport*. Eines Tages ist das Schönste passiert, was man sich nur vorstellen kann: Auf dem Weg den Hügel rauf habe ich Susanne an der Hand genommen, und wir sind wie ein Liebespärchen hochgestapft. Ich hab so getan, als würde ich sie nur bei der Hand nehmen, damit wir uns nicht auf die Fresse legen. Die Wahrheit braucht ja niemand zu wissen, vor allem nicht Susanne. Wir sind bestimmt zehnmal Hand in Hand den Hügel rauf, und ich habe damals schon gewusst, dass ich noch sehr lange an diese Sekunden unfassbaren Glücks zurückden-ken würde. Und jetzt kommt's: obwohl sie nach Pisse gerochen hat. Muss man sich mal vorstellen, kann sich kein Mensch vorstellen: Susanne Bohne hat echt pennermäßig nach Pisse gestunken! Zuerst dachte ich, ich wäre es, oder von irgendwo kommt dauernd eine Fahne rübergeweht. Aber nein: Aus *Susan-*

nes Schoß kam eine Pissewolke gekrochen. Und trotzdem hat das meinen Gefühlen für sie keinen Abbruch getan. Das muss wahre Liebe sein. Ich hatte mal irgendwo gelesen, dass man sich, um über eine Trennung hinwegzukommen, den geliebten Partner beim Scheißen, Kotzen oder Pissen vorstellen soll. Am besten alles gleichzeitig. Egal, Susanne könnte mir direkt ins Gesicht pischern, und ich wäre immer noch verliebt in sie.

Ich bin mir nicht im Klaren darüber, wie ich es finden soll, dass sie mitkommt. Wie so häufig: einerseits, andererseits. Die Chancenlosigkeit hat auf Dauer was Deprimierendes, und die letzten Tage lässt sie vielleicht noch einen anderen ran. Wenn sich Freizeiten ihrem Ende nähern, geht erfahrungsgemäß nämlich einiges, und Dieter Dorsch ist vergessen, den gibt's dann gar nicht mehr, wie die Flory Dreigang.

Obwohl Susanne eine Göttin ist, besteht der Rest ihrer Familie interessanterweise aus totalen Mongos: Die Eltern leben seit Ewigkeiten von der Sozialhilfe, ihre jüngere Schwester ist geistig zurückgeblieben, und der älteste Bruder sitzt andauernd im Knast, wie der Freund von Ute. Einzig Susanne ist verschont geblieben, körperlich und geistig gesund und eine sagenhafte Schönheit noch dazu. Wieso eigentlich? Landläufig herrscht die Überzeugung, dass die Menschen ausschließlich Produkt von Gesellschaft und Erziehung sind, und wer was anderes behauptet, ist ein Faschist. Ich bin politisch wie alle anderen auch links orientiert, bis auf Peter Behrmann, das verdammte CDU-Schwein, aber das halte ich trotzdem für ausgemachten Unfug. Na ja, kann ich ja der Meinung sein, muss ich ja nicht an die große Glocke hängen.

Harald hat sich auf die letzte Bank gesetzt, obwohl er als Neuer in der Hierarchie ganz unten steht und sich ganz normal erst mal hinten anstellen müsste, aber es traut sich niemand was zu sagen, weil alle sehen, dass er irre ist und man von ihm ohne Ansage aufs Maul bekommt. Er versaut die Stimmung auf der letzten Bank. Keiner traut sich mehr irgendwas, noch nicht mal Marina Jakob, die sich nur auf die letzte Bank gesetzt hat, um durchgefummelt zu werden. Das macht sie in der Schule auch immer so, sie lässt sich überall angrapschen, und alle tun so, als ob es Spaß wäre, dabei ist es bitterer Ernst. Jetzt sitzt sie kerzengerade da, als ob sie einen Stock verschluckt hätte, die Hände in Pfötchenhaltung, weil sie Angst hat, von Harald angetatscht zu werden, und davor ekelt sie sich, denn Harald ist nicht nur stark und groß und dumm, sondern auch hässlich, groß und dumm. Wirklich hässlich. Überall quellen Wülste aus den Scharnieren seines plumpen Körpers, sein breiter, platter Arsch wächst übergangslos in den schwabbeligen Bauch (sogenannte Salinofigur: Das Wort hab ich mir ausgedacht – abgeleitet von der Lakritzsorte Salino). Und dann das Gesicht: Mit den eingedrückten, erloschenen Augen, der ungewöhnlich niedrigen, zerknitterten Stirn und dem Karpfenmaul hat er etwas enorm Fischiges. Er weiß, dass er unglaublich hässlich ist und sich daran auch nie etwas ändern wird. Das macht ihn wütend, sehr wütend sogar: Es war nichts, ist nichts und wird auch nichts mehr, jedenfalls nicht in diesem Leben. Er wird ungefickt sterben. Das alles weiß Harald, und es macht ihn rasend.

Pastor Schmidt sitzt ganz vorn, direkt hinter dem Fahrer, Diakon Wolfram Steiß zwei Bänke vor mir, um alles im Blick zu behalten, vor allem die hinteren Reihen. Die meisten der älteren Jugendlichen duzen ihn, ich trau mich aber nicht und nenne ihn wie in der Konfirmandenzeit stoisch «Herr Steiß». Er ist was mit Mitte dreißig, verheiratet, hat zwei kleine Kinder und einen jesusmäßigen Vollbarts. Pastor Schmidts Alter ist wegen des noch jesusmäßigeren Vollbarts schlecht zu schätzen, wahrscheinlich so fünfzig irgendwas. Er ist natürlich auch verheiratet und hat zwei mittlere Kinder. Vervollständigt wird das Führungstrio vom Gemeindehelfer Peter Edam, der im Gegensatz zu den beiden Vollbartträgern immer glatt rasiert ist, wahrscheinlich, weil er nur Gemeindehelfer ist. Er trägt den Spitznamen «der dumme Peter», weil er *echt* doof ist. Aber sehr freundlich und hilfsbereit und gut im Sport.

Mein Sitznachbar kramt aus seinem Rucksack eine Tupperschüssel hervor. Als er sie öffnet, fängt es an zu stinken. Igitt, was ist das denn? Eine braun-rote Mischung aus Fleisch, Soße, Ei, Gemüse, Kartoffeln, Eiweiß, Brot, Schmant, Eigelb und Bindemittel, sog. Napffraß. Es riecht wirklich erbärmlich. Er schluckt das Nachkriegsessen einfach so weg, praktisch ohne zu kauen, vielleicht hat er einen Tiermagen mit extra viel Magensäure. Ich verstehe nicht, wie man darauf kommen kann, in nicht ausdrücklich dafür bereitgestellten Räumen zu essen. Viel zu privat. Mein Nachbar kennt solche Bedenken nicht, sondern produziert stattdessen unappetitliche Kaugeräusche, es ist eine Art feuchtes Mundhöhlengeschnalze. Wenn er abbeißt, klingt es zungig, während des Kauens nasal und beim Runterschlucken kehlig-halsig. Ich schaue ihn angeekelt an und frage ihn, wie er heißt. Nur so, aus Langeweile und um mal zu hören, wie seine Stimme klingt. Er schaut mich an, als müsse er erst überlegen. Dann:

«Detlef.»

Das darf ja wohl nicht wahr sein, Detlef heißen ja nun echt nur Schwule. Mir verschlägt es aber noch aus anderen Gründen die Sprache: Detlef hat sagenhaften Mundgeruch und riecht nochmal komplett anders aus dem Maul als der schauderhafte Napffraß, nach verdorbenem Ei und Kohlrabi und irgendwas, wofür der Name noch erfunden werden muss. Napffraß und Mundgeruch hüllen mich ein. Der kommt nicht ungeschoren davon, denke ich, das wird noch bitter für ihn, ganz bitter. Das Schlimme ist, dass er nicht merkt, was los ist. Erwartungsfroh blickt er mich an, aber ich kneife die Augen zusammen und gucke so ätzend, dass er sich noch nicht einmal traut, mich ebenfalls nach dem Namen zu fragen.

Mein Arsch muss, dem Schmerz nach zu urteilen, wund gescheuert sein bis auf die Knochen. Ich schupper auf dem Sitz hin und her, um das Ausmaß der Entzündung zu erkunden. Überall und nirgends. Das ist ja ein schöner Start. Außerdem ist es wahnsinnig stickig, die Luft verbraucht, vorgeatmet und genitalwarzenfreundlich. Na ja, für 343 Mark kann man keinen vollklimatisierten Bus erwarten. Schmerz hin, Luft her, mir ist stinklangweilig. Was anderes außer *Fünf Freunde* und Landserheften hab ich nicht mit, und das kann ich echt nur heimlich lesen.

Ich schaue mich um. Das Mädchen hinter mir liest *Siddhartha*. Unter christlichen Jugendlichen ist Hermann Hesse ziemlich angesagt. *Der Steppenwolf. Narziß und Goldmund. Das Glasperlenspiel.* Alles Scheiße.

Beliebt ist auch Lektüre, die sich mit dem Sinn des Lebens beschäftigt. Der «zivilisierte» in Tüddelchen Mensch unterliegt dem schweren Irrtum, Glück bestünde darin, so viel materielle Güter wie möglich anzuhäufen. Doch da irrt der weiße Mann. Die Menschheit muss endlich umschwenken, vom Programm «Haben» aufs Programm «Sein»! Laber laber. Aber dafür ist es wahrscheinlich eh zu spät, denn laut Angaben des Denkerzirkels «Club of Rome» wird die Menschheit spätestens bis zum 1. 1. 2000 untergegangen sein, weil sie bis dahin sich selbst und die Natur komplett ruiniert hat.

Alle sind mit irgendwas beschäftigt, dann kann ich wohl doch ein *Fünf-Freunde*-Buch lesen: *Fünf Freunde im Schlossverlies.* Das Erfolgsgeheimnis von Enid Blytons *Fünf-Freunde*-Reihe ist die detailverliebte Beschreibung von Essen: Frühstück. Mittag. Abendbrot. Zwischenmahlzeiten. Brotzeit. Grillen. Die Bücher bestehen praktisch nur aus Mahlzeiten, Mahlzeiten, Mahlzeiten. Die Abenteuer sind nur vorgeschoben, damit die fünf Freunde genug Kalorien für die nächste Mahlzeit verbrauchen. Enid Blyton hat begriffen, um was es geht: *Alle* Kinder und Jugendlichen sind notorisch hungrig, und sie lesen nichts lieber als den Inhalt von prallgefüllten Picknickkörben.

Detlef hat derartigen Mundgeruch, dass er den ganzen Bus vollmieft. Das ist doch krankhaft! Außerdem bohrt er sich mit beiden Zeigefingern in den Nasenlöchern herum. Er bohrt und bohrt, und wenn er fündig geworden ist, schmiert er die Sauerei unauffällig unter die Lehne. Von wegen unauffällig, ich sehe alles: Runde Wasserpopel, grüne Schorfpopel, eitrige Blutpopel und klebrige Sehnenpopel geben sich ein ekliges Stelldichein. Bohr, stocher, wühl. Lange kann es nicht mehr dauern, bis ihm die aufgerissenen, blutenden, vereiterten Nasenflügel in Fetzen herunterhängen. Team «wund»: Ich wunder Arsch und er wunde Nasenflügel. Ich stelle mir vor, wie ich ihn fessle, dann stecke ich mir vor den Augen des Schreckgelähmten einen Finger in den Arsch und pule anschließend damit in seiner Nase herum. Als ich noch klein war, hat mich mein Opa mal gefragt, ob ich Haare in der Nase hab, und da ich nicht wusste, was ich antworten soll, hab ich einfach ja gesagt. Daraufhin Opa: «Und ich hab welche am Arsch. Die können wir zusammenbinden, harhar.» Ich fand die Vorstellung dermaßen widerlich, dass ich wochenlang an nichts anderes denken konnte und wahnsinnige Angst davor hatte, mit Opa allein zu sein.

In der Nougathöhle

Nach drei endlosen Stunden passieren wir das Ortsschild. *Ostseebad Scharbeutz.* Hier liegt der Hund begraben, das sieht man gleich. Ampeln, Zebrastreifen, Seitenstraßen, Sackgassen, schließlich biegen wir in die Strandstraße. Irgendwann endet der asphaltierte Teil, danach ist die Strandstraße keine Straße mehr, sondern nur noch ein von Schlaglöchern durchsiebter Trampelpfad. Ruckel ruckel, holper holper. Endlich hält der Bus, am allerallerletzten Haus der Strandstraße, dahinter beginnt stacheldrahtumzäuntes Niemandsland, Vogelschutzgebiet. Die anderen Häuser heißen nach Vögeln: Haus Seemöwe, Haus Schwalbe, Haus Seeadler, Haus Fink, unser Haus hat keinen Namen. Schade eigentlich.

Als Erstes fällt mir ein eigentümlicher Geruch auf, der in der Luft liegt. Ich weiß sofort, dass es nirgendwo auf der Welt so riecht wie beim allerallerletzten Haus vor dem Vogelschutzgebiet in Scharbeutz, so was weiß man einfach. Vordergründig riecht es wie überall am Meer, nach Salzwasser, Algen, Gras, Sand, Möwen, Muscheln und was weiß ich. Aber dahinter, darunter, dazwischen, davor liegt noch eine zusätzliche Note. Nachdem wir ausgestiegen sind, laufen alle Jugendlichen hinters Haus (ich auch), Meer gucken. Die offene See, das Ostmeer, endlich! Irgendwo, unendlich weit hinter dem Horizont, liegt Amerika, denke ich. Natürlich ist das Quatsch, aber egal. Die USA werden seit ein paar Monaten von Jimmy Carter regiert, der im Hauptberuf Erdnussfarmer ist. Was für eine schlechte Idee, dass der mächtigste Mann der Welt Erdnussfarmer ist. Man stelle sich vor, Bundeskanzler Schmidt wäre Imker oder betriebe ein gottverdammtes Kinderkarussell. Eben. Jeden Morgen sitzt Jimmy Carter über beide Backen grinsend mit seiner debilen Großfamilie am Frühstückstisch und stopft dick mit Erdnussbutter bestrichene Weißmehlbrote in sich hinein. Dann legt er sich erst mal wieder hin, weil er so vollgefressen ist. Helmut Schmidt hingegen sitzt mit Frau Loki im spartanisch eingerichteten Reihenhauswohnzimmer, raucht zum Frühstück Zigaretten und trinkt Bohnenkaffee, um einen klaren Kopf zu bewahren. Das ist der Unterschied. Jimmy Carter wird als unbedeutendster Präsident der Vereinigten Staaten in die Geschichte eingehen, so viel steht jetzt schon fest.

Die Erwachsenen interessieren sich nicht sonderlich fürs Meer. Sie sind sofort ins Haus gegangen, um ihre Zimmer zu beziehen und die Koffer auszupacken, und danach erschöpft nach unten in den Gemeinschaftsraum, eine rauchen. Die Jugendlichen sind nicht im *Haus*, sondern in *Zelten* untergebracht, poröse, schmuddelige Viermannzelte, die dicht an dicht auf einer kleinen Wiese stehen. Getrennt sind Haus und Wiese durch eine hölzerne Wasch- und Kackbaracke, die nicht nur Arm von Reich trennt, sondern auch den Zeltplatz: in den Jungen- und den Mädchenbereich.

Es fängt an zu nieseln. Niesel niesel. Jetzt nieselt es auch noch, denke ich. Wir sammeln uns auf der Wiese, und Peter Edam verkündet, wer mit wem zusammen pennen darf oder muss. Mir soll alles recht sein, wenn ich nur nicht mit Harald oder mit Peter Behrmann in ein Zelt komme. Der Gemeindehelfer rattert mit schleppender Schleppstimme die Beschlüsse runter. Russisches Roulette. Mein Name will und will und will nicht fallen.

Zeltbelegschaft auf Zeltbelegschaft auf Zeltbelegschaft: «Susanne Bohne, Ina Blankenburg, Petra Teer, Karin Vogt.» Und Abmarsch. «Harald Stanischewsky. Peter Behrmann, nie gehört und nie gehört.» Abmarsch. Haha, Peter Behrmann, jetzt bist du dran! Aua aua, mein Arsch brennt. «Karsten Petermann und Dirk Kessler und nie gehört und nie gehört.» Abmarsch. Außer mir stehen jetzt nur noch Detlef, Andreas, nie gehört und nie gesehen und ich frierend auf dem regenglasierten Zeltplatz. Edam schaut uns vielsagend an. Alles klar. Hätte besser laufen können, aber auch bedeutend schlechter. Mit Andreas in einem Zelt, den kenne ich wenigstens. Seine dicke, große Rute zum Greifen nahe, gleichzeitig Lichtjahre entfernt. Na ja, immer nur der Schwanz des Elektrikersohnes, es gibt auch noch andere Dinge im Leben. Der Nie-gehört sieht mit seinen kohlrabenschwarzen Augen, die aus einem länglichen Totenschädel blitzen, irgendwie fies aus, vampirartig, so was. Außerdem hat er spitze Ohren, wie Mr. Spock. Detlef ist noch schiefer und krummer als im Bus. Der wird's noch schwer haben.

Die Bettgestelle sind aus Eisen und wirken, als hätten früher Landser darauf geschlafen. Spakige Matratzen und platte Kopfkissen verstärken den weltkrieghaften Eindruck. Die Füllung der Matratze fühlt sich unangenehm klumpig an, man will gar nicht wissen, woraus die besteht. Bezüge und Schlafsäcke und Laken mussten wir selber mitbringen. Dünne, kalte Ostblocklaken, die in dem Moment feucht werden, in dem man sie auspackt. Ich bin sehr ungeschickt im Bettenbauen, dabei muss es schnell gehen, denn ich will vor der Abendandacht noch meinen Arsch behandeln. Es ist jetzt kurz nach sechs, um halb sieben gibt's Abendbrot, davor ist Andacht. Freizeiten bestehen aus einer ununterbrochenen Reihe von Andachten. Abendandacht. Morgenandacht. Stoßgebet. Abendandacht. Morgenandacht. Gottesdienst. Abendandacht. Morgenandacht. Messe.

Abendandacht. Morgenandacht. Christmette. Abendandacht. Morgenandacht. Betstunde. Und so weiter.

«Wer pennt denn wo?»

Andreas schaut fragend in die Runde.

Mr. Spock: «Ich würde gern am Eingang schlafen, wenn niemand was dagegen hat.»

Niemand hat was dagegen.

Andreas: «Ich penn hinten hier in der Nougathöhle.»

Hä, versteh ich nicht. Wieso Nougathöhle? Egal, klingt lustig, sehr lustig sogar. Andreas jedoch scheint das nur so dahingesagt zu haben, die beiden anderen reagieren nicht, und er hat seine Bemerkung auch gleich wieder vergessen. Ich nicht. Nougathöhle, passt irgendwie.

Als Nächstes räumen wir unsere Sachen in winzige, verdellte Metallspinde. Auspacken, auspacken, auspacken. Oje, da ist ja noch ein Buchstaben-T-Shirt, wie kommt das denn mit? Das war vor ein paar Jahren in, gab's vorher nicht, hatten alle, man kaufte sich ein einfarbiges T-Shirt und ließ auf der Frontseite seinen Vornamen mit einer Art Nickicordstoffbuchstaben draufbügeln und auf der Rückseite den Namen seiner Lieblingsband. THORSTEN. DEEP PURPLE. Ich dachte, das wäre längst schon weggeschmissen. Ich knülle es zusammen und tu es in den Schmutzbeutel. Weiter im Text: Hosen, Schuhe, Pullover, Hemden, eine warme Jacke. Als Letztes die Kulturtasche, jetzt heißt es beten. Wenn mir meine Mutter Niveacreme eingepackt hat, dann wird bis morgen früh wieder alles gut, wenn nicht, muss mir neue Arschhaut eingepflanzt werden. Wühl, grabbel, stöber. Seife. Shampoo. Zahnbürste. Waschlappen. Zahnpasta. Nagelschere. Drei Tuben Fleckenteufel. Eine gegen Fett, eine gegen Blut, eine gegen Rost. Blut und Fett kann ich ja noch verstehen, aber Rost? Wühl wühl, stöber stöber, grabbel grabbel. Dann: Ja, ja, ja! Ganz tief unten, wo es feucht und krümelig ist, ertaste ich eine Minidose Niveacreme. Gerettet. Niveacreme ist ein magisches Teufelszeug, das praktisch alles heile macht. Alle anderen Cremes auf der ganzen Welt sind im Grunde genommen überflüssig. Ich stehle mich ins Waschhaus, zum Glück bin ich alleine. Mein Arsch glüht wie das Osterfeuer. Von Rechts wegen müsste ich mir vor dem Eincremen die Rosette waschen, aber das ist sehr riskant, denn es gibt nur eine Gemeinschaftsdusche. Was, wenn mich einer in gebückter Haltung und eingeschäumter Rosette erwischt, das sieht ja wohl total behindert und schwul aus. Dann bin ich geliefert. Trotzdem wage ich es, und zwar aus einem einzigen, ganz bestimmten und schwerwiegenden Grund: ICH MÖCHTE BIS INS HOHE ALTER MEINE SCHÖNE ROSETTE IN ABSOLUTEM TOPZUSTAND ERHALTEN. Deswegen und ausschließlich deswegen wasche ich mir nach *jedem* Kacken sofort die Rosette, damit sie für immer so aussieht, wie sie heißt: nämlich rosa. Rosetten dunkeln im Laufe des Lebens nämlich ein und werden über verschiedene Braunabstufungen schließlich tiefschwarz. Hunderttausendmal geschissen und nicht richtig abgewischt, das Ergebnis ist irgendwann verbrannte Erde. Ein abschreckendes Beispiel dafür ist mein ehemaliger bester Freund Axel, der mit seinen Eltern letztes Jahr nach Frankfurt gezogen ist, weil sein Vater als Berufssoldat alle paar Jahre aus fadenscheinigen Gründen versetzt wird. Schade. Sehr schade sogar, denn wir haben es miteinander getrieben wie die Tiere. Es fing ganz harmlos an, Doktorspiele, meinen ersten Zungenkuss habe ich von ihm bekommen, wir haben gefummelt und uns aneinander gerieben, erst mit, später ohne Unterhosen. Gegenseitig abgemolken. Wenn er mich als Ersten fertiggeschrubbt hatte, hatte ich nie Bock, ihn auch zu Ende zu wichsen, aber was blieb mir übrig unter Freunden. Arschuntersuchungen haben wir natürlich auch angestellt, und jetzt kommt's: Axels Rosette war bereits kohlrabenschwarz. Mit vierzehn! Muss man sich mal vorstellen, kann sich kein Mensch vorstellen. Vielleicht ist die Rosettenfarbe erblich, doch selbst wenn der liebe Gott einem kein Toploch mitgegeben hat, muss man versuchen, das Beste daraus zu machen. Nach dem Kacken die Rosette einseifen kann sich ja wohl jeder angewöhnen. Ich überprüfe meine ungefähr alle vierzehn Tage in einer komplizierten Aktion aus Badezimmerspiegel, Bücken und Kosmetikspiegel meiner Mutter, na ja, kann man sich ja denken, wie das ungefähr geht.

So, fertig, ein Glück. Ordentlich abtrocknen und eine Ladung Niveacreme in die Kimme. Von einer Sekunde zur nächsten ist der Schmerz weg. Wahnsinn. Die Wundercreme ist so genial, dass es mich nicht überraschen würde, wenn sie sogar noch über eine versteckte Bleichwirkung verfügt. Wieso nennt man Schuhcreme eigentlich Wichse? Ich werde bei Gelegenheit mal jemanden fragen. Übrigens sollte man keine dunklen Unterhosen tragen, wenn man gerade eine Fuhre Nivea zwischen den Beinen kleben hat.

Bimmel bimmel. 18.30 Uhr. Andachtszeit. Es hat sich eingenieselt. Wir sind ungefähr sechzig Leute, ein Drittel Erwachsene, zwei Drittel Jugendliche. In der Mitte der Wiese stellen wir uns im Kreis auf, vorher nimmt sich jeder eine aus losen Zetteln zusammengeheftete Liedermappe von einem Stapel. Neben dem Stapel stehen zwei Paletten mit Seifenblasentuben. Hä? Ich verstehe nicht, was das soll, aber da sich alle eine genommen haben, mache ich es ihnen nach. Peter Edam grinst über beide Backen. Er hat eine Wandergitarre umgehängt, sein hellblaues T-Shirt ziert der Aufdruck «Jeder Christ ein Gitarrist». Wolfram Steiß steht neben Pastor Schmidt und hat ein strafendes Gesicht aufgesetzt. Passend zur Miene das T-Shirt: «Jesus Christus starb für dich – was tust du für ihn?» Pastor Schmidt trägt als Pastor natürlich kein T-Shirt, sondern ein Oberhemd, wie es sich gehört, und wartet darauf, dass langsam mal Ruhe einkehrt:

«Wir singen aus dem Lied Nr. 45 die Strophen 1, 3, 4, 7 und 9.»

Danke, der ödeste Christenschlager aller Zeiten. Das Lied hat ungefähr tausend Strophen und ist damit zu lang für nur *eine* Abendandacht. Wieso hat Schmidt die Strophen 1,3,4,7 und 9 ausgesucht? Vielleicht gibt es irgendeinen Zusammenhang mit dem Inhalt der Andacht. *Danke, lalalalalala. Danke, lalalalalaa.* Endlich ist das Kackstück zu Ende.

Pastor Schmidt: «Ich blicke in fröhliche, aufgeregte, gespannte, aber auch in ein paar ernste Gesichter. Viele fahren schon zum wiederholten Male mit auf die Familienfreizeit, andere, die frisch Konfirmierten zum Beispiel, zum ersten Mal. Selbst einige, die schon öfter auf Freizeiten waren, sind noch aufgeregt. Da ist jemand sogar schon Stunden vor der Abfahrt am Gemeindehaus gewesen.»

Er wirft mir einen kurzen Blick zu. Das gibt's doch nicht, woher weiß der das? Ob die olle Roth gepetzt hat? Oder hat er gar die verkackten Landserseiten entdeckt? Krieg ist Scheiße, haha.

«Eine Seifenblase sieht schön aus und fliegt hoch hinaus. Im Leben gibt es viele Seifenblasen, große, mittlere und kleine. Gerade die großen platzen meist zuerst. Zum Beispiel Reichtum: Er verspricht Sicherheit und Glück.»

Er öffnet umständlich die Seifenblasenröhre, nimmt das Seifenblasenpusteding raus und pustet: Die Seifenblase fliegt ungefähr einen halben Meter in die Ostseeluft, bevor sie zerplatzt. Wie auf Kommando tun es ihm alle nach. Hä, gab es da eine Absprache? Egal, ich mache mit.

«Durch Reichtum erhält man viele neue Seifenblasen wie teure Hobbys und teure Vergnügungen. Aber irgendwann merkt man, dass man damit kein wirkliches Glück erreicht. Dabei ist Reichtum an sich nichts unbedingt Schlechtes, wenn er nicht als Glücksbringer dienen soll. Eine andere Seifenblase sind Erlebnisse.» – Pastor Schmidt pustet, die Gruppe tut es ihm nach. – «Immer etwas Neues sehen und erleben, hierhin, dorthin. Irgendwann merkt man jedoch, dass auch das kein wirkliches Glück bringt.»

Was redet der Mann da? Er hat doch studiert, viele Jahre, ein Akademiker, da kann er doch nicht so ein irres Zeug zusammenstammeln.

«Auch Freunde und Kameraden sind feine Sachen, aber Seifenblasen, wenn man sein Leben davon abhängig macht.» – Pastor Schmidt pustet, die Gruppe tut es ihm nach. – «Wenn ich mit dem und dem befreundet bin, wenn ich zu der Clique gehöre, wenn ich von meinen Klassenkameraden anerkannt bin, dann habe ich ein tolles Leben, ein wirkliches Leben.»

Ich schäme mich für den Pastor, das muss man sich mal vorstellen, während alle anderen sich an dem Quatsch nicht zu stören scheinen. Herr Schrader steht mit gesenktem Haupt da, man sieht ihm an, dass er nicht zuhört, er denkt bestimmt an etwas Schönes: Jägermeister, Zigaretten, das Fernsehprogramm von heute Abend. Oder vielleicht an etwas ganz anderes? Gelüste? Ihhhgitt, mit Herrn Schrader, das muss die Hölle sein. Andreas' Schwanz ist wirklich riesig.

«Eine weitere Seifenblase sind Beziehungen zum anderen Geschlecht.» – Pastor Schmidt pustet, alle tun es ihm nach. – «Hier eine, da eine. Eine Ehe ist natürlich nicht verkehrt, sondern toll, aber wenn man den Sinn und die Erfüllung des Lebens allein in so einer Beziehung sucht, dann wird man enttäuscht werden.»

Ich stelle mir vor, mit Andreas Vergewaltigung zu spielen, das habe ich mit Axel auch häufiger gespielt: Andreas will was von mir, ich tu so, als ob ich nicht will, und leiste heftigen Widerstand, der immer schwächer wird, schließlich gebe ich mich geschlagen und mache mit.

«Reichtum, Erlebnisse, Freunde, auch eine Ehe, alles wird irgendwann, spätestens mit dem Tode, vergehen. Aber was man hier mit Jesus erlebt, wird auch im Tod Bestand haben. Er hat versprochen, dass er die, die zu ihm gehören, mit in den Himmel aufnimmt; man geht nicht mehr verloren.» – Pastor Schmidt pustet, die Gruppe tut es ihm nach. – «Allerdings wird man sich freiwillig von einigen Seifenblasen verabschieden müssen. Manche Träume und Vorstellungen wird man als falsch oder völlig unnütz erkennen und ablegen.»

Ich denke mir einen geilen Dialog zwischen Schwanzandy und mir aus:

«Nein, bitte nicht, Andy, lass mich.» – «Doch, nun stell dich nicht so an. Komm schon.» – «Bitte, das geht nicht. Wirklich nicht.» – «Wieso soll das nicht gehen. Natürlich geht das. Jetzt komm endlich.» – «Nein, bitte, du verstehst das nicht.» – «Was soll ich daran denn nicht verstehen? Los, mach keine Fisimatenten.»

Weiter im Text: «Mit Jesus bekommt man ein Leben, auch mit Erlebnissen, Freunden und vielleicht auch einer Ehe, aber mit weniger enttäuschenden Illusionen, stattdessen mit Sinn, Zufriedenheit und innerem Frieden und dauerhaften Dingen. Dies hat Jesus versprochen, und das haben einige von uns erlebt. Ich wünsche mir, dass von diesen vierzehn Tagen nicht nur eine Seifenblase übrig bleibt, die man einfach so fortpustet» – Pastor Schmidt pustet, die Gruppe tut es ihm nach –, «sondern das Gegenteil, das wünsche ich uns, mit Gottes Hilfe. Amen.»

Alle: Amen.

«Und jetzt singen wir aus dem Lied Nr. 11 die Strophen 2, 3 und 5.»

Herr, deine Liebe ist wie Gras und Ufer, wie Wind und Weite und wie ein Zuhaus.

Ich frage mich wieder, ob irgendein Zusammenhang zwischen den Seifenblasen und den ausgewählten Strophen besteht. Entweder ich komm nicht drauf oder, was ich für wahrscheinlicher halte, es gibt keinen. Aber vielleicht gibt es doch einen, und ich bin nur zu doof. Ich habe manchmal das Gefühl, in den Tümpeln meiner Dummheit unterzugehen.

Harald hat wie alle anderen brav mitgepustet, obwohl er's garantiert mindestens so bescheuert fand wie ich, ich hab genau drauf geachtet. Eine gute Gelegenheit, sich mit ihm zu solidarisieren. Auf dem Weg zum Abendbrot gehe ich neben ihm und sage halblaut:

«Das war vielleicht ein Quatsch mit den Blasen, fandest du nicht?»

Harald guckt mich stumpf an, wie es stumpfer nicht geht: «Wann hast du dir eigentlich zum letzten Mal in den Arsch gekackt?»

Alles klar. Irgendwann wird er mich abgreifen, und dann gibt's auf die Glocke, Jesus hin, Jesus her.

Im Erdgeschoss der Nougathöhle befindet sich der Gemeinschaftsraum, der auch als Speisesaal fungiert. Unsere Köchin heißt Frau Thieß, ich kenne sie von der Jugendfreizeit in Schweden im letzten Jahr. Obwohl sie bestimmt nicht älter als fünfzig ist, sieht sie mit ihrem Dutt und den mit dicken Stützstrümpfen umwickelten Wasserbeinen schon total aus wie eine Oma. Sie ist dauererschöpft und kommt aus der Küche so gut wie niemals raus, weil sie alles alleine macht außer Geschirr auf- und wieder abdecken und Abwasch, dafür sind nach einem ausgeklügelten System wir zuständig. Keine Ahnung, ob sie Geld dafür bekommt oder aus Nächstenliebe kocht. Die Erwachsenen sitzen im hinteren Teil des Raums, die Jugendlichen vorn. Die Sitzordnung, die sich heute ganz spontan ergibt, gilt für die gesamte Freizeit, das ist immer so. Ich sitze mit den Jungen aus meinem Zelt an einem Tisch, auch das ist immer so. Mir gegenüber Detlef und Andreas, neben mir der Vampir.

«Sag mal, wie heißt du eigentlich», frage ich ihn.

«Torsten.»

«Ach, ich auch. Mit t oder th?»

«Nur mit t.»

Andreas mischt sich ein:

«Okay, dann nennen wir euch auch so. Du» – er zeigt auf mich – «heißt mit teha und du» – er zeigt auf den Vampir – «mit te.»

Hahahahahehehehohoho!

Er lacht über seinen öden Witz aus allen Rohren. Mein Gott, was für ein Idiot, geil und dumm. Andreas guckt triumphierend in die Runde. Torsten mit t weiß nicht, in welchen Wind er seinen Vampirumhang hängen soll, vielleicht hat er auch den Gag nicht geschnallt:

«Wenn du meinst. Mir soll's recht sein.»

Andreas guckt pro forma Detlef an, um auch dessen Zustimmung einzuholen. Der nickt, wahrscheinlich aus Angst, was falsch zu machen. Der wird es noch schwer haben, ganz schwer. Zu Hause mischt er bestimmt Popel unters Essen, damit's besser schmeckt, aber hier geht das ja nun nicht.

Suppsch suppsch, ich habe mir echt eine ganz schön große Portion Nivea in die Kimme geschmiert. Der Brand heilt, die entzündeten Gebiete sind kochend heiß. Heilhitze, die Niveacreme saugt die Entzündung aus der Haut und wird zu Lava, Magma, weißem Magma. Das matschige Gefühl am Arsch ist auch schon wieder irgendwie geil. Zum Glück hat keiner eine Ahnung davon, was sich bei mir gerade hintenrum abspielt.

Diakon Steiß erhebt sich. Endlich. Wir falten die Hände, dann spricht er das Tischgebet:

«Herr, segne das, was du uns bescheret hast, amen.» Bravo. In der Kürze liegt die Würze.

Mit dem ausgefeilten *Fünf-Freunde*-Essen hat das Thieß'sche Abendmahl nichts zu tun: Graubrot, Schwarzbrot, Margarine, schlimme Augenwurst, Käsescheibletten, Gurkenscheibchen, Tomatenachtel.

Den fünf Freunden werden auf ihrem englischen Schloss zeitgleich gebratene Hähnchenkeulen, ofenwarme Brötchen, hartgekochte Eier, geräucherter Schinken sowie eine Käse- und Aufschnittplatte serviert. Zum Nachtisch Eis mit Sahne oder Früchten und Erdbeerkuchen. Zu trinken gibt's frischgepresste Säfte, Malzbier und einen Krug eisgekühlte Limonade.

Detlef beschmiert eine Scheibe Graubrot dick mit gelber,

kranker Margarine, belegt sie mit einer Scheibe schlimmer Augenwurst und packt darauf noch eine Scheibe schlimmen Wellblechkäse. Er schneidet Gurke und Tomate klitzeklein und schichtet die Matschepatsche nochmal obendrauf. Schichtbetrieb, haha. Dann nimmt er ein Salzfass und schüttet hemmungslos drauflos. Ich fasse es nicht. Wurst und Käse sind doch an sich schon salzig, da kann man doch erst mal probieren, bevor man nachsalzt. Nachsalzen, ohne vorher probiert zu haben, ist unhöflich dem Koch gegenüber. Detlef bedeckt die Stulle mit einer dicken Salzschicht. Der Typ macht mich jetzt schon wahnsinnig, der wird's echt nicht leicht haben, denke ich.

Susanne sitzt ungefähr fünf Meter entfernt schräg links von mir. Als wir uns vorhin kurz gegrüßt haben («Hallo, Susanne» – «Ach so, ja, hallo»), schien es mir, als wäre es ihr peinlich, dass wir uns kennen und sogar gemeinsam Schlitten gefahren sind. Vielleicht wollte sie mir von vornherein klarmachen, dass sich der Kontakt zwischen uns während der kommenden vierzehn Tage aufs Allernötigste beschränken wird. Tja, kann man nix machen, vielleicht besser so, bevor ich mir noch Hoffnungen mache.

Sie wird immer hübscher. Und ihre Titten sind vielleicht groß geworden. Der fiese Dieter Dorsch zwingt sie wahrscheinlich, die Pille zu nehmen, sie muss mit ihm schlafen, obwohl sie eigentlich noch gar nicht so weit ist. Eines Tages wird er sie ohne Vorwarnung von jetzt auf gleich fallen lassen wie eine heiße Kartoffel. Wenn es *ihm* gefällt. Von meiner Position aus kann ich sie unauffällig beobachten. Sie ist nicht nur schön, sondern strahlt auch noch wie sonst was. Unglaublich, wie ein einzelner Mensch strahlen kann. Dieter Dorsch schnallt das gar nicht mit seinem Fuchsschwanzgehirn, der ist nur scharf auf ihre Glocken. Wenn ich nur nicht so klein wäre! Eine Scheiße ist das alles. Ich bin mir sicher, dass ich, wenn ich zwanzig Zentimeter größer wäre, sehr wohl eine Chance bei ihr hätte. Vielleicht.

Detlef salzt sein zweites Brot wie das erste. Ich möchte es ihm am liebsten aus der Hand schlagen! Der wird's noch ganz schwer haben hier!

Ich senke unauffällig meinen Kopf, um den Schrittmuff zu erschnüffeln. Schnüffel schnüffel. Eine süßliche Niveawolke steigt zwischen meinen Beinen auf, ganz schön auffällig. Ich muss mir gleich nach dem Essen auf dem Klo was wegmachen, sonst riecht das noch jemand, und dann bin ich fällig. Wenn jemand am Arsch nach Nivea duftet, ist ja wohl klar, was Sache ist.

Das Essen schmeckt echt scheiße. Na ja, bei 343 Mark darf man auch wie gesagt nichts Großartiges erwarten. Die Jugendlichen sind längst fertig, aber die Erwachsenen essen langsam wie die Faultiere. Es dauert bei ihnen alles unendlich viel länger, sie fressen sich in allem fest. Wir langweilen uns zu Tode, müssen aber so lange warten, bis auch der Letzte aufgegessen hat. Endlich erhebt sich Diakon Steiß und guckt forschend in die Runde.

«So, die Jugendlichen gehen dann bitte langsam rüber in die Zelte. Peter kommt in einer Stunde und guckt nach.»

Es nieselt immer noch, außerdem ist es echt ganz schön kalt geworden. Ich habe einen Schlafanzug mit Asterixmotiven und einen blauen Trainingsanzug mit. Bei den Bibbertemperaturen wähle ich den Trainingsanzug. Acht Uhr, es ist taghell, und alle sind noch total aufgekratzt. Schlafen, ein Wahnsinn! Detlef und Andreas gehen ins Waschhaus, ich bin mit Torsten allein. Torsten mit te, so ein Scheiß, ich beschließe, ihn den Namenlosen zu nennen, nur für mich, privat.

«Sag mal, ich hab dich noch nie vorher gesehen. Bist du neu hergezogen?»

«Ja.»

«Und von wo kommst du?»

«Kiel.»

Einsilbiger geht's ja wohl nicht. Lässt mich voll auflaufen.

«Und wieso seid ihr hierher gezogen?»

«Mein Vater hat einen Laden übernommen.»

«Was denn für einen?»

«Ein Bestattungsunternehmen. Wir sind Bestatter in der vierten Generation.»

«Ach so.»

«Wenn du bei uns reinkommst, denkst du erst mal, du bist in 'ner Schreinerei gelandet. Wir stellen die Särge nämlich selber her.»

«Aha.»

«Früher haben ich und meine Schwester in den Särgen immer Verstecken gespielt.»

«Na ja, kann man nichts machen.»

«Es ist schon alles abgesprochen. Nach der Bundeswehr übernehme ich den Laden. Gerade in der Thanatopraxie sind in den letzten Jahren echt Fortschritte gemacht worden.»

«Hä? Was für 'n Vieh?»

«Thanatopraxie. So nennt man die Präparierung von Leichnamen.»

Seine Augen funkeln und er rotzt mir, während er redet, vor Begeisterung ins Gesicht:

«Früher ist es voll oft vorgekommen, dass den Toten während der Beerdigung die Maden aus der Nase gekrochen kamen. Aber jetzt nicht mehr. Außerdem werden die Leichname immer mit so 'ner speziellen Gewürzmischung gefüllt, da kannst du Geruchsbelästigung praktisch ausschließen.»

Je länger er vom Tod spricht, desto lebendiger wird er.

«Wir haben auch 'ne eigene Messe, Bestattermesse, Intergrab heißt die. Dieses Jahr kommt als Neuheit die sogenannte Peacebox raus, sieht aus wie ein Umzugskarton, ist aber ein Sarg, aus Pappe. Aber das ist zweischneidig, weil wir da dran praktisch nichts verdienen, das ist eigentlich ein Nullsummengeschäft.»

42

«Wusste ich nicht.»

Weniger können sich zwei Menschen nicht zu sagen haben.

«Weißt du, was mein Vater immer sagt, wenn Kunden kommen?»

«Nee, was denn?»

«Bei uns liegen Sie richtig. Herherherherher!»

Er lacht meckernd wie eine Ziege und hört gar nicht mehr auf. Was für ein kaputter Typ. Plötzlich kommt es mir vor, als würde er Leichengeruch verströmen, obwohl ich gar nicht weiß, wie Leichen riechen, angeblich der schlimmste Geruch, den es gibt auf der Welt. Zum Glück kommen Detlef und Andreas zurück. Ob wohl was gelaufen ist in der Baracke, haha?

Ich stecke den Kopf aus dem Zelt. Nichts los, alle pennen schon. Nebenan im Vogelschutzgebiet kreischen und plappern und meckern und piepsen die Viecher, eigentlich ganz angenehm. Ich schlüpfe in den Schlafsack, was soll ich sonst machen. Komisch, eben war ich noch hellwach, und plötzlich überfällt mich bleierne Müdigkeit. Von mir aus könnte es jetzt richtig regnen. Wenn der Regen gegen das Zelt pladdert und die Vögel kreischen und die Seeluft an den Nerven rüttelt, und alles ist durchdrungen von diesem einzigartigen Geruch, und Jesus weilt in unserer Mitte. In Wahrheit glaube ich nämlich an den ganzen Kram und bete jeden Abend vor dem Schlafengehen, auch wenn ich nichts zu sagen oder zu beichten oder zu beten habe. Wenn ich mal einen Tag nicht mit Gott spreche, bekomme ich sofort ein schlechtes Gewissen.

Meistens stellt sich zum Ende der Freizeiten ein magisches Gemeinschaftsgefühl ein, bei den Konfirmanden- und Jugendfreizeiten war das jedenfalls so, wieso sollte es nicht auch bei einer Familienfreizeit funktionieren? Wobei mir die Belegschaft auf den ersten Blick extrem schwach vorkommt: Harald. Detlef. Andreas. Peter Behrmann. Der Namenlose. Herr Schrader. Die Fiedlers. Und wer weiß wer noch. Da kann Peter Edam noch so beherzt in die Saiten hauen und Diakon Steiß grimmig gucken und Pastor Schmidt tonnenweise Seifenblasen in die Weltgeschichte rauspusten.

Es ist ganz still geworden. Ich bekomme einen Steifen und denke an Andreas. Ich könnte ihn besoffen machen und dann ins Vogelschutzgebiet verschleppen. Morgen bin ich seiner überdrüssig und denke an irgendeinen anderen geilen Typ oder eine Mieze. Ein Fass ohne Boden.

Jetzt fängt es richtig an zu pladdern. Ach, ist das herrlich gemütlich. Ich muschel mich in meinen Schlafsack und nehme mir ein Landserheft.

Hitler war in seinem Größenwahn davon ausgegangen, dass der Feldzug ein Spaziergang wird und der Russe pünktlich zum Herbstbeginn besiegt ist. Außerdem hat er das Unternehmen Barbarossa viel zu spät gestartet, erst im Juni 1941, wo es doch schon im Mai hätte losgehen müssen! Nach Anfangserfolgen kam der deutsche Angriff zum Erliegen, und die Soldaten mussten in Sommeruniformen überwintern! Muss man sich mal vorstellen: Tausende Kilometer von der Heimat entfernt, nur Kinderportionen zu essen, bis zur Erschöpfung marschieren und kämpfen und dann noch durchgehend frieren. Bibberwinter 41/42.

«Ob sie uns gesehen haben?», fragte der Gefreite Krause und unterdrückte dabei ein Keuchen. Hinter ihm nur die eisige Tundra, vor ihm eine leicht aufsteigende Hügelkette. Es war totenstill.

«Hoffentlich nicht.»

Infanterist Ruschmeyer schlotterte vor Kälte, Hunger und Erschöpfung.

«Das ist mal was anderes, was?!», bellte Unteroffizier Jensen ihn an. Ruschmeyer war erst vor einer Woche nach Russland abkommandiert worden, er hatte insgeheim gehofft, bis zum Ende des Krieges in Frankreich eine ruhige Kugel schieben zu können. «Ein Schlipssoldat bist du, nur brauchbar für die Wochenschau! Lächelnd und mit Vollbart von Feindfahrt zurück. Kannste vergessen, damit ist's vorbei, Sportsfreund!»

Ruschmeyer klapperte eingeschüchtert mit den Zähnen, doch der Unteroffizier kam jetzt erst richtig in Fahrt:

«Krieg, das ist wochen- und monatelang im Schlamm kriechen, nichts zu beißen, maximal eine Stunde Schlaf pro Nacht, Flöhe, Zecken und jede Sekunde den sicheren Tod vor Augen. Wenn der Russe unter Trommelfeuer den Schützengraben stürmt, ‹Urräh› brüllt, dass das Blut gerinnt, und es sind fünfzig Grad minus, und das MG ist eingefroren.»

Spannend. Mir fallen trotzdem dauernd die Augen zu. Herrlich ist es in der Nougathöhle. Ich versuche, noch etwas wach zu bleiben, weil die kurze Zeit, bevor man endgültig einschläft, die schönste des Tages ist, gerade wenn es draußen ungemütlich ist und es regnet und man das Meer hört und den Wind und die Vögel. Von irgendwo weit weg höre ich so was wie Donner oder eine Explosion, dann schlafe ich ein.

Reise, Reise!

Ich werde in der Nacht ein paarmal wach, kann aber immer gleich wieder einschlafen. In den Treibschlaf des Morgens mischen sich Akkordeonklänge: *Stille Nacht, heilige Nacht.*

Ein Weihnachtslied im Sommer, haha, da ist ein echter Scherzbold unterwegs. Das Instrument ist schrecklich verstimmt, Katzenmusik, Höllenchor. *Schlaf in himmlischer Ruuuhuu.* Das Geschrappel kommt näher und näher. Plötzlich wird der Zelteingang aufgerissen und der rot angelaufene Bumskopf von Herrn Schrader erscheint:

«REISE, REISE!!»

Gleich nochmal:

«REISE, REISE!»

Ich meine schon mal gehört zu haben, dass das ein Weckgruß ist. Vielleicht aus den Landserheften? Irgendwie vermag ich mir nicht recht vorzustellen, dass die Landser in Stalingrad mit «REISE, REISE» geweckt wurden. Ist ja auch egal. Vielleicht frag ich bei Gelegenheit Herrn Steiß oder Peter Edam. Ich weiß jetzt schon, dass ich's eh nicht tu.

Herr Schrader ist Blockwart durch und durch. Seit wann kann der überhaupt Akkordeon?

«REISE, REISE!»

Ist ja gut. Detlefs Mundgeruch dringt bis zu meinem Bett. Meine Güte, da nützt auch Zähneputzen nichts mehr, das kommt aus dem Hals, Halsgeruch. Der geile Andy hat genug von dem sinnlosen Gebrüll:

«Ja, wir sind nicht taub. Wir stehen ja schon auf.»

«Aber auch machen! Ich kontrollier das. Ich komm wieder. Glaub ma bloß.»

Er geht weiter zum nächsten Zelt. *Stihille Nacht, heilige Nacht.* Ich habe irgendwo gelesen, dass jemand ein Gentleman ist, der Akkordeon spielen kann, es aber nicht tut. Oder so ähnlich. Egal. Ich befingere meinen Arsch. Zart und sanft und weich und schier, dafür hab ich eine Morgenlatte, mit der ich nichts anfangen kann, jedenfalls nicht hier und jetzt. Normalerweise würde ich mir jetzt einen hobeln, es dauert keine zwei Minuten, bis wieder Ruhe im Karton ist, aber hier geht das ja nun schlecht. Auf Freizeiten ist es überhaupt schlecht mit Hobeln. Auf der Jugendfreizeit bin ich nur einmal dazu gekommen, nach zehn Tagen habe ich es einfach nicht mehr ausgehalten. Ich hab mich echt erschrocken: ranzig braun und rostfarben statt wässrig und farblos wie im Dauerbetrieb. Wenn Andreas einen spontanen Samenabgang hat, muss seine Mutter die Placken bestimmt mit dem Teppichklopfer abhauen und hinterher das ganze Bettzeug in die Heißmangel stecken.

Detlef ist schon wieder am Popeln, igittigitt. Bohr, stocher, wühl, ich seh's genau: Die erste Schicht ist knochentrocken und verkrustet, dann kommt ein langer Schleimfaden, der beim Rausziehen immer so schön in der Nase kitzelt. Er schmiert den Nasenschmant an die Zeltwand, dabei tut er so, als würde er sein Kopfkissen umdrehen, damit's nicht auffällt. Von wegen! Der wird's noch richtig schwer haben. Der Namenlose ist sofort nach Schraders Weckruf aufgesprungen und ins Waschhaus marschiert. Unsympathischer Streber. Andreas und Detlef gehen auch, ich bin allein im Zelt. Das Akkordeon kommt schon wieder näher. Mir bleiben noch ein paar Minuten für den morgendlichen Ranztest. Abstrich. Probe. Je weniger es riecht, desto gesünder ist man. Hab ich mal gehört, vielleicht stimmt's, vielleicht auch nicht, egal, man muss sich seine eigenen Koordinaten selbst zurechtzimmern, sonst geht man irgendwann unter im Informationsstrudel.

Käsig-stechend-fischig. So stinkt es eigentlich nur, wenn ich mir nachts noch einen gekeult habe, ohne abzuwischen. Komisch, das ist ja schon wieder komisch alles. Aus dem Arsch süßlicher Niveageruch, aus dem Schritt kranker Samenkäse. Der Belag muss sofort runter, sonst kommt's irgendwann aus der Hose gekrochen, wenn man es am wenigsten brauchen kann. Ich klemme mir meine Kulturtasche unter den Arm und ab ins Waschhaus. Meine Güte, es ist echt schlotterkalt. Morgens frieren ist das Allerletzte. Na ja, für 343 Mark kann man nicht viel erwarten, schon gar keine geheizten Toiletten. Meine Güte, wie soll ein einzelner Mensch nur diese entsetzliche Kälte aushalten? Ich muss schon wieder an die armen Landser denken und stelle mir vor, wie uns Peter Edam bei der Andacht statt Liederfibeln und Seifenblasenröhren Sturmgewehre in die Hand drückt. Dann ohne Frühstück an die Front, Timmendorfer Strand ausradieren und weiter Richtung Osten.

Zwanzig Jungen stehen vor Kälte zitternd an der Waschrinne und beäugen sich misstrauisch. Die muffen bestimmt genauso nach Katze wie ich. Damals, in der Kinderlandverschickung, mit sieben oder acht, war das Klo nur dreimal am Tag für jeweils eine halbe Stunde geöffnet. Wir armen Würmer mussten fürs Kacken Schlange stehen, und als man dran war, konnte man nicht und ist mit zehn Kilo steinharter Scheiße nach Hause zurückgefahren. Ist echt wahr. Wer denkt sich so was eigentlich aus? Wusste ich mal, vergessen, zu lange her.

Ich starre an die Kacheln. Wie sieht das denn eigentlich aus hier? Gesprungen, oder es fehlt eine Ecke, oder die Fugenpaste ist raus, ein Wahnsinn alles, ganz Scharbeutz ist ein einziger Schrotthaufen. Hoffentlich starren auch alle anderen an die

Wand und nicht auf meinen ranzigen Schwanz oder meinen rotstichigen Arsch oder mein ungeputztes Maul oder die ungewaschenen Haare oder die ungeschnittenen Fußnägel oder die verschuppten Haare oder die Mitesser oder irgendwas, was mir noch gar nicht aufgefallen ist. Ein tief empfundenes Gefühl der Peinlichkeit durchrinnt mich.

Ich ziehe die Vorhaut bis zum Anschlag zurück und seife das Gekröse ein. Vorhaut, was für ein Wort schon wieder. Es gibt hemmende und stimulierende Begriffe. Egal, herrlich, wie sagenhaft gut das tut! Man spürt richtig, wie der Schimmel und die Molke und Ameisensäure keine Chance haben und weichen müssen, die Schweine.

Morgenandacht. «Jeder Christ ein Gitarrist» (der dumme Peter). «Jesus Christus starb für dich – was tust du für ihn?» (Diakon Steiß). Pastor Schmidt hat ein frisches Oberhemd an, wie es sich gehört. Mir fällt auf, dass er etwas breit in den Hüften ist, seine Frau übrigens auch. Maike, sie stammt von der Nordseeinsel Föhr und kann richtig Friesisch. Friesisch ist kein Dialekt, sondern eine eigene Sprache! Die beiden Kinder sprechen ebenfalls Friesisch. Wenn sich die Pastorenfamilie unbeobachtet wähnt, unterhalten sie sich auf Friesisch. Ich finde das immer sehr schön. Man versteht kein Wort, aber es klingt friedlich und freundlich. Wer so spricht, kann kein Verbrecher sein. Wo sind die Kinder eigentlich? Na ja, schon über achtzehn, die haben bestimmt keinen Bock mehr auf Scharbeutz. Diesmal hält Diakon Steiß die Andacht.

«Wir singen aus dem Lied Nr. 9 die Strophen 2,3 und 6.»

Alles was Odem hat, lobet den Herrn. Halleluhuhuja.

Steiß bemüht sich, seiner Stimme einen sonoren Klang zu verleihen. Er legt Stimmbänder und Zäpfchen bestimmt jede Nacht in Honig und/oder Whiskey ein, damit es möglichst ölig und *sexy* klingt. Seit Ewigkeiten gehen Gerüchte um, er habe ständig was am Laufen. Eine Freundin und nebenher noch ein paar Mätressen, je nachdem, wie ihm der Vollbart gewachsen war. Die jeweilige Freundin wird spätestens mit achtzehn ausgemustert und neuer Nachschub aus der nie versiegenden Quelle Konfirmandenlager rekrutiert. Diakon Steiß (mit extra öliger Schmierölstimme):

«Ich möchte euch eine Geschichte erzählen. Von einer Frau, die Sonja heißt. Sie könnte aber auch Susanne oder Sybille heißen, das spielt keine Rolle. Wenn man sie sieht, kommt einem sofort in den Sinn: Was für eine glückliche Frau! Ihr Ehemann ist gut zu ihr und bringt ordentlich Geld nach Hause, die drei Kinder sind gut erzogen und wohlgeraten, und in ihrem Haus kann man vom Boden essen. Doch der Schein trügt. Nach außen hin ist es so, wie ich gerade beschrieben habe, aber in Wahrheit gibt es jeden Tag Streit und Zank. Der Mann trinkt schon tagsüber, und manchmal rutscht ihm sogar die Hand aus. Die Kinder sind ungezogen und vom Stamme Nimm. Aber darauf kommt keiner, weil sie sich nach außen eine perfekte Maske antrainiert haben. Und wie es dahinter aussieht, wissen nur sie und Gott.»

Während des Konfirmandenunterrichts quatscht er die Mädchen mit seiner Bumsstimme systematisch gefügig. In den folgenden Jahren: Freizeiten, Jugendchor, Bibelstunden, Gesprächskreise, die Gemeinde wird zum zweiten Zuhause. Jetzt werden die Girls erst richtig auf Kurs gebracht: Er fixiert sie mit melancholischen Hundeaugen (die in Wahrheit lodernde gelbe Wolfsaugen sind), flüchtigen, scheinbar zufälligen Berührungen. Immer ein offenes Ohr für ihre Sorgen und Nöte, er nimmt sich alle Zeit der Welt, um mit ihnen über ihre Probleme zu sprechen:

«Ja, das kenne ich, ich verstehe, dass du mit deinen Eltern nicht drüber sprechen kannst, und mit deinen Klassenkameraden auch nicht, das sind doch noch halbe Kinder. Du bist für dein Alter schon viel weiter, das weißt du doch.»

Willen- und wehrlos werden sie gelabert, getatscht, geschmachtet und dabei mit Dackelblicken ausgezogen. Pünktlich zum sechzehnten Geburtstag schlägt er zu, dann ist Schluss mit lieber Onkelpapaopabrummbär, und die Ernte wird eingefahren.

«Aber wir wollen uns nicht über diese Familie erheben, denn sind wir etwa besser? Kann einer von uns tatsächlich von sich behaupten, dass er besser ist? Unser Herz ist schwer und traurig und beladen mit Sünde. Und auch wir haben eine Maske, die verbergen soll, wie schwarz unser Herz ist und wie unrein unser Denken. Und wer wird nicht regelmäßig von bösen Gedanken befallen? Wir haben zwar niemanden ermordet oder etwas ganz Schlimmes getan, aber wir sind neidisch, misstrauisch und auf unseren eigenen Vorteil bedacht.»

Alle wissen Bescheid, auch Pastor und Gemeindevorstand, aber sie halten dicht, aus Angst vor einem Skandal, dass die Gemeinde mit in den Sexsumpf gezogen wird und der Propst oder Bischof die Kirche dichtmacht, und das war's dann mit dem geilen Gebimmel am Sonntagvormittag.

Diakon Steiß (ganz tiefe und hohe Frequenzen verschmelzen zu einem unvergleichlichen Bassbariton):

«Kann es nicht auch sein, dass der nagelneue Füller meines Klassenkameraden, der so plötzlich verschwunden war, in meiner Federtasche gelandet ist? Ganz zufällig? Und ich glaube, das ist ja alles nicht schlimm, ist ja nur ein Füller, das ist bald vergessen, eine kleine Sünde, die nicht ins Gewicht fällt. Aber ob die Sünde nun klein ist oder größer oder ganz groß, das spielt für Gott keine Rolle.»

Ist das schon wieder ein Gelaber, fast noch schlimmer als die Abendandacht. Soweit ich weiß, hat auch Herr Steiß studiert.

«Er lässt nämlich nicht mit sich handeln. Mit Gott kann man keine Geschäfte machen, nach dem Motto: Jetzt habe ich gelästert und Geld aus dem Portemonnaie genommen und jemandem die Luft aus dem Fahrrad gelassen, aber auf der anderen Seite einer alten Frau bei ihren Einkäufen geholfen oder umsonst den Rasen gemäht bei jemandem, der wenig Geld hat, und deshalb komme ich doch bitte trotzdem ins Paradies. Darauf lässt sich Gott nicht ein, auf solch billigen Tauschhandel!»

Seinem Mienenspiel lässt sich nichts entnehmen. Ob er sich schon ein Opfer ausgeguckt hat und nur noch auf den perfekten Moment (Lagerfeuer, Nachtwanderung, Liederabend) wartet, um zuzuschlagen? Mein Blick bleibt bei Susanne Bohne hängen. Bitte, bitte, alles, nur nicht das. Susanne schwebt in Gefahr, in großer Gefahr sogar! Ganz zart und anmutig sieht sie aus, mit einer wunderbar schönen, geraden Haltung, wie eine Balletttänzerin oder Leistungsturnerin. Nie sieht man sie krumm über einem Stuhl hängen oder so was. Und dann diese Glocken. Steiß denkt an nichts anderes als an die Glocken von Susanne Bohne, nächtelang liegt er wach und grübelt und grübelt: Wie um alles in der Welt komme ich an die Glocken von Susanne Bohne?

Diakon Steiß (sein Stimmvolumen ist nun voll entfaltet):

«Bevor es endgültig zu spät ist, müssen wir begreifen, dass er unter uns ist, zu uns herabgestiegen und für uns gestorben. Nur er kann uns die Sünde abnehmen, unsere schwarzen Herzen reinigen und uns den Weg ins Paradies ebnen. Jesus glauben und ihm vertrauen ist der einzige Weg, den zu beschreiten sich lohnt.»

Seine Frau ist zehn Jahre älter als er und geht langsam, aber sicher aus dem Leim. Warum hat er sie nur geheiratet, wenn er doch nie etwas anderes als Susannes Riesenglocken im Sinn hatte? Antwort: Weil er sonst die Stelle nicht bekommen hätte! Die Angst des Gemeindevorstands vor dem unverheirateten Diakon: Vollkommen entfesselt mäht der geile Hirsch nieder, was ihm vor den Drescher kommt. Ich weiß aus sicherer Quelle, dass es in den anderen Gemeinden genauso ist. Diakone sind echt die heißesten Böcke.

Diakon Steiß (ist er noch ein Mensch, oder spricht aus ihm schon der H(g)eilige Geist, haha?).

«Wie vieler und wie großer Sünden ihr euch schuldig gemacht

habt, irgendwann müsst ihr euch vor ihm rechtfertigen, dann müsst ihr Rechenschaft ablegen. Aber der Trost ist, dass das Angebot von Jesus euer ganzes Leben gilt. Ihr solltet nicht vergessen, es anzunehmen. Gott und Jesus haben euch wirklich ein tolles Angebot unterbreitet. Amen.»

Jetzt glotzt er Susanne auf die Glocken, ich seh's genau! Ihre Glocken machen ihn verrückt!

«Wir wollen nun aus dem Lied Nr. 5 die Strophen 3 und 4 singen.»

Zum Frühstück gibt es wieder nur Grau- und Schwarzbrot, Brötchen Fehlanzeige. Zu trinken: Hagebuttentee, Muckefuck und Apfelsaft mit einem Prozent Originalfruchtanteil.

Die fünf Freunde vertilgen parallel extradicke Soleier, gegrillte Würstchen, knackige Mohnbrötchen, Toast mit selbst eingekochter Erdbeer- und Kirschmarmelade, Camembert, Tilsiter, Krabbensalat. Handgeschnittener, exotischer Obstsalat, Bircher Müsli. Kräuteromelette mit sonnenreifen Erntetomaten und Schnittlauchröllchen aus dem eigenen Garten, frischgepresste Vollfruchtsäfte, Kakao, echter Bohnenkaffee. Es wartet ein neuer Tag voller Abenteuer und ungeheurem Kalorienbedarf auf sie. Auf mich auch, aber es gibt trotzdem nur Graubrot.

«Vater segne das, was du uns bescheret hast, amen.»

Alle: «Amen.»

Detlef ist schon wieder schwer am Nachsalzen. Mich wundert, dass ich der Einzige bin, dem das auffällt, Andreas sitzt doch direkt neben ihm. Jeder andere hätte schon längst eine Salzblase bekommen, denke ich, ohne zu wissen, was eine Salzblase ist. Meine Mutter behauptet, Salz sei pures Gift. Natriumchlorid. Das hat mich sofort überzeugt. Etwas, was Natriumchlorid heißt, muss giftig sein, das ist ja schon im Namen mit drin. Irgendein böser Geist hat Natriumchlorid in Salz umbenannt und führt seither die Menschheit ins Verderben. Schon Jesus hat gesagt (Psalm 45, Vers 11): «Salzlos essen = ewig leben.» Oder Psalm 992, Vers 81: «Glücklich ist, wer kein Salz isst.» Andere zwingende Beweise für die Giftigkeit von Salz: 1. Wenn Schiffbrüchige Salzwasser trinken, sterben sie wenig später unter grauenhaften Qualen. 2. Warum muss man sich übergeben, wenn man zu viel Salz gegessen hat? Weil Salz Gift ist, das der Körper unbedingt loswerden will!

All das weiß Detlef nicht.

Wenn es wenigstens Butter gäbe. Margarine ist das Allerletzte, fast so minderwertig wie Salz. Gelb und krank. Früher gab es keine Margarine, ich kann mich jedenfalls nicht daran erinnern, als Kind jemals Margarine gegessen zu haben. Vielleicht frage ich mal den dummen Peter, seit wann es Margarine überhaupt gibt, dann kann der sich mal richtig blamieren.

Von halb zehn bis zehn ist freie Zeiteinteilung. Ich gehe hinters Haus, Meer gucken. Herr Schrader hat einen Mann in die Schraubzwinge genommen, den ich noch nie gesehen habe, eine stille, bebrillte, leicht zerzauste Erscheinung, ein Grübler, Zauderer, einer, der es nicht leicht hat im Leben. Was hat der nur für eine hässliche Brille auf, so was trägt doch kein Mensch mehr heutzutage! Vielleicht ist die Hässlichkeit der Brille mit den Jahren auf ihn übergegangen oder umgekehrt. Herr Schrader bläst seinem Gegenüber ungeniert den Rauch seiner LUX ins Gesicht und erzählt Geschichten, die keiner hören will:

«Sag mal, Herr Korleis, warst du schon mal im Volksparkstadion?»

«Nein, noch nie.»

«Glück gehabt. Dann geh da man auch nicht hin. Soll ich dir auch sagen, wieso?»

«Nein. Ja.»

«Ich war zweimal da, da haben sie mich regelrecht hingelockt, so hingelockt, von wegen alles ist überdacht und warm ist das, mit Sitzheizung und alles. Und weißt du, was passiert ist?»

«Nee, was denn?»

«Durchgefroren war ich hinterher und klitschnass.»

«Ach so. Wirklich.»

«Und das andere Mal, da hab ich wieder gefroren wie sonst was, und dann haben sie mich mit Glühwein beschmissen. Die ganze Jacke haben sie mir vollgekleckert. Aber bei mir war das noch nicht mal so schlimm, hinter mir, da waren Damen, verstehst du, Damen, und die haben sie richtig nass gemacht. Glühwein, das kriegst du nie wieder raus.»

«Und wieso haben die das gemacht?»

«Ach, das ist doch alles zum Kotzen. Weißt du, was meine Kritiker sagen?»

«Nee, was denn?»

«Selbst wenn ich auf dem Wasser laufen würde, sagen die: Der kann ja noch nicht mal schwimmen.»

«Ach ja.»

Gegen Herrn Schrader ist einfach kein Kraut gewachsen, Korleis hat original keine Chance. Der Einzige, der gegen Herrn Schrader Land sieht, ist der Pastor persönlich. Aber nur der Pastor, auch Diakon Steiß nicht, der wird verarscht wie alle anderen.

Fünf Freunde im Fressrausch

Für das Programm der Erwachsenen ist Pastor Schmidt zuständig, für das der Jugendlichen Diakon Steiß, zusammen mit dem dummen Peter, sie sind praktisch unsere Vorgesetzten. Ich will auch mal Jugendgruppenleiter werden und Kleinere unterdrücken, haha. Nee, nee, aber Bock hätte ich manchmal schon. Peter schaut fröhlich in die Runde:

«Hallo, alle zusammen, ich weiß, dass sich viele von euch untereinander noch nicht kennen, und das wollen wir so schnell wie möglich ändern. Wir haben deshalb was vorbereitet, das euch im ersten Moment sicher überraschen wird.»

Er legt drei Toilettenpapierrollen vor sich auf den Boden. Was soll das denn werden. Sollen wir uns etwa gegenseitig einen vorkacken? Peinlich!

«Zunächst nimmt jeder von einer Rolle eine paar Blätter weg. Aber jeder soll nur so viel nehmen, wie er zu benötigen meint.»

Die Gruppe wird unruhig. Benötigen, wofür benötigen? Der bescheuerte Peter Behrmann flattert mit den Augenlidern und traut sich nachzufragen:

«Aber ich weiß doch vorher nicht, wie viel ich brauche!»

Peter Edam grinst: «Haben wir gesagt, wofür? Lasst mal eurer Phantasie freien Lauf.»

Hä? Bescheuert. Die meisten reißen nur drei oder vier Blatt ab, mit drei oder vier Blatt kann man nicht viel falsch machen, ich nehme nur zwei. Lediglich Schwanzandreas guckt triumphierend in die Runde und greift sich fast eine halbe Rolle, nur so zum Scheiß und weil er schocken will.

«Okay, ich blicke in fragende Gesichter», sagt Peter, «jetzt die Auflösung. Pro Blatt, das ihr genommen habt, müsst ihr etwas von euch erzählen. Wer fängt an?»

Ach so, ein Kennenlernspiel. Keiner will anfangen. Peter guckt erwartungsvoll in die Runde und zeigt schließlich auf mich:

«Dann du bitte.»

«Ich heiße Thorsten.»

Ich zerknülle ein Blatt und werfe es auf den Boden. Eine Bö erfasst das Kügelchen und schleudert es in die erbarmungslose Ostseeluft. Detlef stürzt wie ein Wahnsinniger hinterher und hebt es auf. Was ist denn mit dem los? Ein Umweltfreak. Brav, denke ich, hol 's Stöckchen.

«Mein Alter ist sechzehn.»

Peter schaut mich auffordernd an: «Mehr nicht?»

«Nö.»

«Okay, das muss ich akzeptieren.»

Die anderen erzählen genauso öden Kram. Name, Alter, Hobbys. Einer gibt preis, dass seine Eltern sich scheiden lassen wollen. Ich habe keine Ahnung, was er uns damit sagen will, und ich will's auch gar nicht wissen, viel zu privat. Als Letzter ist der Andreas dran. Haha, da haben sich alle schon drauf gefreut. Los, Andy, erzähl uns mal einen von zu Hause!

Das übliche schnarchlangweilige Zeug: Name. Alter. Klasse. Geschwister. Sport. Fünf Blatt von tausend.

Peter Edam tut gespannt: «Na, irgendwas wird dir doch wohl noch einfallen?»

Doch da kommt nichts mehr. Andreas ist tatsächlich noch dümmer und phantasieloser, als ich dachte. Ich hätte ihm natürlich leicht auf die Sprünge helfen können:

«Meine Rute ist mein Kapital.»

«Wo ich meinen Schwanz auspacke, da wächst kein Gras mehr.»

«Wenn ich entsaftet habe, kannst du die ganze Wohnung neu streichen.»

«Wenn ich mir die Hosen auszieh, hängen mir die Klüten bis zu den Kniekehlen.»

Usw.

Das nächste Spiel heißt Schuhhaufen. Vielleicht heißt es auch anders, aber ich nenne es so: Wir müssen uns einen Schuh ausziehen und ihn in die Mitte auf einen Haufen werfen. Jeder nimmt sich einen Schuh (natürlich nicht den eigenen!) und versucht herauszufinden, wem er gehört. Meine Güte, wir sind doch nicht im Kindergarten!

Danach das Was-wäre-wenn-Spiel. «Wenn ich im Lotto eine Million Mark gewinnen würde, dann würde ich ...» Jeder muss den Satz vervollständigen. Peter sammelt die Zettel ein, mischt sie und verteilt sie neu. Jeder muss nun den Satz vorlesen, der auf seinem Zettel steht. Susanne Bohne liest den ersten Zettel vor: «Dann würde ich das Geld an Kinder in Afrika spenden.» Der drahtige Dirk Kessler gut gelaunt: «Ein Drittel spende ich für Brot für die Welt, ein Drittel schenke ich meinen Eltern, und ein Drittel lege ich für später zurück.» Was sind das denn nur für elende Spießer hier? Der Zettel gehört bestimmt zum Namenlosen. Ich erwische zufällig meinen eigenen: «Das Geld würde ich Sylvester Stallone schenken unter der Bedingung, dass ich in seinem neuen Film mitspielen darf.» Ich finde Sylvester Stallone total geil, geiler geht's nicht. Er hat den Film *Rocky* gegen alle Widerstände selbst geschrieben, er hat produziert, er hat Regie geführt und sogar die Hauptrolle übernommen. Ein solches Meisterstück hat vor ihm noch keiner hinbekommen, soweit ich weiß. Es gab noch nie jemanden, der den Oscar so verdient hat wie Sylvester Stallone. Wenn ich ihm mal zufällig begegnen und er irgendwo hinspucken würde, würde ich seine Rotze vom Boden kratzen und aufbewahren. So bin ich drauf.

Die Gruppe denkt, der Satz käme von Detlef. Typisch.

Bimmel bimmel. Um halb zwölf wird der Mummenschanz durch die Badezeit beendet. Bimmel bimmel bimmel. Herr Schrader, wer sonst, bedient eine Glocke, die an der Eingangstür der Nougathöhle hängt.

Es ist nämlich nicht etwa so, dass man baden kann, wann es einem passt, nein, Badezeit ist zweimal am Tag für jeweils eine halbe Stunde, von halb zwölf bis zwölf und von siebzehn bis siebzehn Uhr dreißig. Wenn es total heiß ist, gibt's in Ausnahmefällen auch mal *ganze* Badetage ohne Zeitlimit.

Das Wetter ist wieder ziemlich durchwachsen, eigentlich ist es zu kalt zum Baden. Zum Glück herrscht kein Badezwang wie damals in der Verschickung Kackzwang. Ungefähr ein Dutzend Jugendlicher geht ins Wasser und kein Erwachsener. Zwanzig Meter im Meer ist ein Floß verankert. Andreas und Peter Behrmann und sogar der krüppelige Detlef hüpfen in die schlotterkalte Ostsee, kraulen hin und springen sofort wieder ins Meer. Per Kopfsprung. Ich hab Angst vor Köppern, seit ich mal ein Fernsehdrama gesehen habe, wo ein Typ in einen ungefähr zwanzig Zentimeter tiefen Bach gesprungen ist und danach vom ersten Nackenwirbel abwärts gelähmt war. Erst wollte er sich umbringen, dann hat er in der Reha neuen Lebensmut gefasst, und nach seiner Entlassung, in der Abschlussszene, haben er und seine Frau versucht, miteinander zu schlafen. Total peinlich. Der arme Mann. Die arme Frau. Schrecklich, furchtbar.

Es gibt Sachen, gegen die man nichts machen kann, wie Gehirnschlag oder Krebs oder Blitz oder Magendurchbruch. Andere schlimme Sachen, wie eben Querschnittslähmung, kann man sehr wohl verhindern. Oder Tod im Straßenverkehr. Ich habe mir geschworen, dass ich mich niemals von einem Auto überfahren lassen werde. Um die Risiken zu minimieren, werde ich auch niemals einen Führerschein machen, das mit dem Mofa ist eine Ausnahme und hat sich sowieso bald erledigt, weil ich entweder von den Bullen oder meiner Mutter oder Herrn Schrader erwischt werde, oder das Mofa geht kaputt oder wird aus Utes Fahrradkeller geklaut oder was weiß ich.

Ich hab Freischwimmer, da darf man sowieso nur Fußsprung, Köpper ist erst ab Fahrtenschwimmer erlaubt. Ich schwimme echt nicht gut, kraulen kann ich sowieso nicht, nur Brust und ein bisschen Rücken. Von der Technik bin ich eigentlich Seepferdchen. Die richtig geilen Typen haben DLRG. Und jetzt kommt's: Ich hab vor einem Jahr im Freibad eine Badehose mit DLRG-Aufnäher gefunden, die hat einer liegengelassen. Muss man sich mal vorstellen, liegengelassen! Die Hose war viel zu groß, aber ich hab sie trotzdem mitgenommen, das Abzeichen abgetrennt und in nächtelanger Frickelarbeit an meine eigene Badehose gefädelt. Heimlich natürlich, meine Mutter durfte davon nichts mitbekommen, ich weiß schon, was sie sagen würde: illegale Erschleichung von Titeln oder so. Kein Humor, kein nix. Bislang ist der Schwindel zum Glück nicht aufgeflogen, die anderen sind so doof, die denken wahrscheinlich, dass ich extra schlecht schwimme, um sie nicht zu demütigen, haha. DLRG haben, aber in Zeitlupe brustschwimmen, mehr Tiefstapelei geht nicht. Wenn's drauf ankommt (Mensch in Seenot), würde ich natürlich abzischen wie eine Rakete, ich glaub's mittlerweile fast selber. Na ja, wenn wirklich mal was passieren sollte, fliegt alles auf, und ich kann für den Rest meines Lebens einpacken.

Da kommt tatsächlich doch noch eine Erwachsene! Maike (Pastor Schmidts Frau) tippelt im marineblauen Badeanzug mit hochgesteckten Haaren auf Zehenspitzen über den schmuddeligen Strand. Im Badeanzug sieht man erst so richtig, was für ein breites Becken sie hat, mit hervorstehenden, dürren Knochen. Brust und Arme sehen auch ziemlich knochig aus. Eine schroffe Erscheinung, die im Gegensatz steht zu ihrem seltsam runden, freundlichen und gütigen Gesicht. Sie nimmt es bestimmt ernst mit der Nächstenliebe. Wenn man die zur Mutter hat, hat man's gut, nicht wie bei den ganzen anderen bescheuerten Scheißmüttern. Sie schwimmt nur wenige Meter ins Meer, dann wird es ihr offenbar zu ungemütlich, und sie kehrt mit vor Kälte krallenartig aufgespreizten Fingern an den Strand zurück. Schon von weitem kann ich ihre Gänsehaut sehen. Als sie näher kommt, sehe ich ihre dichte Schambehaarung, die aus dem Badeanzug gekrochen kommt. Wucher wucher. Ein paar Haare sind besonders lang und sehen aus wie neugierige, aggressive Fangarme. Ich stelle mir vor, wie sie sich nackt auszieht und die Haare alle möglichen Insekten anlocken. Die Insekten machen es sich auf der Anhöhe gemütlich, ah, herrlich, Wind, Sonne, Wolken. Doch plötzlich verwandeln sich die dicken Borsten in Fangarme, die die Viecher in den Schlund hineinziehen und im giftigen Schleim ersäufen.

Was ich mir schon wieder ausdenke. Ich schäme mich, aber schließlich kann ich nichts dafür, wenn meine Phantasie gelegentlich mit mir durchgeht. Außerdem habe ich nichts Böses gedacht.

Ich sitze am Strand und beobachte das Geschehen. Neben mir der einzige Typ, der mir bei den Kennenlernspielen wirklich aufgefallen ist: Tiedemann. Er hat die längsten Haare von allen, seine Jeans sind total verwaschen und zerrissen, und er trägt einen sogenannten Pfeffer-und-Salz-Mantel. Geil, so was tragen eigentlich nur Penner und alte Opis. Seine Stimme klingt monoton und leierig, und so bewegt er sich auch, schläfrig, echsenhaft. Ein echt cooler Typ, ganz anders als die anderen, die daueraufgeregt sind und Angst davor haben, ins Hintertreffen zu geraten oder etwas zu verpassen oder unbeliebt zu sein oder was falsch zu machen. Tiedemann macht gar nichts, dann kann man auch nichts falsch machen. Eine Mischung aus Penner und Rockstar. Ich verstehe nicht, was so einer auf einer Familienfreizeit sucht. Instinktiv spüre ich, dass ich mir viel von ihm abgucken kann, und ich nehme mir vor, irgendwie in seinen Dunstkreis zu kommen. Er hält offenbar ebenso wenig vom Schwimmen wie ich. Mit seinem Pfeffer-und-Salz-Mantel sitzt er im Sand und guckt schläfrig. Tiedemann in Badehose, unvorstellbar, passt einfach nicht, außerdem wäre er auch nicht Tiedemann, wenn er wie die anderen Beknackten gleich ins Meer hüpfen würde. Er ist der Einzige, bei dem ich mir ernsthaft vorstellen kann, dass er nicht wichst. Weil er's nicht nötig hat. Meine Bewunderung für ihn kennt jetzt schon keine Grenzen. Tiedemann, geiler Typ.

Darmverschluss

Halb eins, normalerweise habe ich um die Zeit schon längst gekackt. Zwei Mahlzeiten gären in mir, und ich habe noch nicht mal einen Fingerhut wieder ausgeschieden. Woran es genau liegt, weiß ich auch nicht: Aufregung, Nahrungsumstellung, frische Luft, ungewohntes Bett, Insekten; auf der Jugendfreizeit konnte ich volle drei Tage nicht auf Klo, da hab ich's echt mit der Angst zu tun bekommen. In einer halben Stunde ist Mittagessen, dann kommt noch eine ganze Mahlzeit hinzu. Verstopfung führt unweigerlich zu Darmverschluss, und dann ist Feierabend. Daran werde ich sterben und nicht an Gehirnschlag, Krebs oder Autounfall. Der Darm kann die übervolle Ladung nicht mehr halten, er ächzt und stöhnt und quietscht und rumort, doch irgendwann nützt alles Nachgeben und Dehnen nichts mehr, es bilden sich winzig kleine Risse, durch die der Kot heraussickert und von innen her den Organismus vergiftet. Genau so wird's kommen, es gibt Dinge, die weiß man eben.

Ich muss es wenigstens mal versuchen. So kurz vor dem Essen ist die Baracke sicher leer. Sicherheitshalber lege ich mich auf den schmutzigen, nassen Boden und gucke, ob in einem der beiden Verschläge irgendwelche Füße herumscharren. Nichts zu sehen, nichts zu hören.

Durch leichten Druck auf die Rosette versuche ich, den Schließmuskel zu stimulieren, Sesam, öffne dich. Jetzt heißt es beten. Ich starre an die Tür und versuche an irgendwas Neutrales zu denken, an Oma, mein Fahrrad, einen Waldspaziergang. Bringt nichts, Kackhemmung, alles seelisch. Ich hänge auf dem ungeheizten Jugendklo, und durch den erbarmungslosen Ostseewind zieht sich der Schließmuskel zusammen, anstatt sich zu weiten. Ich muss es mit stärkerem Drücken probieren, presse die Lippen zusammen und zähle bis zehn. Bis fünf baue ich den Druck auf, dann wieder ab, mehrmals nacheinander. Keine Ahnung, ob das die richtige Methode ist, aber irgendeine Methode muss man sich schließlich ausdenken. Nichts. Vom Drücken bekommt man Hämorrhoiden, und wenn man's übertreibt, sogar einen Leistenbruch. Ach Gottachgott, warum kann das Leben nicht ein klein wenig leichter sein, ich hab doch noch gar nichts verbrochen.

QNNÖÖÖÖIIIIRRRRZZ!

Die Barackentür! Bitte bitte, jetzt nicht das auch noch! Ein Konkurrent, einer, der es besser kann und macht, schlurft in den Nebenverschlag. Laut furzend lässt er die Hosen herunter, und dann brüllt sein Arsch in die Schüssel, aber richtig. Er prustet, schreit, winselt, schreit, röhrt, brummt und schnarrt, animalische Laute, die Entleerung hat nichts Menschliches mehr. Die Redensart *jemanden zusammenscheißen* erschließt sich mir nun in seiner vollen Bedeutung. Dann herrscht Totenstille. Ich hocke regungslos auf der Brille und tu keinen Mucks. Einundzwanzig, zweiundzwanzig. Wieso haut der nicht endlich ab, er hat mich doch schon genug gedemütigt. Meine Güte, ich verstehe nicht, wieso Leute Ewigkeiten auf dem Klo zubringen, vor allem, wenn sie längst fertig sind. Lesen tut man in der Bibliothek oder in einem Lesezimmer!

Pfffföörkk. Der Schlussfurz fällt auf die Essensbimmel. Nicht nur die Badezeit, auch die Mahlzeiten werden eingebimmelt. Raschel knister, der andere zieht sich rasch die Hosen hoch

und geht, ohne sich die Hände zu waschen. So eine Sauerei! Mit Kackahänden zum Mittagessen in einer christlichen
Gemeinschaft, das ist ja wohl das Allerletzte! Ich warte noch
eine Minute, dann gehe ich auch. Während des Essens schaue
ich mich unauffällig um. Irgendwo in unseren Reihen sitzt
ein Monstrum, das sich höhnisch grinsend die Sachen reintut.
Schaufel schaufel: sauerstechend-brackige Pranken mit starker
Schwitz- und Dunstneigung, die Daumenballen mit Kotresten
verschmiert, die Handflächen gelb angelaufen, in den Fingerge-
lenkritzen Teppiche aus Kolibakterien. Ich könnte Herrn Steiß
einen Tipp geben, dann würde Peter Edam mit einem kleinen
Spatel von allen Verdächtigen Proben nehmen, und das Schwein
müsste mit dem nächsten Zug nach Hause fahren, ohne Geld
zurück natürlich. Obwohl, eigentlich kann sich Peter den Test
auch sparen, denn nach menschlichem Ermessen kommt nur
einer in Frage: Harald Stanischewsky, wer sonst? Ich habe in der
Quick gelesen, dass sich die Deutschen von allen europäischen
Völkern am seltensten die Hände waschen. Wundert mich nicht,
denn Deutsche sind alles Schweine. Früher hatte ich mir nie
vorstellen können, dass es den Nationalsozialismus wirklich
gegeben hat, jetzt brauche ich nur jemand flüchtig anschauen
und weiß sofort, welche Karriere der unter Hitler gemacht
hätte: SA-Scherge, Blockwart, Gestapokommissar, Lagerleiter,
Gauleiter, Göring, Hitler selbst. Im Grunde genommen haben
die Terroristen recht mit ihrer Behauptung, Deutschland sei
immer noch bis oben hin mit Nazis verseucht.

Scheiße hin, Kackhemmung her, ich hab Hunger. Es gibt
Hackbraten, der in einer dünnen braunen Soße schwimmt,
Beilage Salzkartoffeln, Erbsen und Wurzeln. Hastig fülle ich
mir auf, bevor alles weg ist. Rasend schnell muss die Sättigung
vonstattengehen, denn die Küche arbeitet aus Etatgründen
(343 Mark) mit künstlicher Verknappung. Nachschlag, nein
danke. Verhungern wird man schon nicht, nur ein wenig
abnehmen, und das sieht immer gut aus. Ich gucke verstohlen

zu Susanne Bohne rüber. Auch sie isst mit großem Appetit. Ihre Brüste wirken richtiggehend aggressiv, wie sie so hin- und herschaukeln. Egal, der Hackbraten schmeckt besser, als ich dachte, ich erwische sogar ein winziges Stück Tomate. Hmm, Tomate, mein Lieblingsgemüse. Wenn ich bis zum Ende meines Lebens nur noch eine Gemüsesorte essen dürfte, wäre das Tomate. Dicht gefolgt von roter Paprika und Erbsen. Erbsen schmecken am besten, wenn man sie direkt aus der Schote pult. Wenn Harald Erbsen aus der Schote pult, hat er mehr Scheiße im Maul als Erbse, denke ich. Das Mischgemüse war zu lange im Wasser und sondert eine klare gelbe Flüssigkeit ab. Auch die Kartoffeln sind verkocht, sie fallen auseinander, bevor die Gabel den Mund erreicht. Ist das alles eklig. Detlef scheint es nicht zu stören, er arbeitet wie immer mit ungeheuren Salzmengen nach. Wieso fällt das niemandem auf?

Was bei den fünf Freunden wohl gerade so auf dem Tisch steht? Knuspriges Spanferkel, kalter Braten, Fischteller, Fischsuppe. Pommes frites. Selbstgemachter Eierstich, Gemüsesuppe mit Hühnchen. Schweres, dampfendes Bauernholzofenbrot. Zum Nachtisch exotischer Obstsalat, Eisbombe, hausgemachte rote Grütze mit Vanillesauce, Schokokuchen mit flüssigem Kern. Waldmeisterbrause, diverse Säfte, Mokka.

Bei Frau Thieß gibt's zum Nachtisch Vanillepudding mit Haut und dicker Kirschsoße. Das schmeckt jetzt aber echt mal richtig scheiße. Und der ewige Tee. Wie kann man überhaupt auf die Idee kommen, Kinder und Jugendliche mit Tee zu foltern. Meine Mutter schießt in dieser Beziehung den Vogel ab: Wenn ich nach dem Sport oder Spielen nach Hause komme, serviert sie mir nicht etwa eine herrlich zischende Brause mit extra viel durstlöschender Kohlensäure, sondern brühheißen Tee. Das muss man sich mal vorstellen, kann sich kein Mensch vorstellen: Man hat getobt und geschwitzt und sonst was und soll allen Ernstes den Durst mit Tee löschen. In kleinen Schlucken, damit man sich nicht die ganze Fresse und die Speiseröhre verbrennt. Wer denkt sich so was aus? Die ernsthaft ernst gemeinte Begründung meiner Mutter: Tee sei das gesündeste Getränk überhaupt, weil es alle lebensnotwendigen Mineralien und Vitamine und Gerbsäuren enthalte. Eigentlich könne der Mensch auch nur von Tee leben. Diskussion beendet. Ich trinke deshalb immer viel zu wenig und habe wahrscheinlich schon mit zwanzig einen Nierenschaden. Die Kacknieren fühlen sich sowieso komisch an. Von Rechts wegen dürften die sich gar nicht anfühlen, gesunde Organe fühlt man nicht, die sind einfach da und funktionieren.

So, fertig. Die anderen Jugendlichen auch. Aber die Scheißerwachsenen essen wie immer schneckenlangsam, um uns zu quälen. Na ja, sie haben den ganzen Tag eh nichts vor. Der größte Quälgeist ist Pastor Schmidt. Vor jedem neuen Bissen inspiziert er seinen Teller, als müsste er erst mal gründlich überlegen, was er sich als Nächstes in den Vollbart schiebt. Etwas Hackbraten? Ein Kartoffelstückchen? Eine Gabel Mischgemüse? Hatte nicht bereits sein letzter Bissen aus einem Stück Braten bestanden? Denk denk, grübel grübel. Dann wäre nach Adam Riese Kartoffel an der Reihe! Gipfel des Terrors: Nach ungefähr jedem zehnten Bissen legt er das Besteck *vollständig* aus den Händen, faltet seine Hände zum Gebet (Hügel, A, Pyramide, was weiß ich) und unterhält sich oder sinniert. Unfassbar.

Ha, jetzt seh ich's: Harald riecht an seinen Händen. Also hatte ich recht. Was da außer Scheiße wohl noch so alles dranklebt? Bakterien, Mikroben, Viren, Kroppzeug. Es bereitet ihm offenbar ein dumpfes Vergnügen, wie der Geruch von Scheiße, Pisse, Wichse, Schweiß, Dreck, Hackbraten, Mischgemüse und verkochten Kartoffeln sich zu einer Schwade vermengt. Nach dem Essen legt er sich bestimmt in den Schlafsack und lässt die versifften Hände im heißen, feuchten Dunkel ausdünsten, danach nestelt er an seinem eigenen großen, lappigen, faltigen, schmutzigen, zusammengeklebten Sack, er schiebt die Eier in die Bauchhöhle und wieder zurück in den Beutel, stundenlang geht das. Eier, Eier, Eier.

Ich weiß schon jetzt ganz genau, wie Harald in zehn Jahren aussieht: Vom Halbfischigen ins Ganzfischige gekippt, Haare ausgefallen, der Kopf, der ansatzlos in den mit roten Quaddeln zugewachsenen kurzen Hals übergeht, sondert ununterbrochen ein dickflüssiges gelbes Sekret ab, das den stumpigen Oberkörper hinunterrinnt und dann in den Ausläufern der blondroten Schambehaarung versickert, die eingewachsenen Finger- und Zehennägel gleichen Krallen, unter den Achseln dichte Nester mit Taubendreck, Milben, Sporen und Wurmeiern. Um jemanden zu töten, braucht er bloß den Arm zu heben und seinen Feind einen tiefen Zug aus der Achselhöhle nehmen zu lassen. Die Arschritze ist mit eingetrockneten Kotresten verklebt, die Eichel bedeckt von einer Pilzhaube, die abgestorbenen Hoden dunkelbraun angelaufen. In sämtlichen Falten, Kratern, Bunkern, Rissen nisten Schmutzinseln, Drecksatolle, käsige Gerinnsel, die Füße pilzige Stumpen. So ungefähr.

Smokie

Endlich macht Diakon Steiß dem Spuk mit einem kurzen Gebet ein Ende. Ich gehe eine rauchen. Eigentlich hatte ich mir vorgenommen, mit dem Rauchen aufzuhören, aber andererseits: Was für eine Scheißidee, ausgerechnet im Urlaub das Rauchen aufzugeben. Alles nur wegen des Antiraucherabschreckungsfilms, den wir vor kurzem in der Schule gesehen haben: Bis zum Anschlag verteerte Raucherlungen, abgeschnittene Gliedmaßen und als grausiger Höhepunkt ein Mann, dem sie in unzähligen Operationen das halbe Gesicht amputiert hatten und der durch das winzige, künstlich angelegte Atemloch am Kehlkopf weiterrauchte. Spitzname Smokie. Da ich schon mit elf mit dem Rauchen begonnen habe, kann es nicht mehr lange dauern, bis mir ein ähnliches Schicksal blüht. Nach den Sommerferien muss ich unbedingt aufhören, aber jetzt gerade nicht, denn ich benötige meine Energie, um die neuen, ungewohnten Bedingungen zu beherrschen, bevor die Bedingungen mich beherrschen. Was die Nichtraucherfibeln nämlich verschweigen: Unter extremen Umständen, wie etwa Kriegsgefangenschaft, haben Raucher eine höhere Lebenserwartung als Nichtraucher, weil sie sich wenigstens auf etwas freuen können, nämlich auf eine gegen die tägliche Portion Wassersuppe getauschte Zigarette, die sie bei Temperaturen weit unter null in irgendeinem Gulag im russischen Niemandsland gierig inhalieren. Für ein paar Minuten vergessen die Landser alles Leid und Elend und die erfrorenen Gliedmaßen, das Ungeziefer und die Schläge, die fauligen Kartoffeln und die Demütigungen. Und freuen sich schon auf die nächste Zigarette: «Eine Zigarette, diese letzte Zigarette noch, dann geb ich endgültig auf, dann können sie mich von mir aus totschlagen, aber eine letzte Zigarette ...» So hangelten sie sich von Zigarette zu Zigarette, von Schachtel zu Schachtel, von Stange zu Stange, bis Bundeskanzler Adenauer sie endlich rausgehauen hat. Entgegen populären Lehrmeinungen ist Rauchen unter extremen Bedingungen also eine lebensverlängernde Maßnahme. Auch interessant: Schöne Menschen werden durchs Rauchen auf-, hässliche Menschen abgewertet. Starke Menschen werden durchs Rauchen stärker, schwache Menschen schwächer. Außerdem bekommen die Schwachen vom Rauchen gelbe Zähne, bei den Starken werden die Zähne sogar noch weißer. Ist wirklich so.

Egal. Jetzt haben wir erst mal eine Stunde Mittagspause, und ich gehe auf die Terrasse hinter dem Haus, Meer gucken. Der Himmel ist tief und dunstig, bestimmt regnet es heute noch. Herr Schrader sitzt alleine auf einer der beiden Bänke, schaut aufs Meer und raucht eine LUX. Seine derbe, fleischige Nase wirkt noch gewaltiger als sonst, die Augen sind umso kleiner, wie in Aspik eingelegt.

«Tach, Herr Schrader.»

Schrader hebt nur flüchtig die Hand und pult sich Knorpel oder so was aus den Zähnen.

Ich setze mich auf die andere Bank und schaue aufs Meer. Irgendwie unpassend, in meinem Alter aufs Meer zu schauen, eigentlich macht man das erst ab fünfzig oder sechzig. Was kommt als Nächstes? Interesse für Gärten vielleicht, ganz allgemein Flora und Fauna.

Ob Schrader wohl gedient hat?

Schrader zuckte zusammen. Ungefähr ein Dutzend 18-Zentimeter-Granaten detonierten in der Pak-Stellung und zerstörten sie vollständig. Über allem lag giftiger, beißender Rauch. Schmidt war der Bauch geplatzt, er hatte noch mit letzter Kraft versucht, seine Gedärme zurückzuhalten, Petermann hatte der glühend heiße Rückstoß einer Panzerfaust erwischt, er war bis auf die Knochen verkohlt. Schrader erwies den Kameraden einen letzten Dienst und schloss ihnen die Augen. Die dichten Schneeflocken würden die Leichen spätestens bis zum Abend vollständig bedeckt haben. Plötzlich hörte er das Klingeln von Panzerketten, die Vorhut der 3. russischen Panzerdivision. Der verdammte Stalin, wie macht er das bloß, dachte Schrader, immer noch pumpen die Russen neues Menschenmaterial aus den Untiefen ihres Riesenreiches an die Front. Er raffte alle Panzerfäuste, deren er habhaft werden konnte, zusammen und verbarrikadierte sich im letzten noch intakten Abschnitt des Schützengrabens, als in nicht mal fünfzig Metern Entfernung der erste T-34-Panzer durchbrach ...

So oder so ähnlich muss es gewesen sein. Schrader zündet sich nervös die nächste Zigarette an, er ist seinem eigenen Redezwang ausgeliefert und braucht dringend jemanden, den er zutexten kann, und wenn es nur ein pygmäenwüchsiger Teenager ist. Ich tue harmlos und schaue gedankenverloren aufs Meer, als würde ich über etwas mit christlichem Inhalt nachdenken. Schließlich hält er es nicht mehr aus.

«Sag mal.»

Ich drehe mich zu ihm um.

«Meinen Sie mich?»

«Meinen Sie mich, meinen Sie mich! Siehst du hier sonst noch jemanden?»

«Nö.»

«Wie gefällt dir das denn hier?»

«Ja, ganz gut.»

«Früher war das viel besser.»

«Ach wirklich, wusste ich gar nicht.»

«Doch, da warn noch die ganzen alten Leude mit. Das war ein ganz anderes Ding. Und der alde Pastor, den kennst du gar nich mehr, stimmt's?»

An seinem schwabbeligen Mund bilden sich beim Reden riesige Speichelblasen.

«Nee, wie hieß der denn nochmal?»

«Wie, den kennst du nich? Pastor Kümmel, musst du doch kennen! Wie, auch nie von gehört?»

«Doch, ich glaube ja, aber ich weiß jetzt gar nicht.»

«Wie, musst du doch wissen. Egal. Pastor Kümmel lebt jetzt im Heim. Muss man sich mal vorstellen. Reißt er sich sein Leben den Arsch auf für die Gemeinde, und jetzt is er im Heim. Und das wollen Christen sein. Gar nix sind die.»

Nur in seinem eigenen Redeschwall fühlt er sich sicher aufgehoben.

«Mmmh.»

Schrader hält mir die Packung LUX hin.

«Und, was is mit dir? Rauchst du, willst du 'ne Zigarette?»

«Ja, gern.»

Ich nehme eine.

«Das is vernünftig.»

Er reicht mir Feuer und erinnert sich:

Die letzte Kriegsweihnacht ... Leutnant Werner erwiderte den Gruß und verhielt in plötzlichem Entschluss: «Nehmen Sie.» Unteroffizier Schrader steckte die Zigarette in die Manteltasche und blickte dem Offizier lange nach.

Schrader hat das nie vergessen. So wie ihm damals eine Zigarette angeboten wurde, so gibt er sie heute an mich weiter.

«Waren Sie eigentlich im Krieg?»

«Waaasss? Bist du doof? Sach ma, bist du bekloppt!?»

«Wieso, macht doch nix.»

«Du bist ja wohl echt nicht mehr ganz schussecht. Als Mensch zu dumm und als Schwein zu kleine Ohren.»

«Entschuldigung.»

Was ist denn mit dem los? Ich dachte, es würde ihn freuen, dass ich glaube, er wäre im Krieg gewesen.

«Das musst du dir mal vorher überlegen, Meister. Und ich geb dir hier noch 'ne Zigarette. Ich glaub's nich.»

«Ja.»

Schrader schnippt seine LUX weg und geht.

Mir fällt ein, dass ich versprochen habe, zu Hause anzurufen, ob ich gut angekommen bin und so. Ich hab nicht die geringste Lust, aber jetzt ist eine gute Gelegenheit, dann hab ich's hinter mir. In der Nougathöhle gibt es nur einen einzigen, klapprigen Telefonapparat, der auf einem Tischchen im Gemeinschaftsraum steht. Daneben liegt ein Schreibheft, in das man seinen Namen und die Anzahl der Einheiten einträgt, abgerechnet wird wie überall zum Schluss. Ich nehme mir vor, höchstens *eine* Einheit zu vertelefonieren. Die kostet zwanzig Pfennig und dauert acht Minuten. Glaube ich.

Föööt. Föööt. Föööt. Föööt. Föööt.

Hoffentlich geht niemand ran. Aber das ist ja auch schon wieder Quatsch, dann muss ich's später nochmal versuchen. Wie man es dreht und wendet, alles Scheiße.

Föööt. Föööt. Föööt. Föööt. Föööt. Föööt. Föööt.

Ich versteh das nicht, bei uns ist doch immer einer da. Klack:

«Sabine Bruhn.»

Meine Schwester.

«Ey, Sabine, hier ist Thorsten.»

«Na, wie isses?»

«Ich weiß nicht, bisher noch nicht so geil.»

«Und wieso nicht?»

«Wegen der Leute. Total viele Idioten mit und alte Leute, und das Wetter ist auch nicht gut.»

«Ach Quatsch, wart doch erst mal ab.»

«Nee, ich glaub da nicht mehr dran, echt nicht. Und wie ist es bei dir so?»

«Ach, ich hab jetzt bald endgültig keinen Bock mehr. Ich glaub, ich schmeiß die Lehre.»

Meine Schwester macht eine Ausbildung zur Arzthelferin, zweites Lehrjahr. Alle Mädchen mit Realschulabschluss werden entweder Optikerin oder Büro-/Groß-/Außenhandels-/Speditionskauffrau oder Arzthelferin, etwas anderes ist nicht vorgesehen. Die Jungs lernen ein Handwerk (am beliebtesten ist irgendwas mit Kfz) oder was Kaufmännisches. Die Hauptschüler werden Bäcker oder Verkäuferin oder Straßenreinigung oder Gärtner. Den besten Berufswunsch aller Zeiten hat mal Wilfried Schmale geäußert:

«Und was is mit dir, Wilfried, was willst du denn mal werden?»

«Hilfsknecht aufm Hof.»

Hat er todernst gemeint. Muss man sich mal vorstellen, kann sich kein Mensch vorstellen. Nicht Knecht, Hilfsknecht. Bescheidener kann man das Berufsleben nicht angehen, die Möglichkeit des Scheiterns wird von vornherein ausgeschlossen. Leider sind Wilfrieds Eltern nach Neuseeland ausgewandert, und Wilfried musste mit. Vielleicht hat er's ja trotzdem durchgezogen, in Neuseeland gibt es schließlich auch Bauernhöfe.

«Wirklich? Das ist doch nur noch ein gutes Jahr, das hältst du durch.»

«Du, Mutti kommt grade. Du wolltest doch sicher auch noch mit ihr sprechen.»

«Ja. Aber überleg dir das doch nochmal mit der Lehre.»

Pause. Wie bin ich denn drauf? Soll sie doch hinschmeißen.

«Komm ma, Thorsten is dran», ruft Sabine und sagt dann zu mir:

«Also tschüs, ich leg dich mal weg.»

«Ja, tschüüs.»

Pause. Pause. Pause. Meine Mutter lässt sich extra lange Zeit, schließlich muss klargestellt werden, wer hier auf wen zu warten hat. Schlurf, klapper, knister. Erst mal schön Tüten auspacken.

Pause.

«Bruhn.»

Nicht etwa «Hier ist Mutti» oder so was.

«Hallo, ich bin's. Ich wollte mal anrufen.»

«Eigentlich wolltest du *gestern* anrufen. So hatten wir das jedenfalls verabredet. Aber du hattest wahrscheinlich Besseres zu tun.»

Oneinoneinonein, jetzt geht das gleich schon wieder so los. Sie weiß genau, welche Macht sie über mich hat. Wenn das Telefonat ohne versöhnlichen Abschluss endet, krieg ich das miese Gefühl überhaupt nicht mehr weg, ich kenn mich doch.

«Ich hab das gestern nicht geschafft, echt nicht.»

«Wieso, du kannst mir doch nicht erzählen, dass du keine zwei Minuten Zeit hattest für ein kurzes Telefonat. Hallo, ich bin gut angekommen, mehr nicht. Oder ist das zu viel verlangt?»

Es hat einfach keinen Zweck.

«Nein, normalerweise nicht, aber mir war übel, von der Busfahrt, glaube ich, und ich hab mich gleich hingelegt. Ich war noch nicht mal mehr essen.»

«Thorsten, stimmt das?»

«Natürlich stimmt das.»

«Du weißt, dass ich an deiner Stimme höre, wenn du lügst. Ein Anruf beim Pastor, und ich weiß Bescheid.»

«Dann musst du eben anrufen. Ich sag die Wahrheit.»

Pause. Leises Atmen.

«Wann meldest du dich wieder?»

«Weiß nicht, wann soll ich denn?»

«Wann du *sollst*? Thorsten, wenn das für dich eine unangenehme Pflichtveranstaltung ist, brauchst du dich auch gar nicht melden.»

«Dann in einer Woche wieder.»

«Wenn dir danach ist, ruf an, wenn nicht, lass es einfach bleiben.»

«Ja gut, ich probier's, ist manchmal nicht so einfach, weil wir nur den einen Apparat haben, der muss schließlich frei sein.»

«Thorsten, willst du mich veräppeln? Selbst wenn der Apparat besetzt ist, dann probiert man das in einer Viertelstunde nochmal. Oder du gehst die paar Schritte zum öffentlichen Fernsprecher.»

«Ja.»

«Etwas einsilbig, mein Herr Sohn. Na, dann wünsche ich dir noch viel Spaß. Mach's mal ganz gut.»

«Danke. Du auch.»

Pause.

«Und, soll ich niemanden grüßen?»

«Ach so, doch, natürlich. Schöne Grüße an Papa und Oma.»

«Na gut, ich dachte schon. Also, viel Spaß und gute Besserung, falls du's nötig hast.»

«Danke. Tschüüs.»

Hoffnungslos. Das war so, ist so und wird auch so bleiben. Für immer. Die einzige Chance: Meine Eltern trennen sich, und ich darf zu meinem Vater. Angeblich wünschen sich alle Kinder, dass ihre Eltern zusammenbleiben. Ich bin da wohl die große Ausnahme. Bis vor einem Jahr hatte meine Mutter heimlich einen Freund, Egbert, und ich bin der Einzige, der es weiß. Eines Nachmittags, meine Mutter dachte, niemand wäre da, hat sie mit ihm telefoniert, und seither wusste ich Bescheid. Egbert. Man kann sich ja denken, was hinter einem solchen Namen ungefähr steckt. Wie die miteinander geredet haben, musste das schon jahrelang so gehen.

Meine Mutter war schon immer egoistisch, hartherzig und humorlos, aber seit einem Jahr ungefähr ist sie ganz und gar unerträglich. Ich vermute, dass Egbert sich von ihr getrennt hat, denn sie lässt sich seitdem total gehen. Mit meinem Vater geht's äußerlich schon viel länger abwärts, er hat bestimmt dreißig

Kilo zugenommen, ist durch die Kettenraucherei ganz kurzatmig, und Haare hat er auch kaum noch welche auf dem Kopf. Eine irgendwie hilflose, zerzottelte Erscheinung. Die Eltern meiner Freunde und Klassenkameraden sehen fast alle so aus, sie gleichen sich äußerlich mit den Jahren seltsam an, dicke, verwaschene, grobe, ungelenke Geschöpfe, die viel schlechter aussehen als nötig. Alles geht weg, und nichts kommt hinzu. Vielleicht trainieren sie ja schon fürs Altersheim.

Egal, meinen Vater mag ich, meine Mutter nicht. Wir passen einfach nicht zusammen, so einfach ist das. So was soll's ja geben, und zwar öfter, als man denkt. Wär sie bloß mit Egbert abgehauen, als er sie noch wollte, jetzt ist es wohl zu spät, und sie wird mich so lange terrorisieren, bis sie vor lauter Hass und Langeweile tot umfällt oder ich mit achtzehn endlich von zu Hause ausziehen darf.

Klack. Aufgelegt. Ich werde nicht wieder anrufen.

Völkerball ist Krieg

Ich gehe zu unserem Zelt zurück und luge rein. Detlef sitzt schief und krumm auf seinem Bett und reißt am Nagel seines großen Zehs herum. Der ist schmutzig und so lang, dass er ganz wellig ist und vorne gelb angelaufen. Ich hab echt Augen wie ein Luchs. In sich versunken pult und reißt und gnabbelt er an seiner Mauke herum, und als er den Scheißnagel endlich abhat, schnüffelt er an ihm wie ein Hund am abgenagten Knochen. Pervers. Wie Oma mit dem Eingebrockten. Noch perverser ist, dass er ihn in ein Einmachglas tut, das er offenbar eigens für diesen Zweck mitgebracht hat. Es ist schon zu zwei Dritteln voll. Vielleicht hat er ja noch eins, für Fingernägel. Und eins für Popel. Eins für normale Popel. Eins für Arschpopel. Eins für Ohrenschmalz. Schuppen. Schorf. Schmant. Grieben. Placken. Oje, wenn das die anderen mitkriegen, Detlef wird es noch echt schwer haben. Ich trete ein paar Schritte zurück und stapfe extralaut wieder heran, damit er Gelegenheit hat, das Glas zu verstecken.

«Na?»

«Na? Was machst du gerade so?»

«Ich? Nix. Ich hab einfach so gesessen. Mir ist nicht so gut im Magen.»

«Ach so. Hast du eigentlich Zigaretten dabei?»

«Nee, ich bin Nichtraucher.»

Nichtraucher, wie das schon wieder klingt! Detlef muss sich auf einiges gefasst machen. Ein offener Aschenbecher riecht besser aus dem Mund als er. Langweilig, ich geh wieder. Der Zeltplatz ist verwaist. Wo sind die eigentlich alle? Vielleicht haben sich die anderen bereits miteinander angefreundet, und ich hab nichts davon mitgekriegt und bleibe jetzt bei Detlef kleben. Dann bin ich mit dran. Egal, ich brauch unbedingt Zigaretten, nebenan, im Haus Seemöwe, haben sie einen Automaten. Das Reetdach wird gerade neu gedeckt. Die beiden Dachdecker machen Pause, sie hängen quasi nackt im Gebälk, die muskulösen Oberkörper sind ihr ganzer Stolz. Sie trinken Flaschenbier, essen mitgebrachte Brote und blättern in der Bild-Zeitung.

Dachdecker 1: «Ich versteh nicht, warum die nicht endlich wieder die Todesstrafe einführen. Aber das sind die Sozen, wenn die Sozen nicht mehr dran sind, gibt's wieder Todesstrafe.»

Dachdecker 2 (stark schwäbelnd): «Mir brauchet die Todesstraf gar net.»

Dachdecker 1 (erstaunt-entsetzt): «Wieso. Was ist denn mit dir los?»

Dachdecker 2: «Alle nauusslasse. Un denn auf dr Flucht erschiiiieessee!»

Dachdecker 1: «Hahahaha. Auf der Flucht erschießen! Jetzt schnall ich das erst! Haha, genau.»

Damit geben sie die allgemeine Meinung zum Thema Terrorismus wieder. Erschossen gehören auch die Kernkraftgegner und der ehemalige Kaiser und Vaterlandsverräter Franz Beckenbauer, der Deutschland im Stich gelassen hat und nun in der amerikanischen Operettenliga bei Cosmos New York für ein Phantomgehalt seinen blutleeren Budenzauber aufführt. Mir egal, soll er doch. Zur Kernkraftfrage habe ich mir noch keine abschließende Meinung gebildet, ich bin eigentlich eher dafür als dagegen, warum, weiß ich auch nicht genau. Wird schon gutgehen, so was. Das behalte ich aber für mich, denn für Atomkraft zu sein ist ein reinrassiger CDU-Schweine-Standpunkt. Genauso gut kann man dafür sein, den Frauen das Wahlrecht wieder abzuerkennen. In Wahrheit interessiert mich Atomkraft ungefähr so wenig wie der Nahe Osten. Wer da gerade aus welchen Gründen die Golanhöhen besetzt hält und warum, man weiß es nicht genau und will es auch nicht wissen. Der Nahe Osten ist ein Fass ohne Boden. Geniale Idee: Warum schenken die Amerikaner den Juden nicht einfach ein Stück eigenes Land in der Größe Israels, die haben schließlich genug davon. Dann könnten die geschlossen übersiedeln, und endlich wäre Ruhe im Karton. Eine ebenso einfache wie geniale Lösung, auf die aber bisher keiner gekommen ist außer mir. Werner Höfer sollte mich mal in seinen «Frühschoppen» einladen, damit ich die versammelten Herren Spitzenjournalisten mal in aller Ruhe aufklären kann. Endlich mal einer, der weder mit unzumutbarem Akzent vor sich hin nuschelt noch in kürzester Zeit besoffen ist vom guten Moselwein.

Ach egal. Auf dem Zeltplatz steht Susanne und unterhält sich mit einem gutaussehenden Typen mit blonden Locken. Obwohl sie mich gesehen hat, tut sie, als ob nicht. Was soll denn das, ich lasse sie ja sowieso in Ruhe. Wie man's dreht und wendet: Es hat alles keinen Zweck.

Um 14.30 Uhr beginnt für die Jugendlichen das Nachmittagsprogramm. Heute: Völkerball. Na ja, da kennt man wenigstens die Regeln. Völkerball ist eines meiner Lieblingsspiele. Ich kann genau und hart werfen, außerdem biete ich praktisch keine Angriffsfläche, weil ich so klein bin und beweglich wie Quecksilber.

Erst mal werden die Weiber abgeschossen, eine nach der anderen. Die stehen nur dumm da, ohne die geringste Gegenwehr zu leisten, und wenn sie getroffen werden, reißen sie die Arme nach oben und machen «Huuuhh» oder so. Denen könnte man auch fünfzig oder hundert oder fünfhundert Zusatzleben spendieren, und sie würden trotzdem als Erste rausfliegen. Harald ist extrem ungelenkig und muss auch bald dran glauben. Unsichtbarer Rauch steigt von seinem Eierkopf auf, man spürt, wie sauer er ist, er möchte sich auf jemand Kleineren, Schwächeren draufsetzen und mit seinem Körpergewicht ersticken oder mit den bloßen Händen zerquetschen oder beide Ohren abbeißen. Tja, Pech gehabt, Harald, leider sind wir in einer christlichen Gemeinschaft, da gehen die Regeln nun mal anders.

Wenn in der Hölle kein Platz mehr ist, kommen die Toten auf die Erde.

Peter Behrmann und Detlef fliegen als Nächste bald raus. Andreas und der Namenlose halten sich erstaunlich lange. Völkerball macht total Spaß, endlich fühle ich mich mal nicht unsicher und gehemmt und vergesse sogar, dass ich randvoll bin mit Scheiße. Es tut gut, sich mal so richtig auszupowern, ich schwitze und keuche und schmeiße mich wie ein Verrückter hin, meine Klamotten sind schon total eingesaut. Geil. Ich werfe mich extra theatralisch hin, auch wenn es gar nicht nötig ist. Das sieht nämlich echt gut aus, wenn man sich gekonnt fallen lässt, da macht mir keiner was vor, ich habe vier Jahre Judo auf dem Buckel, da lernt man so was, freier Fall, zack, mit voller Wucht auf den flachen Rücken, dass einem die Luft wegbleibt! Ich bekomme Oberwasser, dass man es gluckern hört. Die Weiber können alle nicht richtig werfen, es sieht aus, als würden sie sich bei jedem Wurf den Arm brechen. Wie Puddingfiguren schleudern sie den Ball in die falsche Richtung und gucken dabei dumm aus der Wäsche. Susanne nicht. Von den Weibern ist sie als Einzige noch nicht ausgeschieden, weil sie genauso hart wirft wie die Typen. Dafür liebe ich sie noch mehr. Selbst wenn sie nach Pisse UND Scheiße riechen würde, würde sich daran nichts ändern. Trotzdem schieße ich sie irgendwann ab. Jetzt stehen sich nur noch Peter Edam und ich gegenüber.

Er wirft, ich fange, und umgekehrt, und nie weichen wir einem Ball aus.

Zack! Zack! Zack! Zack! Zack! Zack! Zack!

Ich ziele auf die Oberschenkel, mit voller Wucht, das ist total fies, weil man die Bälle in der Höhe nur schlecht zu fassen bekommt. Wieder: Zack, genau aufs Knie. Der dumme Peter kriegt das Geschoss nicht zu fassen, verzweifelt versucht er nachzugrapschen, doch es hat bereits den Boden berührt, das war's dann. Das ist der glücklichste Moment in meinem Leben, denke ich, was bitte schön soll denn da noch kommen, bitte schön?

Nächstes Spiel, weiter geht's. Peng! Zack! Bum! Ich bin einer der Besten, wenn nicht gar der Beste. Peng. Bum. Zack. Doing. Es ist fast schon langweilig, die Weiber abzuschießen. «Huuch», «Ohch», «Aach», die spielen doch nur mit, weil sie müssen, das kann denen doch gar keinen Spaß bringen. Kanonenfutter.

In den dumpfen Knall der Panzerkanonen mischen sich die hämmernden Schläge einer einzelnen russischen Pak. Da, durch das kleine Wäldchen im Norden brechen unter lautem «Urräh, Urräh, Urräh!» die gegnerischen Angriffsreihen, unterstützt von MG-Feuer, das durchsetzt ist von den viel helleren MP-Feuerstößen.

Völkerball ist wie Krieg.

Eine besonders dicke Nudel hat es irgendwie geschafft, sich dem längst überfälligen Abschuss zu entziehen. Ich habe sie schon die ganze Zeit auf dem Kieker. Immer versteckt sie sich hinter irgendjemandem, die Tonne, unsportlich und feige. Wenn ich dich erwische, gibt's 'nen Fettfleck. ZACK! Wieder nicht. Sie schafft es, sich im letzten Moment hinter dem langen, dürren Karsten Petermann wegzuducken. Jetzt muss der ausscheiden, so eine Sauerei! Die Kuh muss weg, koste es, was es wolle. Ich steigere mich in meinen Hass richtig rein. ZACK. Wieder nicht. ZACK. Wieder nicht. Fehlt nur noch, dass Peter Edam an ihrer statt abgeschossen wird. ZACK, ich fange den Ball. Die Dicke steht in der rechten Ecke, allein, ohne Schutzschild, endlich, der Rest ist Routine. Ich hole weit aus, da knickt sie plötzlich mit schmerzverzerrtem Gesicht ein. Hä? Vielleicht hat sie sich den Knöchel verstaucht, oder ihr ist plötzlich schlecht geworden. Ach was, die markiert doch! Gibt's doch nicht, lässt sich einfach fallen, damit sie aus Mitleid nicht abgeschossen wird. Na warte, mir machst du nichts vor! Eine Unverschämtheit, erst das Spiel aktiv zu verzögern und jetzt auch noch passiv. Obwohl kampfunfähig, ist sie ein offenes Ziel auf freiem Feld, so gehen nun mal die Regeln. Sie stützt sich auf beide Ellenbogen und versucht ungeschickt, wieder hochzukommen. Ich bin außer mir vor Wut und zieh voll ab. ZZZiiiiiieeeschschsch. Die soll einfach nur nicht mehr mitspielen. Alle anderen sehen das genauso. Ich treffe sie mitten in ihrem Mondkuchengesicht. BLUBBSCH. Ein sehr hässliches Geräusch. Oneinoneinonein, am Kopf wollte ich sie natürlich nicht erwischen. Die Tonne reißt die Hände hoch, fällt auf ihren dicken Hintern und fängt augenblicklich an loszuplärren. Die anderen schauen sie an und dann mich und dann wieder sie und können gar nicht fassen, was für ein brutales Schwein in ihren Reihen ist. Schließlich stürzt Peter Edam auf sie zu und untersucht, ob was passiert ist, Nasenbeinbruch, Zahn raus, so was. Tast tast, tätschel tätschel, knet knet, streichel streichel.

«Alles in Ordnung, Gundula, nichts Schlimmes passiert, beruhig dich! Das zwiebelt jetzt noch 'ne Zeit, aber bis morgen ist das wieder weg.»

Wie kann er das denn auf die Schnelle wissen?! So wie ich die getroffen habe, kann sehr wohl was kaputt sein, im Gegenteil, es wäre seltsam, wenn nichts kaputtgegangen wäre. Gundula, was für ein Name schon wieder.

Peter schaut mich böse an: «Was sollte denn das? Das hast du doch extra gemacht!»

«Überhaupt nicht wahr. Das war ein Versehen.»

Schweigen.

«Echt jetzt. Ich wollte die doch nicht treffen.» Eine unglaubliche Lüge. «Der Ball ist mir irgendwie weggerutscht, ich weiß auch nicht, das kann doch jedem mal passieren.»

Schweigen.

Gundulas Birne schwillt rasend schnell an, ihr Gesicht ist rot wie bei einem Neugeborenen. Sie japst, wässriger Rotz läuft aus beiden Nasenlöchern, und eine schweißnasse Haarsträhne klebt ihr flach an der Stirn. Das sieht gar nicht gut aus. Ogottogott, wenn nun doch was ist? Sie hält sich die dicke Rübe und weint. Peter Edam und ein paar der Mädchen trösten sie. Wieso verhält sich Wolfram Steiß eigentlich so ruhig? Ich werde von allen Seiten böse beäugt, natürlich glaubt mir keiner, zunehmend verdichtet sich die feindselige Stimmung. Wieder mal richtet sich mein Zwergwuchs gegen mich: Die Meute glaubt, ich wollte mich an einer Wehrlosen dafür rächen, dass ich so klein bin, oder ich versuche auf diese Weise, Aufmerksamkeit auf mich zu ziehen, oder bin sonst wie ein kaputter, kranker Typ.

«Es tut so weh!»

Jaja. Ich hab doch gesagt, dass es nicht extra war.

«Frag mal bitte einer Frau Thieß, ob wir Eiswürfel zum Kühlen haben», sagt Peter, und natürlich meint er mich. Aber ich bin starr vor Schreck und rühr mich nicht von der Stelle. Schließlich läuft Dirk Kessler los. Peter Edam erklärt das Völkerballspiel für beendet und bringt Gundula zu ihrem Zelt.

Roll on, Jesus!

Bimmel bimmel. Badezeit, eine Abkühlung tut auch dringend not. Das Wasser ist eisig, und das im August! Hoffentlich fliegt der Schwindel mit dem DLRG-Abzeichen nicht auf, das hätte mir jetzt noch gefehlt. Ich schwimme amöbenlangsam zum Floß, wobei ich meinen Kopf aus den Fluten halte wie ein Storch, denn ich hasse es, nasse Haare zu bekommen. Salzwasser und Plankton und Umweltgifte und Amöben und Quallenreste und Chlor, das will man doch nicht in den Haaren haben. Ich ziehe mich am Floß hoch. Es ist mit grüner Matschepatsche bewachsen und ganz schleimig, ich kann mich kaum halten. Die Mutigsten glitschen, sobald sie oben sind, wie beim Schlittschuh sofort mit vollem Schwung auf der Schmiere entlang und springen per Köpper wieder ins Meer, ohne sich zu vergewissern, ob da gerade jemand vorbeischwimmt oder nicht. PLATSCH. Wenn, ist auch egal, dann gibt's eben ein Loch im Kopf. Schaukel schaukel, schwank schwank, wackel wackel. Mein Bauch ist durch die ganze Scheiße angeschwollen wie ein Basketball, ich bestehe bestimmt schon zu fünfzehn Prozent aus Kacke. Ein fetter Bläh- und Kackbauch sieht bei mir noch bescheuerter aus, weil ich so klein bin. Was für eine doofe Idee mit dem Floß, da geh ich nie wieder drauf. Vor zwei Stunden hab ich im Endkampf Peter Edam Mann gegen Mann besiegt, und jetzt ist nichts mehr von mir übrig. So schnell kann's gehen.

Plötzlich bekomme ich von hinten einen harten Stoß. Ich verliere das Gleichgewicht und fliege, spastisch mit den Armen rudernd, in hohem Bogen ins Meer und kann mir gerade noch ein «Hilfe, Hilfe» verkneifen. Jetzt werden meine Haare doch noch nass, die bekomme ich nie wieder trocken, ist mein letzter Gedanke. Nachdem ich wieder aufgetaucht bin, schaue ich mich um. Niemand auf dem Kackfloß gibt sich als mein Angreifer zu erkennen, die feigen Schweine. Gedemütigt und mit triefenden Haaren schwimme ich zum Strand zurück und trockne mich ab. Herr Schrader raucht eine LUX, er hat schon wieder Herrn Korleis am Wickel.

«Da kannst du dir mal 'ne Handvoll von abschneiden.»

«Ja, klar.»

«Ich hab übrigens noch einen inkasso.»

«Ach so.»

«Wie ach so? Interessiert dich wohl nicht?»

«Doch doch, schon.»

«Also, dann pass mal acht.»

«Mmmmhh.»

«Ein Kasten Bier ist ein Getränk für zwei Personen, wenn einer nicht mittrinkt. Harharharhar.»

Der beste Witz der Welt. Korleis macht einen hilflosen Eindruck. Der wird's noch schwer haben. Er ist der Detlef der Erwachsenen.

Der Schubs war ganz schön doll, viel doller, als nötig gewesen wäre, um mich aus dem Gleichgewicht zu bringen. Harald war es nicht, so viel ist sicher, der sitzt nämlich am Strand. Ich habe einen oder mehrere Feinde, ohne zu wissen, wer. Und vielleicht war das erst der Anfang.

Im Zelt treffe ich Detlef, Andreas und den Namenlosen beim Kartenspielen an.

«Na?»

«Ach, guck mal, mit th, haha.»

«Jaja. Was spielt ihr denn da?»

«Skat.»

Skat, was soll das denn nun schon wieder? Ich kann keinen Skat, aber sie fragen mich eh nicht, ob ich mitspielen will. Ich bin überflüssig, vierter Mann beim Skat, da lachen ja die Hühner. Sie sind ekelhaft konzentriert bei der Sache und reden nur noch in Skatkommandos: «KONTRA!» – «RE!» – «SCHNEIDER!». Andreas' Schwanz ist fast so dick wie sein Bein und scheint in dem engen Jeansgefängnis zu zucken. Poch. Da! Der Schwanz ist wie ein wunderschönes, seltenes Tier, das man seiner Freiheit beraubt hat. Poch. Da, schon wieder! Wenn die Schweine mit mir nichts zu tun haben wollen, kann ich auch *Fünf Freunde* lesen. *Fünf Freunde in der Nougathöhle,* haha. Schön wär's. Ich könnte auch die Landserhefte rausholen, die haben eh keine Augen für nix.

«GRAND OHNE BUBEN» (oder so ähnlich).

Poch! Da, immer wieder! Andreas' Rute pulsiert in ihrem muffigen Gehäuse.

Ich könnte sie aus der Jeans pellen und Andreas langsam und gründlich einen wichsen, das merkt der gar nicht.

«RAMSCH!»

Regel 2.4.1. Trümpfe in ununterbrochener Reihenfolge vom Kreuzbuben an heißen Spitzen. Total versaut das Spiel, man hört's schon an den Regeln. Dreh- und Angelpunkt beim Skat ist das Reizen:

Hat Vorhand kein Spiel mit dem gebotenen oder höheren Reizwert, muss sie passen. Daraufhin reizt der dritte Mitspieler (Hinterhand) Mittelhand in gleicher Weise weiter oder passt (Regel 3.3.3).

Andis Riesenteil pocht und zuckt und schlägt wie wild aus. Skat ist geil und macht geil. Aber ohne mich, ich habe hier nichts verloren. Die werden ab jetzt jeden verschissenen Tag Skat spielen, das hab ich im Urin. Wenn ich nur ein paar

Minuten früher gekommen wäre! Dann würden jetzt nicht drei Typen Skat *kloppen*, sondern vier Typen Doppelkopf *spielen*. Ich könnte versuchen durchzusetzen, dass wir als Zeltgemeinschaft Doppelkopf spielen, aber das wäre ein derartiges Schwächeeingeständnis, das geht nicht. Andreas und sein Riesenschwanz rücken in unerreichbare Ferne, fast so weit weg wie die Glocken von Susanne Bohne. Vorhin war's noch umgekehrt. Wie schnell das Blatt sich wendet, und man kann nichts machen!

Abendandacht, diesmal muss Peter Edam ran. Er trägt ein frisches T-Shirt: «Roll on, Jesus!» steht schwarz auf gelbem Grund. Peter ist ein fröhlicher Christ, ein Beispiel dafür, dass sich Glauben und Humor nicht gegenseitig ausschließen. Gekreuzigt? – Lach doch mal! Schießt mir durch den Kopf, ich schäme mich. Und los geht's mit Peters fröhlicher Andacht:

«Man könnte das Leben vergleichen mit der Tastatur einer Schreibmaschine. Wo ist die Ordnung, fragt man sich auf den ersten Blick, wieso folgt auf das A nicht das B, sondern das S, und auf das Y nicht das Z. Dabei gibt es Menschen, die mit verbundenen Augen darauf schreiben können. Sie tippen scheinbar wahllos mit allen zehn Fingern in die Tastatur, und heraus kommt ein sinnvoller Text! So ähnlich ist es auch mit Gott. Hier ein Anschlag, da ein Anschlag, wir verstehen erst mal häufig nur Bahnhof, doch wenn wir ihn weiterschreiben lassen, erscheinen Wörter, Sätze, ganze Abschnitte, die alle zusammen einen Text ergeben. Wir sind weiße Seiten, unbeschriebene Blätter, und wir haben es in der Hand, wen wir darauf schreiben lassen. Wenn Gott es ist, der uns beschreibt, können wir sicher sein, dass etwas dabei herauskommt, und nicht nur Hieroglyphen oder unleserliches Zeug. Auch wenn die Anschläge der Tasten ohne scheinbaren Zusammenhang stehen, so ist er es doch, der letztlich Regie führt.»

Obwohl Peter als Gemeindehelfer das letzte Glied in der

Kette der Kirchenmänner ist, finde ich seine Andacht nicht ganz so idiotisch wie die vom studierten Fachpersonal. Andreas fasst sich ungeniert in die Unterhose und bändigt seine Riesenlatte, ich seh's genau! Ein Kampf Mann gegen Schwanz. Wie soll ich das nur zwei Wochen aushalten? Nachher muss ich dringend mal an den Strand oder ins Vogelschutzgebiet. Allein …

«… dass Jesus das Buch unseres Lebens schreibt, dass jeder Anschlag sitzt und die Zeichensetzung stimmt. Amen.»

Graubrot. Hagebuttentee. Schlimme Augenwurst. Margarine. Die drei Idioten haben ihre Karten mitgenommen und spielen während des Essens weiter. Das ist bestimmt verboten. Eigentlich müsste man den Pastor oder Diakon Steiß oder wenigstens Peter Edam Bescheid sagen. Ich weiß nicht, mit wem ich mich unterhalten soll, bei der Gruppe links von mir ist auch kein Reinkommen. Sich da anzubiedern wäre ebenso peinlich, wie um Doppelkopf zu betteln. Ich fühle mich noch einsamer, als Peter Behrmann wirklich ist.

Nach dem Abendbrot fängt mich der dumme Peter ab und schlägt vor, ich solle mal nach Gundula schauen und mich richtig entschuldigen. Ich willige ein, was bleibt mir übrig. Er bringt mich zu ihrem Zelt und schaut mich aufmunternd an. Ich klopfe an die Plane.

«Ja?»

Gundula liegt allein auf ihrem Bett, isst Sprengelschokolade und hört Bay City Rollers. Es riecht ganz komisch, nach Dicken und ihren Ausdünstungen. Sie hat ein Veilchen, ihre linke Gesichtshälfte ist stark angeschwollen und immer noch puterrot.

«Ich wollt nur nochmal sagen, wegen vorhin, das tut mir leid, das war echt keine Absicht.»

Sie glotzt mich an und sagt kein Wort. Sehr unangenehm. Bay City Rollers sind das Allerletzte, noch schlimmer als David

Cassidy oder Heino. Wenigstens aus Höflichkeit könnte sie die Schrottmusik leiser drehen. Tut sie aber nicht.

«Irgendwie ist der Ball verzogen.»

Keine Reaktion. Mein Gott, was soll ich denn noch machen? Fragen, dann muss sie antworten.

«Und, tut das noch weh eigentlich?»

«Herr Steiß meint, da ist nichts gebrochen, aber wenn es bis morgen nicht besser wird, geh ich ins Krankenhaus und lass das untersuchen.»

Ins Krankenhaus! Ich hätte nicht schlecht Lust, ihr noch eine reinzuhauen.

«Ja, wenn du meinst. Aber ich glaub nicht, das da was gebrochen ist.»

«Woher willst du das denn wissen? Auf jeden Fall brauch ich noch deine Telefonnummer, damit wir die haben.»

Damit wir die haben. Ach, eh alles egal.

«Ja, ich schreib sie dir auf. Also, gute Besserung dann.»

Sie schaut wieder weg, was ich als Aufforderung verstehe, das Zelt zu verlassen. So weit ist es gekommen, ich muss mich von einer wie Gundula demütigen lassen.

Bestimmt ein Dutzend Leute, darunter Susanne Bohne, haben sich an der Tischtennisplatte vor dem Haus eingefunden. Mein Gefühl sagt mir, dass hier die Weichen gestellt werden, für alles. Die beiden Jungen, die gerade eine Partie austragen, spielen mindestens so gut wie asiatische Weltmeister. Zack! Zack! Sie stehen kilometerweit vom Brett entfernt und schmettern sich die Bälle um die Ohren. Zack! Zack! Zack! Ich kann nicht besonders gut Tischtennis und schmettern schon gar nicht. Wie machen die das bloß? Ganz lässig aus dem Handgelenk und beschleunigen die Bälle dennoch wie eine Nato-Mittelstreckenrakete. Zack! Zack! Zack!, der Ballwechsel ist brüllend laut, wie ein Schusswechsel.

Der Sprit reicht gerade noch für hundert Kilometer. Ich stehe im oberen

Heckstand, mit dem Finger am Abzug des MG verfolge ich gegnerische Maschinen über das Windfadenkreuz. Als wir in die Kurve fliegen, eröffne ich das Feuer: «Drücken, Linkskurve!» Die Garben reißen die Breitseite auf, ich sehe, wie der Pilot leblos in den Gurten hängt. Mein 31. Abschuss beim 39. Feindflug. Doch ich empfinde keinen Triumph, als die Maschine Feuer fängt und nach links abschmiert.

Luftkampf, mal was anderes. Die Weltmeister sind fertig, die nächste Partie bestreiten Peter Behrmann und ein Dingsbums. Plopp. Plopp. Plopp. Zeitlupe. Plopp. Und aus. Peter Behrmann kämpft verzweifelt gegen die drohende Isolation. Vergebens. Plopp. Plopp. Plopp. Plopp. Wieder aus. Ich kann von Peter Behrmanns Niederlage nicht profitieren.

Um halb acht beginnt das Abendprogramm: Gesellschaftsspiele, Brettspiele, Geschicklichkeitsspiele, Kartenspiele, Spiele eben. Mühle. Dame. Schach. Mau-Mau. Scrabble. Mensch ärgere dich nicht. Labyrinth. Monopoly. Spitz, pass auf. Die drei Idioten kloppen Skat, was sonst. Wieso kommen die so gut miteinander aus? Die passen doch eigentlich überhaupt nicht zusammen. Sie verstehen sich blendend im Nichtssagenden, fällt mir ein, und ich finde, dass das eine sehr kluge Formulierung ist. Jetzt nur nicht ins Hintertreffen geraten. Ich schaue mich um, Tiedemann sitzt auch alleine da, aber ihm macht das nichts aus, er ist gern alleine. Das Einfachste wäre, mich zu Peter Behrmann zu setzen, der beobachtet mich aus den Augenwinkeln und wartet nur drauf, aber da kann er lange warten, mit dem werde ich mich niemals zusammentun, das Kapitalistenschwein. Dann fällt mir noch der blonde Junge auf, der sich mit Susanne Bohne unterhalten hat und offenbar auch noch keinen Anschluss gefunden hat. Er hat strahlend blaue Augen, blonde Locken und schön geschwungene, volle Lippen. Es kann sich nur noch um eine Frage von Minuten handeln, bis der irgendwo unterkommt. Wer weiß, vielleicht kriegt er am Ende sogar Susanne Bohne ab. Aber das kann dauern, denn noch spielt sie mit ihrer Zeltgemeinschaft Karten, und so soll es bleiben, die Mädchen für sich und die Jungen für sich. Wenn ich sie nicht haben kann, soll sie niemand haben. Dieter Dorsch gibt's gar nicht, der existiert nur noch auf dem Papier.

Mich wundert sehr, dass Harald nicht allein geblieben ist. Er hockt drei Tische weiter mit anderen Hässlichen, sie spielen das dänische Spiel Labyrinth (ich glaube, es wurde in Dänemark erfunden, es kommen ja alle Spiele, die aus Holz sind, aus Dänemark oder wenigstens Skandinavien), bei dem es gilt, eine Kugel durch ein Labyrinth mit Löchern und Falltüren zu manövrieren. Um die Kugel durchzubugsieren, kann man die mobile Oberfläche mit Hilfe von seitlichen Drehknöpfen heben und senken oder wie das heißt, mein Gott, ich kann es nicht richtig erklären, kennt man doch, hat doch jeder irgendwann schon mal gespielt. Auf jeden Fall ein Geschicklichkeitsspiel. Die Hässlichen finden immer zueinander und spielen Geschicklichkeitsspiele, ausgerechnet Geschicklichkeitsspiele, obwohl sie nicht nur hässlich, sondern auch ungeschickt sind. Das ist die eigentliche Ungerechtigkeit im Leben: Es kommt immer alles zusammen.

Bei mir ist das allerdings so eine Sache, ich bin weder noch. Wäre ich zwanzig Zentimeter größer, würde ich wahrscheinlich zum weniger hässlichen Teil der Menschheit zählen, aber so bin ich eigentlich noch gar nichts, unfertig, meine endgültige Einordnung erfolgt erst nach Abschluss des Wachstums. Aber wenn es bereits abgeschlossen ist? In einem halben Jahr werde ich siebzehn, meine Güte, siebzehn, kann ich mir nicht vorstellen, das kann sich kein Mensch vorstellen!

Mit jeder Minute, die weiter sinnlos vergeht, schwinden meine Kräfte. Peter Behrmann lauert schon. Ich bin Außenseiter wider Willen, ein kalter Windzug, als hätte jemand die Klotür offen gelassen. Und das nur wegen des Volltreffers, das ist die einzige Erklärung, auf den Konfirmanden- und Jugendfreizeiten habe ich doch auch immer gleich Anschluss gefunden.

Eine schöne christliche Gemeinschaft ist das! Bei den Landsern wäre niemand ausgeschlossen worden.

Plötzlich kommt Bewegung in die Sache: Der blonde Schönling steht auf und geht zu Tiedemann rüber. Ein Wahnsinn. Man merkt sofort, dass sich da zwei gefunden haben. Sagenhaft, wie die Gemeinschaft zusammenwächst, man kann ihr richtig dabei zusehen. Ich müsste aufspringen und mich zu ihnen setzen, aber es geht nicht, ich bin wie gelähmt.

«Thorsten?»

Ich schaue mich um. Um Gottes willen, Pastor Schmidt!

«Hast du Lust auf eine Partie Mühle?»

Oneinoneinonein. Der Pastor lädt mich aus Mitleid zu einer Partie Mühle ein. Was soll ich bloß machen, ich kann ja schlecht nein sagen.

«Mühle, ja weiß nicht, ja. Hab ich lange nicht mehr gespielt.»

«Ach was, das verlernt man nicht, das ist wie Fahrradfahren und Schwimmen.»

Wie kommt er denn jetzt ausgerechnet auf Schwimmen? Ob er den Schwindel etwa durchschaut hat? Ich glaube, Pastor Schmidt weiß mehr, als manchem lieb ist.

«Soll ich mit dem Spiel zu dir kommen, oder kommst du zu uns?»

«Ach so, wie Ihnen das am besten passt.»

«Dann komm mal mit nach hinten.»

Jetzt muss ich bei den Erwachsenen sitzen und mit Pastor Schmidt Mühle spielen. Der hat auch zu etwas anderem Lust, das sieht man richtig, obwohl er so tut, als wäre es die normalste Sache der Welt. Mühle ist ein Spiel, bei dem man nicht sprechen muss, wenn man nicht will. Wir sitzen uns gegenüber, keiner sagt einen Ton. Pastor Schmidt atmet durch die Nase. Ein und aus. Es klingt so, als habe er sehr viele Haare in der Nase. Raus gucken nur drei oder vier extralange Borsten. Nasenhaare rollen sich tage- und wochenlang innerlich zu Nasenhaarschnecken zusammen, bis es nicht mehr geht, und dann kommt das Haar herausgeschossen. Darum sind Nasenhaare auf einmal so lang. Hat mir mein Vater mal erklärt. Egal. Mal gewinnt der Pastor, mal gewinne ich. Vielleicht lässt er mich auch gewinnen, man weiß es nicht. Am fiesesten ist es, wenn er mich anschaut. Alle paar Minuten fixiert er mich ein paar endlose Sekunden lang, schweigend natürlich. Ich kann dem Blick nicht standhalten. Sein Blick spricht Bände. Er weiß Bescheid. Über alles. Vielleicht wartet er darauf, dass ich endlich gestehe. Pastor Schmidt guckt so, dass man sicher ist, etwas verbrochen zu haben. Aber würde man so denken, wenn man ein reines Gewissen hätte? Eben! Egal, ich kann nicht mehr.

«Herr Schmidt?»

«Ja, Thorsten?»

«Ich bin ganz müde und würde schon mal gerne ins Zelt.»

«Einverstanden. Dann gute Nacht und bis morgen.»

«Danke. Ihnen auch. Gute Nacht.»

Ist das furchtbar. Als ich rausgehe, werde ich nicht beachtet, ich bin Luft, mehr Luft geht nicht. Ich hätte mit irgendwelchen Blicken gerechnet, von mir aus strafend, böse, egal, Hauptsache *Reaktionen*, aber es kommt weniger als nichts. Ich fühle mich so elend wie nie zuvor in meinem Leben. Selbst Personen, die normalerweise weit unter mir stehen, sind unerreichbar, Gundula zum Beispiel. Unter anderen Umständen würde ich sie mit dem Arsch nicht angucken, aber jetzt möchte ich am liebsten ihr dickes, hässliches, geschwollenes Gesicht ablecken und das Veilchen küssen. Erstaunlich, wie schnell es abwärtsgehen kann.

Ab morgen soll das Wetter besser werden. Tja, soll es, kann es, ohne mich. Ich halt es nicht mehr aus, ich hab hier nichts mehr verloren, es ist mehr, als ein einzelner Mensch ertragen kann. Ich fasse einen Entschluss: Morgen fahre ich nach Hause, mit dem Zug. Vierzig Mark habe ich mit, das reicht dicke für die Fahrkarte. Gleich nach dem Frühstück werde ich dem Pastor meine Entscheidung verkünden. Was soll er schon großartig machen? Zwingen hierzubleiben kann er mich ja schlecht. Das Scheißgeld können sie von mir aus behalten und Brot für die Welt spenden. Wahrscheinlich sind sowieso alle froh, mich los zu sein, dann kann die Freizeit endlich richtig beginnen.

Ich lege mich in meinen Schlafsack und fange an zu wichsen. Alles wegwichsen. Wut, Enttäuschung, Trauer, Ärger und Hass verwandeln sich in Wichse, und die muss raus. Ich weiß, dass ich mich hinterher noch viel schlechter fühlen werde, aber das ist mir egal, wenigstens für ein paar Minuten Linderung, nur eine Sekunde des Glücks.

«O Gott, Susanne, Susanne. Bitte. Bitte.»

Ich verliere alle Hemmungen und röchel vor mich hin. Wenn jetzt die anderen kommen, bin ich endgültig geliefert. Vielleicht will ich das ja auch.

«Ja, Susanne, komm. Bitte, Susanne, Susanne!»

Ich drehe mich auf den Bauch und bumse die Matratze. Ich küsse und lecke das Kissen, also Susannes Gesicht. Jetzt habe ich sie beschmutzt, so weit ist es gekommen. Kurz vor dem Höhepunkt löst sich ein Furz, und augenblicklich riecht es nach allen Mahlzeiten, die ich intus habe: Hackbraten. Schlimme Augenwurst. Hagebuttentee. Margarine. Ich bestehe nur noch aus Scheiße, Wichse, Schweiß und Mundgeruch. Neinonein-onein, ist das alles schrecklich. Es ist echt schlimm, wie tief man sinken kann.

«Ah, bitte, ja, bitte, komm.»

Ich traue mich vor lauter Gestank nicht mehr, Susanne beim Namen anzusprechen. Endlich ist es so weit, ich wichse in den Sack und bleibe schwer atmend liegen. Erleichterung, vielleicht zwei Minuten, dann kehrt die Verzweiflung zurück. Ich schnüffel in den Schlafsack. Pups und Käsemauken und frische Wichse. Fünf Freunde im Pipikackawichsiland. Der Leib

Gestein, verschlossen der Darm. Geröll. Staub. Asche. Teer. Asphalt. Beton.

In der Nacht träume ich wild und wirr:

Wir wohnen in einer weihnachtlich geschmückten Villa. Mein Vater hat sich im Keller eine Backstube eingerichtet, in der er Torten, Brote, Brötchen und Kuchen bäckt. Er kommt gar nicht mehr aus seiner Stube heraus.

Ich sitze ganz oben, auf dem Dachboden, und friere.

Am Ende des Bodens beginnt ein Gang, ich frage mich, wo der eigentlich hinführt.

Ich helfe meiner Mutter beim Kartoffelschälen, das Messer ist riesig und fällt mir dauernd aus der Hand. Meine Oma und meine Schwester spazieren eingehakt wie ein Liebespaar durch die Küche. Sie küssen sich eklig auf den Mund.

Plötzlich sitze ich mit Andreas im Gang. Wir würden nichts lieber tun, als ihn endlich zu erkunden, trauen uns aber nicht, weil er so dunkel und unheimlich ist. Wir bleiben am Eingang sitzen, rauchen Filterzigaretten und trinken eine grüne Flüssigkeit. Eine seltsame Unruhe ergreift uns, ich bebe vor Erregung. Schließlich halte ich es nicht mehr aus. Meine Hand legt sich wie von selbst auf Andreas' Knie und wandert zu seinem Schritt. Ich knete und drücke, es ist mir entsetzlich peinlich, aber ich kann nicht anders. Andreas lässt es wortlos geschehen, dann dreht er seinen Kopf zu mir und schürzt die Lippen. Ich stecke ihm meinen Mittelfinger in den Mund, er fängt gierig an, ihn zu lecken und an ihm zu saugen, bis sein Speichel ganz schaumig ist. Dann küssen wir uns endlich. Er hat eine kleine, spitze Zunge, die mein Ohr leckt und geile Worte sagt. Die Küsse werden immer drängender, ich lege mich auf ihn, und wir reiben unsere duftenden, feingliedrigen Jungenkörper aneinander, bis es uns bei geschlossener Hose kommt. Endlich. An Andreas' verwaschenem Gehäuse bildet sich ein großer, feuchter Fleck.

Ich starre in den Gang. Was ist da bloß?

Ich sitze im Wohnzimmer. An einer riesigen Tafel hocken mindestens fünfzig Leute, die ich nicht kenne, und essen Braten mit Kartoffeln und Soße. Der Raum steht knietief unter Wasser.

Aus dem Keller ein tiefes Wummern und Schaben und Brummen. Was macht mein Vater da nur? Auch die Vögel zwitschern ganz unnatürlich laut und schrill, das Gebälk ächzt und stöhnt.

Meine Mutter steht vor dem großen Flurspiegel. Sie reißt sich die Nasenhaare heraus. Die Haare sind bestimmt einen Meter lang. Hinter ihr steht Wolfram Steiß, der ganz anders aussieht.

Andreas und ich hocken nackt auf dem Dachboden. Wir schauen in den dunklen Gang hinein, trauen uns aber immer noch nicht. Andreas hat eine Plastiktüte mit einem D-Böller-Schinken. Wir prokeln das Schwarzpulver raus und basteln daraus Bomben.

Der Dachboden ist ganz unnatürlich in die Länge gezogen. Oma hilft beim Schwarzpulverprokeln und singt alte Lieder. Sie hat kein Gebiss drin.

Andreas, meine Schwester und ich ziehen durch die Nachbarschaft und lassen Briefkästen und Vogelhäuser hochgehen.

Ich steige eine Treppe hinauf. Meine Mutter liegt nackt auf der obersten Stiege. Als ich über sie drübersteige, schnappt sie nach mir. Ich falle die Treppe hinunter.

Aus dem Keller das Wummern der Backmaschine, aus der Küche ein hohes Sirren, Fiepen und Kreischen. Ich schleiche nach unten, um zu sehen, was da vor sich geht: Mein Vater knetet stöhnend und mit blutunterlaufenen Augen den Teig, im Wohnzimmer zerlegt Mutter mit einem Fleischermesser den Weihnachtsbaum.

Andreas ist ganz groß und dick. Wir vergessen alle Vorsicht und wagen uns ein paar Meter in den Gang hinein. Das ist vielleicht geil, weil wir uns nicht mehr sehen, sondern nur noch fühlen. Je tiefer wir in den Gang kriechen, desto ärger wird es.

In einem Zimmer, das ich noch nie gesehen habe, reibt sich Mutter mit puterrot angeschwollenem Kopf wie ein Wild an der Wohnlandschaft. Ich habe Angst und laufe nach draußen in den Garten.

Vater mäht den Rasen, und das im Winter: Er schiebt bibbernd den Mäher mit seinem riesigen, harten Riemen vor sich her und treibt ihn mit heftigen Stößen immer tiefer in die schneebedeckte Rasenfläche. Mutter kommt ebenfalls herausgerannt, beobachtet das Schauspiel und schreit und brüllt vor Erregung.

Plötzlich ist es sehr heiß. Meine Schwester steht vor dem Zaun des Nachbargartens und füttert ein Pferd. Das Pferd beißt ihr eine Hand ab und schluckt sie hinunter. Meine Schwester hält ihm auch die andere Hand hin. Das Pferd beißt die Hand ebenfalls ab. Meine Schwester weint.

Andreas und ich reiben unsere ausgemergelten Jungenkörper aneinander und brüllen uns mit wundgelutschten Lippen geile Worte ins Ohr. Vater kommt nicht mehr durch die Tür, weil sein Johannes angeschwollen ist wie ein riesiges Schwert und sich verhakt. Es ist furchtbar. Wir sind in eine grauenvolle Falle geraten, aus der es kein Entrinnen gibt.

Oma liegt in einem Krankenhausbett. Ich streichle ihr über den Kopf, dabei fallen ihr alle Haare aus.

Andreas sieht wieder normal aus. Wir dringen immer weiter in den Gang vor. Das gibt's doch nicht, der muss doch irgendwann mal zu Ende sein! Wieso ist Andreas nur so schnell? In einem affenartigen Zahn krabbelt er vor mir her, ich komme nicht mehr mit. «Andreas, du Bock, warte, ich halt es nicht mehr aus», blöke ich in die Dunkelheit. Doch er ist längst aus meinem Blickfeld verschwunden, und bald höre ich ihn auch nicht mehr, sosehr ich auch lausche. Ich weine, bettele und flehe, doch vergebens, es bleibt still. Ich bekomme es schrecklich mit der Angst zu tun und rufe nach meinen Eltern: «Hilfe, Mama, Papa, Hilfe.» Endlich kommen ein paar Leute heraufgekrabbelt, die gekleidet sind wie Förster. Sie schwitzen wie die Schweine und sind total am Ende. Gemeinsam schreien und winseln wir, aber Andreas bleibt verschwunden. Wir durchsuchen jeden Millimeter des Gangs, finden aber nichts außer alten Plünnen und Müll.

Der Dachboden fängt an zu brennen. Ich springe aus dem Fenster, es muss mindestens der hundertste Stock sein. Ich falle und falle und falle, kurz vor dem Aufprall wache ich auf.

Mir ist vor Scham und Entsetzen ganz schlecht. Ich falte die Hände und bete. Ich bitte aus tiefstem Herzen um Vergebung, obwohl es doch nur ein Traum war. Denn jetzt weiß ich von dieser unheilvollen und verderbenden Macht, die tief in uns wohnt und tobt und wütet und uns nie zur Ruhe kommen lässt.

Phantasie in Moll

In aller Herrgottsfrühe werde ich wach, und sofort überlege ich mir, wie ich meinen Abgang möglichst wirkungsvoll inszeniere:

Noch vor der Morgenandacht teile ich Pastor Schmidt meinen Entschluss mit. Er hört mir schweigend zu. Als ich fertig bin, nickt er. Er arbeitet es in seine Andacht ein:

«Leider wird uns gleich nach dem Frühstück jemand verlassen, seine Sachen sind bereits gepackt. Er hatte sich so auf die Freizeit gefreut, aber dann sind Dinge passiert, die ihn verzweifeln lassen an dieser Gemeinschaft. Einige unter euch wissen, wovon ich spreche ...»

Die Köpfe senken sich, eine tiefe Beklommenheit ist zu spüren. Noch weiß keiner, dass ich es bin, der die Gruppe verlässt. Ich lasse mir nichts anmerken, sondern gehe nach dem Frühstück ein letztes Mal zum Zelt, um meine bereits fix und fertig gepackte Reisetasche zu holen. Die Gemeinschaft ist vollzählig versammelt, das Taxi, das Pastor Schmidt – als kleine Wiedergutmachung – auf Gemeindekosten bestellt hat, wartet mit laufendem Motor. Alle treten schuldbewusst einen Schritt zurück, es herrscht eine gespenstische Stimmung. Die Erwachsenen bilden ein Spalier, die Jugendlichen tun es ihnen nach. Ich habe das Gefühl, von jetzt auf gleich erwachsen geworden zu sein. Angesichts des Unabwendbaren lösen sich die Zungen:

«Bitte, geh nicht!»

«Das haben wir nicht gewollt!»

«Thorsten, ich liebe dich doch.»

Ich entziehe mich dem Umarmungsversuch Susanne Bohnes: Sie hat ihre Chance gehabt. Der Taxifahrer wirft meine Tasche in den Kofferraum und hält mir die Tür auf. Ich wende mich ein letztes Mal an die Gruppe:

«Keine Angst, ich pack das schon. Genießt nun die schöne Zeit, die vor euch liegt. Und vergesst mich einfach.»

Ab jetzt liegt ein Fluch über der Freizeit: Peter Behrmann und Detlef verschwinden spurlos, Harald wird erschlagen aufgefunden, Gundula ertrinkt vor den Augen aller in einem Priel. In der Nacht vor der Heimreise erleidet Herr Schrader im Bett einen Herzinfarkt. Die glimmende LUX-Zigarette fällt aufs Kopfkissen, das Haus brennt bis auf die Grundmauern nieder. Später wird das verwaiste Grundstück dem Vogelschutzgebiet zugeschlagen.

Ja, das passiert, wenn man einen Thorsten Bruhn demütigt.

O Tannenbaum.

REISE, REISE!

Der Klepper aus dem Höllenzoo. Meine Güte.

Ich bin einer der Ersten, die sich zur Andacht versammeln. Vielleicht kann ich ja den Pastor abpassen, dann hab ich's hinter mir. Der Wind schmeckt irgendwie säuerlich, ansonsten ist es kalt wie immer. «Wann hast du dir eigentlich zum letzten Mal in den Arsch reingekackt?» Jaja, ist ja gut. Harald kann sich für den Rest der Freizeit alleine in den Arsch reinkacken oder reinkotzen oder reinpissen oder reinfurzen. Pastor Schmidt hat Wolfram Steiß im Schlepptau, sie sind in ein Gespräch vertieft, da mag ich nicht stören. Dann verschieb ich's eben auf nach dem Frühstück.

Thema der Andacht von Diakon Steiß: Schlechtes Gewissen. Wann man warum wie oft ein schlechtes Gewissen hat und ob und wieso es oder wieso nicht begründet oder unbegründet ist. Der eine hat oft ein schlechtes Gewissen, der andere praktisch nie. Zum Glück wird einem am Ende von Jesus vergeben.

Ob sich Steiß den Quatsch eigentlich aus dem Stand ausdenkt? Nein, wahrscheinlich hat er die ganze Nacht daran herumgefeilt, haha.

Beim Frühstück gibt es einen Graubrotengpass. Ein Wahnsinn, sollen wir jetzt Sand fressen, oder was? Na ja, die Hungerei ist ja nun bald vorbei.

Die fünf Freunde vertilgen schon vormittags Eiskrem in rauen Mengen, sogar der Hund. Der fünfte Freund ist nämlich Tim, der Familienhund. Typische Szene am Eisstand:

Julius: «Fünf Eis, bitte.»

Eisverkäuferin: «Fünf Eis? Aber ihr seid doch nur vier!»

Julius deutet auf den Hund.

Eisverkäuferin (ungläubig): «Wie, bekommt der Hund etwa auch eins?»

Tim: «Wuff.»

Richard (der Zweitgeborene, schmunzelnd): «Haben Sie nicht gehört? Das heißt JA.»

Die fünf Freunde lachen aus allen Rohren, und die Eisverkäuferin bereitet über beide Backen grinsend fünf extragroße Portionen mit Schokostreuseln zu.

Andere Lieblingsspeise der Freunde: Makronen. Davon können sie Unmengen vertilgen, noch mehr als von allen anderen Leckereien zusammen. Ich habe keine Ahnung, was Makronen eigentlich sind, eine Art Gebäck, nehme ich an, will's aber auch gar nicht genau wissen, denn bei der Lektüre von Jugendbüchern ist es wichtig, sich gewisse Informationslücken zu bewahren, damit der Zauber erhalten bleibt.

Nach dem Frühstück ist Pastor Schmidt wie vom Erdboden verschluckt. Hä? Ich will bald mal los. Also erkundige ich mich bei seiner Frau. Ich habe mir vorher lange überlegt, wie ich die Frage *genau* stelle:

«Wissen Sie, wo Pastor Schmidt ist?»

«Wissen Sie, wo Herr Schmidt ist?»

«Wissen Sie, wo Herr Pastor Schmidt ist?»

«Wissen Sie, wo Herr Pastor Schmidt, Ihr Mann, ist?»

Dann entscheide ich mich spontan für die Variante «Entschuldigung, ist Ihr Mann da?».

«Der musste mal in die Stadt und kommt erst am Nachmittag zurück. Kann ich was ausrichten?»

«Nö, nö, eilt nicht.»

Das ist ja beknackt. Na ja, kann man nichts machen. Erst mal zum Meer, durchatmen. Wer sitzt auf der Bank und raucht LUX-Zigaretten? Gegen Schrader ist einfach kein Kraut gewachsen. Von Schwatzsucht aufgepeitscht, redet er Herrn Korleis, dessen Brille durch das Schrader'sche Trommelfeuer noch unförmiger und hässlicher geworden ist, kurz und klein.

«Mann, ist das alles traurig», poltert Schrader.

«Was denn?»

«Mein Portemonnaie ist aus Zwiebelleder – immer wenn ich reinguck, muss ich weinen, harharhar.»

Er streckt und rekelt sich völlig ungeniert.

«Huuää, aaaarghh, och Gott, och Gott, urrrääöö. Mann, Mann, Mann.»

«Was ist denn?»

«Bei mir sind alle Glieder steif – bis auf das eine.»

Hoffentlich kann ich jetzt wenigstens kacken, damit ich nicht mit der ganzen Scheiße nach Hause fahren muss. Wahnsinnig peinlich, als Allererstes aufs Klo zu müssen, vor der Begrüßung.

Während der Fahrt löst sich die ungeheure Verkrampfung, und ein Arschdruck meldet sich, der es in sich hat. Na ja, bis zu Hause werde ich es schon aushalten.

Pffffkkkrrrööö, ganz leise.

«Entschuldigung, darf ich das Fenster ein wenig runterkurbeln?»

«Wieso, musst du furzen, höhö?»

Taxifahrer sind so unsensible Burschen.

«Nee, es ist so stickig.»

Pppffffrrrkkk, Pppppffffkkrrööö, begleitet von Koliken, die wellenförmig meinen gepeinigten Körper durchlaufen. Aaaarghhh. Der Schließmuskel ist leicht geöffnet, bereit, sich der furchtbaren Last zu entledigen.

«Entschuldigung, können wir kurz anhalten. Ich muss mal dringend aufs Klo.»

«Ach Quatsch, wir sind doch gleich da. Außerdem ist hier doch nix, guck dich doch um, da is nix.»

Pppppffffkkrrääääööö. Oje, beim nächsten Mal kommt Land mit.

«So, da wären wir. Fahrt ist schon bezahlt. Wie isses, Reisetasche kriegst du alleine raus, oder soll ich dir helfen?»

«Nein danke, gute Fahrt, und danke nochmal.»

Ich presse die Arschbacken so doll zusammen, wie ich nur kann. Vor unserem Hochhaus ist eine kleine Rasenfläche. Niemand zu sehen. Blitzschnell ziehe ich mir die Hose in die Kniekehle. Ich habe mich schon hingehockt, als fröhlich schnatternd ein paar Mädchen um die Ecke kommen. Eine kenne ich, sie ist sitzengeblieben und kommt im neuen Schuljahr in unsere Klasse. Im letzten Moment watschele ich mit der Hose in den Kniekehlen hinter den einzigen Busch. Die Mädchen stecken sich Zigaretten an. Ich ziehe die Hose wieder hoch und gehe an ihnen vorbei ins Haus.

«Hallo. Na?»

«Ach hallo, Thorsten. Ich dachte, du bist weg.»

«Nee.»

«Ach so.»

«Ja, also, tschüs dann.»

Es nützt nichts, ich muss durchhalten. Einer der beiden Fahrstühle ist im Erdgeschoss, Gott sei Dank. Ich drücke die Zwölf. Als ich einsteige, erwischt mich die nächste, noch heftigere Kolik. Vor Schmerzen werde ich fast ohnmächtig. Ich könnte in den Fahrstuhl kacken und dann in den anderen umsteigen. So etwas ist erlaubt, wenn man an einem Punkt angelangt ist, an dem man mit Willensstärke nichts mehr ausrichten kann. 1. 2. 3. 4. 5. 6. 7. 8. 9. 10. 11. 12. Während der Himmelfahrt fummle ich den Wohnungsschlüssel heraus. Bitte, bitte, lieber Gott, mach, dass keiner zu Hause ist! Schweißüberströmt und mit schmerzverzerrtem Gesicht stehe ich vor der Wohnungstür. Der Schlüssel rutscht immer wieder ab, haben die Schweine das Schloss ausgetauscht? Verdammt, verdammt, verdammt. Plötzlich geht die Tür auf: meine Mutter, dahinter meine Schwester und ihre beiden besten Freundinnen.

«Hallo, Thorsten, was ist denn mit dir los», sagt meine Mutter und fasst mich am Arm. «Du bist ja kreidebleich. Wieso klingelst du nicht einfach?»

In diesem Moment entspannt sich mein Körper, und ich entleere mich unter unfassbaren Geräuschen.

Kartoffelspiele

Wir spielen «Beim Psychiater»: Eine Person wird zum Psychiater bestimmt und geht kurz vor die Tür. Die «Patienten» überlegen sich eine Krankheit. Einer antwortet beispielsweise immer auf die Fragen, die der Person rechts daneben gestellt wurden, oder fängt bei einem bestimmten Wort an zu weinen. Einer hält sich für den Bundeskanzler. Ein anderer lebt auf dem Mars. Der Nächste meint, er sei ein Handrührgerät (alles Beispiele). Anschließend wird der Psychiater wieder hereingerufen und muss durch Fragen herauszufinden versuchen, an was es den Patienten fehlt.

Ich fühle mich zu alt für so einen Quatsch. Egal, es ist eh das letzte Spiel, das ich mitmache. Der blonde Engel (ich hab in der Baracke mitgekriegt, dass er Heiko heißt) wird zum Psychiater bestimmt. Ich werde so tun, als wäre ich Sylvester Stallone beziehungsweise Rocky. Die anderen wählen konventionelle Irrsinnsvarianten, außer dem langen, dürren Karsten Petermann, der in die Rolle des Terroristen Andreas Baader zu schlüpfen gedenkt.

Peter Edam (entsetzt): «Aber das geht doch nicht!»

Karsten Petermann: «Wieso denn nicht. Ist doch nur ein Spiel. Da kann ich doch nehmen, wen ich will.»

Der dumme Peter (überfordert): «Na ja, wenn die Gruppe nichts dagegen hat, von mir aus.»

Karsten Petermann: «Ja, ja.»

Obwohl seine Idee originell ist, hapert es an der Ausführung. Er ist zu lang und zu dürr und kann es einfach nicht, im Gegensatz zu mir: Heiko und ich harmonieren miteinander, als hätten wir geübt. Prompt bekommen wir die meisten Lacher. Obwohl das Spiel eigentlich doof ist, macht es Spaß. Es kommt nämlich nicht aufs Spiel an, sondern darauf, was man daraus macht. Irgendwie ist die allgemeine Stimmung auch nicht mehr so gegen mich, kommt mir jedenfalls so vor. Während der Vormittagsbadezeit verziehe ich mich in die Baracke. Zum Kacken. Von wegen.

Zum Mittagessen gibt's Milchreis mit Butter, Zucker und Zimt. Noch nicht mal heiße Kirschen oder so was. Bei 343 Mark sollte doch wohl eine Portion Beerenobst drin sein! Zum ersten Mal salzt Detlef nicht nach.

Der Nachmittag steht im Zeichen sogenannter *Kartoffelspiele*. Auch schon wieder was für Kinder. Zuerst gibt es ein Wettrennen mit Kartoffeln zwischen den Knien, die nicht herunterfallen dürfen. Nächstes Spiel: Eine Kartoffel muss in ein Tor geschossen werden. Dabei darf der Spieler nur auf einem Bein hüpfen. Auch schon wieder albern. Kartoffelschälen: Wer kann die längste zusammenhängende Schale abschneiden? Gewicht schätzen: Wer kann genau ein Kilogramm Kartoffeln in einen Eimer legen? Präzisionskartoffelschälen: Wer kann genau 150 Gramm Kartoffelschalen schälen?

Mir fällt eine Zeltnachbarin von Susanne Bohne auf: Ina Blankenburg. Sie passt zu den Kartoffelspielen wie die Faust aufs Auge, weil sie nämlich auch irgendwie kartoffelig aussieht. Warum, kann ich nicht genau sagen, ist aber so. Sie hat einen leichten Entenarsch und gar keine Titten. Nicht klein oder mini:

gar nichts. Unten Mädchen, oben Junge. Auch schon wieder geil. Ich stelle mir vor, wie ich ihr die Bluse aufknöpfe und sie sich wegen der nicht vorhandenen Oberweite ziert. Sie weiß nicht, dass es in Wahrheit das Einzige ist, was ich an ihr scharf finde.

«Lass das, Thorsten.»

«Was denn. Wieso denn?»

«Das geht nicht.»

«Wieso denn nicht? Wieso geht das nicht?»

«Nee, ich will nicht.»

«Wieso willst du nicht?»

«Nee.»

Usw.

Georg von den fünf Freunden ist eigentlich ein Mädchen, Georgina, möchte aber viel lieber ein Junge sein und nennt sich deshalb Georg. Auch schon wieder geil.

Badezeit. Die dicken Fiedlers sitzen todschwer mit hängenden Bäuchen auf der Bank und schauen sehnsüchtig aufs Meer. Niemals würden sie sich mit ihren aufgedunsenen Seehundskörpern reintrauen. Alter und Fettleibigkeit sind ein Käfig. Schrader raucht und malträtiert Herrn Korleis («Besser Prösterchen als ins Klösterchen, harhar»). Wieso tut der sich das an? Er könnte doch einfach im Haus bleiben.

Endlich kommt Pastor Schmidt zurück, hastet aber sofort in die kleine Pastorenwohnung. Er scheint gereizt zu sein. Keine gute Gelegenheit, mit ihm über mein Anliegen zu reden. Vielleicht kommt er ja gleich wieder raus. Ich warte bei der Tischtennisplatte, wo sich die beiden Weltmeister ein Match auf hohem Niveau liefern. Echt gut können die spielen. Susanne Bohne steht auch da und beachtet mich nicht.

Der Pastor verlässt die Wohnung erst wieder zur Abendandacht. Sein Thema: Der Glaube als Getriebe. Immer diese dämlichen Vergleiche: Den Glauben muss man sich vorstellen als ... Eigentlich kann man alles einsetzen: Der Glaube als chemische Versuchsanordnung. Der Glaube als Supermarkt. Der Glaube als Hotel. Gott ist der Besitzer, Jesus Portier, der Fahrstuhl der Weg ins Paradies, die Sauna die Hölle, Zimmermädchen Engel, Frühstücksraum auch irgendwas, man muss nur lange genug drüber nachdenken.

Nach dem Abendbrot habe ich totalen Schmachter. Pastor Schmidt scheint noch gereizter zu sein als vorhin. Dann fahr ich eben morgen, auch egal.

Schon wieder Spieleabend. Fast alle spielen in den gleichen Besetzungen wie gestern. Peter Behrmann: alleine. Ich auch. Heiko und Tiedemann unterhalten sich angeregt, kein Reinkommen. Ich warte darauf, dass mich Pastor Schmidt auffordert, die Mühlepartie des gestrigen Abends fortzusetzen. Mein Schicksal bis in alle Ewigkeit: Pastor Schmidt und ich sitzen uns gegenüber, getrennt durch ein Spielbrett. Schweigend rücken wir Stein um Stein um Stein. Mühle! Mühle! Mühle! Mühle! Mühle!

Doch dann passiert, was ich nicht für möglich gehalten hätte: Heiko kommt zu mir rüber.

«Sag mal, spielst du Doppelkopf?»

«Ja.»

«Tiedemann auch. Dann brauchen wir noch 'nen vierten Mann.»

Wieso habe ich Roland Schmidt-Wagenknecht bisher eigentlich übersehen? Wie Frau von Roth hat er diesen gewissen Zug, ganz anders als die Schmidts, Behrmanns, Edams und Stanischewskys dieser Welt. Scharf geschnittenes Gesicht, Höckernase, überheblicher Blick. Von oben herab, Dünkel nennt man das in Adelskreisen. Blasiertheit. Ich kenne sonst niemanden mit Doppelnamen, Doppelnamen sind die Vorstufe zum Adel. Peter Scholl-Latour/Kaiserliche Hoheit Otto von Habsburg.

Roland Schmidt-Wagenknecht/Balduin von Nuttmann. Heiko heißt mit Nachnamen Rost, und jetzt kommt's: Sein Vater ist Kfz-Sachverständiger! Gestatten, Rost, haha. Ob der Name wohl gut im Geschäft ist? Wahrscheinlich gerade.

Wir spielen, ohne viel Worte zu wechseln. Fuchs. Gewinnen mit oder ohne den Alten. Doppelkopf. Noch ein Doppelkopf. Und noch ein Doppelkopf. Der Schöne, der Coole und der Adlige. Ich (der Kleine) habe es mit den drei geilsten Typen überhaupt zu tun, ein Wunder, dass sie mich dabeihaben wollen. Sagenhaft. Spitze. Ich versuche, nicht weiter drüber nachzudenken. Vielleicht habe ich ja irgendeine verborgene Seite, von der ich nichts weiß. Noch nicht. Egal, ich werde Zweiter, hinter Roland und vor Tiedemann und Heiko. Wir beschließen, morgen weiterzuspielen.

Vor dem Schlafen gehe ich noch eine rauchen, ich rauch eh viel zu wenig, man kommt ja nicht dazu. Die drei Spastiker liegen bereits in ihren Schlafsäcken. Ich bin auf die Idioten zum Glück nicht mehr angewiesen. Aus Torstens Ecke riecht's nach Leiche, aus Detlefs Ecke nach Kohlrabi-Hackbraten und aus Andreas' Ecke nach Schwanz. Kommt mir jedenfalls so vor. Ob sich einer von denen schon einen gekeult hat, und wenn ja, wie oft? Und wenn, wo? Und wie oft hintereinander? Oder gegenseitig? Fragen über Fragen.

Scharbeutz

Lasst uns froh und munter sein.

REISE, REISE!

Findet Schrader das witzig, kann er nicht anders, oder will er uns durch Stumpfsinn demütigen? Ich werde es wohl niemals rauskriegen.

Am Nachmittag geht's das erste Mal nach Scharbeutz. Scharbeutz, Stadt am Meer, fällt mir ein. Genialer Slogan. Ich muss mir zum Glück keine Gedanken darüber machen, wem ich mich anschließe, das gemeinsame Doppelkopfspiel hat uns zu einer Clique zusammengeschweißt: Heiko Rost, Roland Schmidt-Wagenknecht, Tiedemann und ich. Im Haus Seemöwe kauern die beiden Dachdecker auf halb acht im Reet und machen anzügliche Bemerkungen.

Dachdecker 1: «Eh, du da! Ja, dich meine ich, die Rothaarige mit den dicken Titten. Was hast du denn heute noch vor?»

Katrin hat echt dicke Titten. Und dicke Beine und einen dicken Po, fuchsrote Locken, Sommersprossen, abstehende Ohren und kalkweiße Haut. Der Fluch der Rothaarigen. Sie ist sehr schüchtern, ich habe sie noch nie reden gehört. Und jetzt steht sie wegen ihrer Titten im Mittelpunkt, ausgerechnet wegen der Titten, sie kann doch noch gar nichts damit anfangen.

Dachdecker 2: «Ey, wir gehen nach der Arbeit schwimmen. FKK. Kommt ihr mit?»

Die versauten CDU-Schweine («auf der Flucht erschiiiieesse») stören sich nicht im Geringsten daran, dass die Mädchen minderjährig sind. Diakon Steiß tut so, als habe er nichts gehört, der feige Bock. Von Rechts wegen müsste er die Dachdecker aus dem Reet prügeln, aber er traut sich nicht, weil er dann auf die Fresse kriegt.

Dachdecker 1: «Hallo, ich sprech mit dir.» (zu Dachdecker 2): «Nun guck dir mal den Arsch von der Dunkelhaarigen an. Guck dir bloß mal den kleinen, geilen Arsch an.»

Wahnsinn, als wären sie geistig behindert oder besoffen oder beides. Alle Handwerker auf der ganzen Welt sind so.

Dachdecker 2: «Kleiner Arsch ist schnell geleckt.»

Strandstraße, Strandstraße, Strandstraße. Auf der Meerseite stehen Häuser, und auf der Landseite gibt es nichts als Wiesen und Weiden, unendliche Weiden und Wiesen, nur an einer Stelle unterbrochen von einem schrabbeligen Campingplatz, auf dem die Reichskriegsflagge gehisst ist. Haha, überall Nazis, witzig. Bis zum Ortskern ist es zu Fuß ungefähr eine halbe Stunde. Nachdem wir durch die Haupteinkaufsstraße gelatscht sind, bleibt Herr Steiß vor der italienischen Eisdiele «Sicilia» stehen und verteilt Stift und Zettel:

«So, jetzt schreibt ihr mal alle Geschäfte, die ihr in dieser Straße gesehen habt, in der richtigen Reihenfolge auf.»

Natürlich schneide ich schlecht ab, ich habe allgemein ein löchriges Gedächtnis. Sieger wird überraschenderweise der lange, dürre Karsten Petermann. «So», sagt Steiß, «wer ein Eis essen will, soll das tun, ansonsten könnt ihr machen, was ihr wollt. Treffpunkt ist in einer Stunde wieder hier.»

Eis ist was für Kinder und Weiber. Wir (Clique) verziehen uns um die nächste Ecke, erst mal eine rauchen beziehungsweise so viele, dass der Nikotinspiegel bis zum Abend stabil bleibt. Dann latschen wir rum, ohne Plan und Ziel. Mädchen und Jungen sind getrennt unterwegs, aber das wird sich bald ändern. Irgendwann bricht sich die angestaute Liebe und Verzweiflung und Geilheit Bahn, dann wird geknutscht und gefummelt und gegrapscht und übereinander hergefallen, unter die Bluse, in die Hose, auf den Kopf. Mir ist aufgefallen, dass Tiedemann von den Weibern überhaupt nicht cool gefunden wird. Für die Jungs Popstar, für die Mädchen Penner. Sogar die ersten Brusthaare kommen schon aus den Untiefen seines schmuddeligen Pfeffer-und-Salz-Mantels gekrochen. So viel Männlichkeit macht den Mädchen Angst.

Sonnyboy Heiko kann sich Zeit lassen, die Weiber kommen irgendwann von ganz alleine angeschissen. Herrlich muss das sein, zu wissen, dass die Weiber irgendwann von ganz alleine angeschissen kommen. Bei Roland Schmidt-Wagenknecht kommen die Weiber bestimmt auch irgendwann von ganz alleine angeschissen, aber vielleicht will er auch nicht, weil er sich mit seinem geilen Doppelnamen für etwas Besseres hält und nur in Doppelnamen- oder Adelskreisen wildert. Aber warum ist er dann überhaupt mitgefahren?

Ich hab mich jetzt schon damit abgefunden, so etwas wie ein Maskottchen zu sein, das lustige, kleine Äffche, das mit seinem Zwergenkörper herumkaspert und weiter kein Aufheben um sich macht. Wahrscheinlich kann sich niemand vorstellen, dass ich mir auch so meine *Gedanken* mache. Einschlägige Gedanken. Das lustige, kleine Äffche. Von wegen. Im berühmten Sexual-kundebuch von Günter Amendt habe ich gelesen, dass jeder Mensch ein Anrecht auf eine erfüllte Sexualität hat. Das gilt dann doch wohl auch für mich! Günter Amendt hat bestimmt noch viel hoffnungslosere Fälle therapiert.

Wir passieren den einzigen Edekamarkt. Roland bleibt stehen und schlägt vor, Saufkram zu besorgen, weil wir am

Strandkiosk nichts kriegen. Die Chefin da weiß, dass wir aus der Nougathöhle sind und damit minderjährig, außerdem ist es am Kiosk sowieso zu teuer. Roland ist zwar auch erst sechzehn, könnte aber locker für neunzehn durchgehen. Also ist *er* für den Einkauf zuständig. Tiedemann schlägt vor, dass wir zusammenschmeißen, jeder einen Zehner. Einen Zehner, so viel? Ich hab doch nur vierzig Mark insgesamt!

«Echt, meinst du? Das sind ja vierzig Mark! Das kriegen wir doch gar nicht nach Hause geschleppt. Die vielen Flaschen, Steiß ist doch nicht bescheuert.»

«Von wegen viele Flaschen, wir besorgen uns Apfelkorn. Der schmeckt genau wie Apfelsaft und hat trotzdem Umdrehungen ohne Ende.»

«Ja. Ach so.»

«Du schmeckst den Alkohol überhaupt nicht, das schmeckt original wie Apfelsaft, ich schwör's dir. Und für die Weiber besorgen wir Persico.»

«Persico? Hab ich noch nie getrunken. Und welche Weiber überhaupt?»

«Ist doch egal jetzt, wird man dann schon sehen. Auf Persico stehen alle Weiber drauf.»

Heiko mischt sich ein.

«Hast du echt noch nie getrunken? Perversico, weißt Bescheid, nä, haha.»

Apfelkorn, na ja. Vor Korn hab ich Angst. Einmal hat mich mein Onkel gezwungen, Doppelkorn zu trinken, ich hab die halbe Nacht überm Klo gehangen. Die anderen harten Sachen sind genauso eklig. Whiskey, Weinbrand, Rum, ich versteh nicht, wie man das runterkriegt. Aber was soll ich machen. Wenn Tiedemann sagt, das schmeckt, dann wird es getrunken, und gut ist. Hoffentlich behält er recht.

Roland steht in der Schlange und ist gleich dran. Vor ihm eine Oma mit Omaeinkäufen, hinter ihm ein Mann mit seinem vielleicht dreijährigen Sohn, der im Einkaufswagen herumturnt und nervt. Heiko, Tiedemann und ich stehen beim Naschzeug und beobachten das Geschehen. Die Oma ist gebrechlich und ungeschickt; sie braucht ewig, bis sie ihre Sachen aufs Band gelegt hat. Nervenzerfetzend. Das Kind turnt im Einkaufswagen herum und brabbelt vor sich hin, der Vater hat die unangenehme Eigenart, überlaut mit ihm zu sprechen:

«NEIN, KONSTANTIN, LEG DAS MAL WIEDER HIN.»

Konstantin, was ist denn das schon wieder für ein Scheißname?

«KONSTANTIN, ICH HAB'S DIR GESAGT, LEG DAS BITTE WIEDER HIN.»

Der hat sein Balg einfach nicht im Griff. Es brabbelt irgendwas, ich versteh kein Wort, der Vater offenbar schon:

«DAS WEISS ICH NICHT. ALLE WOLLEN GERNE CLOWNS SEIN, KONSTANTIN. DAS WOLLEN ALLE GERNE, CLOWNS SEIN.»

Was für einen grauenhaften Unfug erzählt der da seinem Kind! Wer will hier Clown sein? Niemand, niemals, unter gar keinen Umständen, Clowns sind das Allerletzte. Ich weiß zwar nicht viel, aber das ist eines der wenigen Dinge, die ich ganz genau weiß. Man möchte das Kind aus dem Wagen nehmen und schütteln:

«KONSTANTIN, DU BIST ZWAR EIN TOTAL ÄTZENDES KIND, ABER TROTZDEM: HÖR NICHT AUF DEINEN VATER. ER HAT UNRECHT. IN DIESEM PUNKT, UND IN ALLEN ANDEREN PUNKTEN AUCH.»

Leider wird man Konstantin jetzt schon verloren geben müssen.

Endlich ist die Oma abkassiert, und Roland legt den Alkohol, getarnt durch Cola, grüne Weingummiapfelringe, Haribokonfekt, Mr. Freeze Stangenwassereis und eine Tüte Würmer aufs Laufband. Echt abgebrüht. Seelenruhig tippt die Kassiererin die Preise ein, ohne Roland anzugucken. Wir haben es geschafft! Doch dann:

«Wie alt bist du eigentlich?»

«Achtzehn.»

«Kann ich bitte mal deinen Ausweis sehen?»

Alles klar, das war's dann. So 'ne Scheiße, der einzige Supermarkt weit und breit. Doch wir haben nicht mit der Genialität von Roland Schmidt-Wagenknecht gerechnet:

«Der ist im Auto. Soll ich ihn holen gehen?»

Die Kassiererin überlegt kurz, dann sagt sie:

«Nee, lass mal. 36,35 macht das dann.»

«Ach, und zwei Tüten noch.»

«36,45.»

Sagenhaft. Das hätte keiner so hingekriegt, noch nicht mal Tiedemann. Vor dem Laden klopft Heiko Roland anerkennend auf die Schulter.

«Das war jetzt aber echt geil mal.»

«Ja, kann sein. Glück gehabt.»

In Heikos blauen Adidasrucksack passen fünf Flaschen rein, Tiedemann tut die restlichen Flaschen in die *eine* Tüte, das Naschzeug in die *andere*. Heiko protestiert:

«Nee, das geht nicht.»

«Wie, das geht nicht.»

«Apfelringe und Haribos nie zusammen in eine Tüte, die verstehen sich nicht.»

«Hä, bist du bescheuert?»

«Nee, echt nicht, das gibt Krieg.»

Er quetscht die Apfelringtüte in seine Hosentasche. Wir schauen uns vielsagend an. Vielleicht ist er verrückt geworden. Egal.

Steiß wird schon keine Tütenkontrolle machen. Wir gehen zurück zum Eiscafé, die meisten sehen so aus, als hätten sie sich die ganze Zeit nicht vom Fleck bewegt. Langweiler, elende.

Auf dem Rückweg macht Tiedemann einen Vorschlag:

«Wir sparen uns das auf bis Samstag. Das muss lohnen.»

Andreas geht direkt vor mir. Wie er mit seinem Arsch wackelt, bekomme ich sofort wieder Bock. Einmal seinen dicken Schwanz wichsen, herrje, das kann doch nicht so schwer sein. Kacken kann ich für heute wohl vergessen, ich muss noch nicht mal pupsen, schlechtes Zeichen, ganz schlechtes Zeichen. Ich zähle nach: Es gären genau zehn Mahlzeiten in meinem Zwergenkörper vor sich hin.

Bimmel bimmel. Badezeit. Ich würde gerne ins Wasser, aber trau mich wegen meines aufgeblähten Leibs nicht. Indianername: «Der, der nie kacken kann». Heiko und Roland schwimmen zum Floß, während ich mit Tiedemann am Strand sitzen bleibe. Er ist jetzt so etwas wie mein Freund.

Schrader zu Korleis: «Wenn du davon keine Ahnung hast, dann kannst du dazu auch nichts sagen. Ist doch logisch. Ich sag ja auch nichts zu Dingen, von denen ich keine Ahnung hab. Entweder sahnig oder gar nicht.»

Korleis: «Ja, mmmhh.»

We shall overcome

Abends ist Lagerfeuer mit Singen und Würstchen und Nacken-kotelett und Stockbrot und Kartoffelgrillen. Der dumme Peter bekommt das Feuer nicht in den Griff. Wolfram Steiß eilt heran und gibt Hilfestellung. Zündel zündel, pust pust, wedel wedel. Trotz Unterleibsproblemen bin ich guter Dinge, weil ich durch eine glückliche Fügung bei den besten Typen überhaupt gelandet bin. Vielleicht hat die Clique ja sogar zu Hause noch Bestand.

Peter Edam haut mit einem beseelten Leuchten in die Saiten seiner Wandergitarre und gibt den Takt an: «Danke für meine Arbeitsstelle, danke für jedes kleine Glück, danke für alles Frohe, Helle und für die Musik.» Brrr, für meine Arbeitsstelle, welches Kapitalistenschwein ist bloß für diesen CDU-Schwei-netext verantwortlich? Aber Peter bringt's rüber, er erweckt die dämlichen Texte zum Leben. Zwischen den Liedern: Würst-chen! Nackenkotelett! Kartoffelsalat! Kartoffeln in Alufolie! Und Stockbrot, das Brot der Brote. Wir wickeln Stockbrotteig um einen Stock, halten ihn ins Feuer, und dann gibt's Stockbrot, wie der Name schon sagt. Außen schwarz, innen roh. Keiner hält den richtigen Abstand zum Feuer, wir verschlingen, vor Hunger halb wahnsinnig, den giftigen Teig. Eigentlich dürfte ich mit meinen Verdauungsproblemen gar nichts essen, schon gar kein verkohltes Stockbrot, aber ich hab doch solchen Hunger! Nach dem Essen bilden wir einen Kreis, halten uns an den Händen und singen das letzte Lied des heutigen Abends, «We Shall Overcome».

Ich habe das Glück, zufällig neben Susanne Bohne zu stehen, und darf ihre Hand halten, wie früher, beim Schlittenfahren, da kann sie gar nichts machen. Die Hand ist klein, warm und fest, es durchläuft mich und mir ist, als würden sich mit einem Mal alle Schmutzreste von meiner Seele lösen. Peter Edam singt das Stück, wie es noch keiner vor ihm gesungen hat:

«WE SHALL OVERCOME, WE SHALL OVERCOME, WE SHALL OVERCOME SOME DAY, OH DEEP IN MY HEART, I DO BELIEVE, WE SHALL OVERCOME SOME DAY.»

Alle singen aus voller Brust, man kann plötzlich die Anwesenheit einer höheren Macht spüren. Ich drücke Susannes Hand, sie drückt meine, ich schaue ins Feuer, bis die Tränen kommen und nichts Festes mehr zu erkennen ist, ich schließe die Augen und singe, so laut ich kann: «OH, DEEP IN MY HEART, I DO BELIEVE, WE SHALL LIVE IN PEACE SOME DAY.» Die Gesichter um mich herum glühen und blühen vor Freude und Staunen und Begeisterung und Glauben. Ja, denke ich, so ist es, wenn die Liebe Einzug hält unter den Menschen. Könnte das Stück nur ewig gehen! Schlussakkord, Peter Edam legt die Gitarre weg und löscht gemeinsam mit Herrn Steiß sorgfältig das Feuer.

Ich bin ganz beseelt, und weil ich diesen wunderbaren Zustand so lange wie möglich auskosten will, gehe ich hinters Haus und lege mich mit dem Rücken in den Sand. Es ist ganz still, die Mondscheibe ist klein und beschlagen. Ich rauche, und irgendwann wird's zu kalt, ich gehe zurück ins Zelt und schlafe ein.

Ihr Kinderlein kommet.

REISE, REISE!

Thema der Morgenandacht von Wolfram Steiß: «Bist du allergisch gegen Gott?» Ein Nullsatz jagt den nächsten: *Die Fundamente müssen gereinigt werden. Wir müssen uns auf das Wesentliche besinnen. Gott will, dass wir uns von alten Vorstellungen trennen. Gott will ein heiles Volk.* Dann: *Werdet zu neuen Schläuchen, denn der Herr wird uns neuen Wein schenken.* Ich stelle mir bildlich vor, wie ich zu einem Schlauch werde. Ekelhaft, wie kommt man bloß auf so etwas? Und was das alles mit Allergie zu tun haben soll, ist mir völlig schleierhaft. Überhaupt fällt mir mal wieder auf, dass Steiß die allerdümmsten Andachten hält. Die Leute schauen auf den Boden und denken entweder gar nichts (Schrader) oder meinen, dass es so muss, sie sind ja nichts anderes gewohnt. Ob sich Pastor Schmidt und Diakon Steiß gelegentlich austauschen? «Das hat mir sehr gut gefallen mit den Schläuchen. Wie sind Sie darauf gekommen?» (Die beiden siezen sich.) Während der Andacht fängt es an zu regnen.

Nach dem Frühstück freie Zeiteinteilung bis zum Mittagessen, das Wetter ist einfach zu schlecht für irgendwas. Ich habe sogar Kaffee getrunken, obwohl ich keinen Kaffee mag. Soll gut für die Verdauung sein. Ich rauche drei Zigaretten nacheinander, nichts, kein Pupsen, kein Grummeln, kein gar nichts, der gesamte Verdauungstrakt ist lahmgelegt.

Ich gehe rüber zu Tiedemanns Zelt. Er liegt auf dem Bett, liest ein Buch und stopft dabei Haribos in sich rein.

«Ey, Tiedemann, was liest du da eigentlich?»

«Gedichte.»

Geil. Er hat uns echt was voraus. Niemand sonst würde zugeben, dass er *Gedichte* liest, Gedichte sind das Allerletzte. Aber wenn Tiedemann sich für Gedichte interessiert, ist es cool. Er ist Meinungsführer und hat die Macht, das durchzudrücken, er kann alles durchdrücken, wenn er will, und jetzt drückt er eben Gedichte durch.

«Was für Gedichte? Von wem denn?»

«Gedichte, die einer schrieb, bevor er im 8. Stockwerk aus dem Fenster sprang. Charles Bukowski.»

«Geil. Wer ist das denn, Charles Bukowski?»

«Der wurde in Deutschland geboren und ist mit zwei Jahren nach Amerika gezogen, nach Los Angeles. Er hat im Gefängnis und im Irrenhaus gesessen und alles Mögliche gearbeitet, Leichenwäscher, Tankwart, Hafenarbeiter, Zuhälter, Postangestellter und so. Mit fünfunddreißig erst ist der zum Schreiben gekommen. So wie der schreibt, so schreibt kein anderer, Schwörung.»

Tiedemann kramt in seinem Koffer – er ist der Einzige von den Jugendlichen, der keine Reisetasche oder einen Rucksack hat, sondern einen Koffer – und holt weitere Bukowski-Bücher heraus: *Kaputt in Hollywood, Aufzeichnungen eines Außenseiters, Faktotum, Das ausbruchsichere Paradies.*

«Ich kann dir für die Zeit hier eins leihen.»

«Echt? Welches denn zum Beispiel?»

«Ich würd anfangen mit der Geschichte, wo er bei der Post gearbeitet hat, *Der Mann mit der Ledertasche.* Das ist nicht ganz so hart zum Einstieg.»

Nicht ganz so hart? Ich weiß nicht genau, was er meint, aber hart klingt gut. Obwohl die Landserhefte natürlich auch hart sind irgendwie. Egal, was Tiedemann sagt, ist Gesetz.

«Ja, gut, danke.»

Im Zelt kloppen die drei Spastiker Skat. Die haben bestimmt noch nie was von Bukowski gehört, die dummen Schweine.

Der Mann mit der Ledertasche. Vom ersten Satz an ist die Sache klar. Sagenhaft, so was habe ich noch nie gelesen, ich hatte keine Ahnung, dass es so etwas überhaupt gibt! Wieso hat mir niemand davon erzählt? Ich beschließe, alles von Bukowski zu lesen, der Mann ist ein Genie. Vor Begeisterung krieg ich feuchte Hände, und das will schon was heißen, denn leicht bin ich nicht zu begeistern. Ich interessiere mich in Wahrheit praktisch für nichts. Manchmal tu ich aus Tarnungsgründen so als ob, aber interessieren tu ich mich *in Wahrheit* nur für Quatsch wie Mofas und Landserhefte. Es ist natürlich nicht so, dass ich nicht wüsste, was für ein Scheiß Landserhefte sind. Oder Smokie. Mein Musikgeschmack ist nämlich auch der Allerletzte. «Lay Back in the Arms of Someone» war im April eine Woche auf Platz eins, drei Wochen im Mai und nochmal eine Woche im Juni. Das hatte es bisher so auch noch nicht gegeben. Ich weiß, welche Sachen cool sind, und tu so als ob: «Ja, Grateful Dead, das ist geil.» Und Frank Zappa und Cream und Mothers Finest und Yes.

Egal, Bukowski jedenfalls ist richtig geil, ich bin schon nach einer Stunde auf Seite dreißig, wo ein Mann jeden Tag Bukowski abpasst, damit der unter keinen Umständen den Brief in den Kasten wirft. Und keiner weiß, warum. Echt abgefahren. Endlich gibt es mal eine Schnittmenge zwischen meinem Geschmack und etwas Coolem.

Plötzlich ein Grummeln im Bauch, Zisch-, Modder- und Plopp-geräusche, endlich, endlich, der Bann ist gebrochen! Mit zusammengekniffenen Arschbacken renne ich zur Baracke, schnell schnell, hopp hopp hopp, sonst schließt sich die Rosette wieder, vielleicht für immer. Ich werde die Baracke dichtkacken! In Grund und Boden scheißen! Die müssen sie abreißen und neu errichten, harhar!

Ich setze mich und drücke ganz vorsichtig. Ppppfffrrräää. Bitte bitte, nicht nur heiße Luft! Kkkkrrrööö. Dann kommt endlich was. Aber nicht viel. Ein lächerlicher Vorschwall. Genau genommen viel zu wenig, es müsste viel mehr kommen. Ich will eine Wurst machen, so groß wie ein Hund. Ich warte und drücke und drücke und warte, doch es kommt einfach nichts mehr. Dann schaue ich mir die Bescherung an: Der Hasenkötel ist höchstens zwölf Zentimeter lang und wiegt sicher nicht mehr als 100 Gramm oder 110. Es müssten jedoch nach Adam Riese mindestens drei Kilo Scheiße in mir stecken, macht also eine Differenz von 2900 Gramm. Zum Glück bin ich allein und kann in Ruhe die Rosette durchspülen. Wenigstens hab ich keinen Darmverschluss, dann würde gar nichts kommen. Ich trotte ins Zelt zurück, weiter geht's mit Lesen. Ich bin schon bei Teil zwei, und das noch vor dem Mittagessen.

Bimmel bimmel. Es gibt Spinat mit Spiegelei und Salzkartoffeln, Hitlers Leibspeise, das sogenannte Führeressen. Ob der seine Kartoffeln erst mit der Gabel zerdrückt und dann mit Spinat und/oder Eigelb vermengt hat? Oder hat er die Komponenten einzeln gegessen, wie Pastor Schmidt? Oder erst Kartoffeln, dann Spinat und sich zum Schluss durch den Eiweißhof ins Eizentrum vorgearbeitet? Kann man sich gut vorstellen. Dass er wie ein Irrer nachgesalzen hat, kann man sich hingegen nicht vorstellen. Detlef kann sich keinen Leibkoch leisten und schüttet eine Salzhaube aufs Eigelb. Meine Güte, das müsste doch langsam auch mal jemand anderem auffallen!

Es hat sich richtig eingeregnet. Für den Nachmittag war eigentlich ein Geländespiel geplant, aber bei dem Wetter geht das natürlich nicht. Ich sehe Diakon Steiß und Pastor Schmidt diskutieren, dann geht der Pastor zum Telefon. Von den Erwachsenen kriegt man nur wenig mit. Nach den Mahlzeiten gehen sie kurz nach draußen, sonst halten sie sich in ihren Zimmern auf oder sitzen im Aufenthaltsraum und lesen (Frau im Spiegel) und rauchen und schweigen und rauchen und schweigen und lesen (Kicker) und lesen (Heim und Welt) und rauchen und schweigen. Manchmal ist das Stillleben durchsetzt von brüchigem Flüstern, in den Qualm gestammelten, geschnalzten und verschluckten Lauten. Wie die Irren in der Psychiatrie. Sie freuen sich schon auf abends, wenn der Pastor Punkt acht zur «Tagesschau» endlich den Fernseher anmacht.

Bimmel bimmel. Alle Jugendlichen sollen ins Haus kommen. Pastor und Diakon haben Gesichter aufgesetzt, als wäre etwas ganz Schlimmes passiert.

«So, jetzt mal aufgepasst», sagt Pastor Schmidt. «Es geht darum, dass wir heute Nachmittag Besuch bekommen, von Jugendlichen in eurem Alter, die aber etwas anders sind als ihr. Sie sind aus dem Haus Kolibri, das ist auch hier in Scharbeutz. Ich möchte, dass ihr besonders nett zu ihnen seid. Wir spielen gemeinsam ein paar Spiele, und zum Abendbrot fahren sie wieder. Also, ihr könnt jetzt erst mal wieder in eure Zelte, aber ich würde euch bitten, dass ihr um drei wieder hier seid.»

Hä? Ich habe kein Wort verstanden und die anderen, glaube ich, auch nicht. Trotzdem traut sich keiner nachzufragen. Ich gehe erst mal eine rauchen. Man kann gar nicht genug rauchen. Dann weiterlesen:

«Ich betrachtete ihre Brüste und all das andere und ich dachte, so ein Jammer, dass sie verrückt ist, ein Jammer, ein Jammer. Du blöde Fotze, du bist wohl übergeschnappt. Ich packte ihren Arsch und drückte ihr meine Lippen auf den Mund. Diese Brüste bedrängten mich, die ganze Frau bedrängte ich. Sie schrie: Unhold. Böser Unhold. Hilfe, ich werde vergewaltigt. Sie hatte recht.»

Ich wusste gar nicht, dass so eine Art von Büchern überhaupt erlaubt ist. Und das ist laut Tiedemann erst der Einstieg, weil es nicht so hart ist. Ich freue mich schon aufs nächste Buch. Wenn ich in dem Tempo weiterlese, kann ich es mir schon morgen ausleihen.

Haus Kolibri

Um Viertel nach drei halten zwei marode VW-Busse vor der Nougathöhle. Ungefähr ein Dutzend Jugendliche und drei Erwachsene steigen aus, die Erwachsenen helfen den Jugendlichen dabei. Die Jugendlichen sehen ganz komisch aus, das ist selbst durch die verregneten Scheiben deutlich zu erkennen. Im Stotterschritt und Entenmarsch tapern sie ins Haus, Pastor Schmidt steht an der Tür des Gemeinschaftsraums und begrüßt jeden Einzelnen überschwänglich, was denen aber scheinbar gar nicht so recht ist. Manche verweigern ihm den Handschlag, ein Mädchen läuft sofort aufs Klo, ein paar schneiden Grimassen, und einer spuckt sogar auf den Boden. Von nahem sehen die Jugendlichen nochmal komischer aus. Haus Kolibri ist offenbar eine Klinik oder ein Heim. Die Betreuer führen die Behinderten an die Tische, es sind nämlich Behinderte. Eines der beiden Mädchen, gekleidet wie ein formloses, gallertartiges Etwas, weigert sich. Sie bleibt an der Tür stehen und schaltet im Sekundenrhythmus den Lichtschalter an und aus, jeden Knips begleitet sie mit einem hohen, spitzen Schrei. Das nervt, und peinlich ist es auch. Ein Betreuer redet geduldig auf sie ein, sie soll sich doch zu den anderen setzen. Nix. Ein, aus, ein, aus, ein, aus, da helfen weder Geld noch gute Worte. Er zieht an ihrem Gallertärmel, woraufhin das Mädchen nach ihm tritt und davonläuft, der Betreuer hinterher, Türen knallen, dann verschwinden sie hinter einem dichten Nieselvorhang. Mein Gefühl sagt mir, dass das dauern kann. Fast alle sind nicht nur körperlich, sondern auch geistig behindert. Einer, er ist bestimmt schon zwanzig, hat einen riesigen Eierwasserkopf, gegen den er fortwährend mit seiner flachen Hand schlägt, ein anderer beißt sich in seinem Daumenballen fest. Bei den Mongoloiden kann man überhaupt nicht sagen, ob sie nun fünfzehn oder fünfundzwanzig sind, die Behinderung hat ihr Alter unkenntlich gemacht. Das andere Mädchen trägt eine unförmige Hose, die mit irgendwas gepolstert ist, wahrscheinlich einer Windel. Wohl einer der Gründe dafür, dass es zu müffeln beginnt. Die Behinderten scheinen sich genauso unwohl zu fühlen wie wir. Was um Himmels willen soll das? Na ja, schon klar, Nichtbehinderte und Behinderte machen gemeinsam etwas und tun dabei so, als wäre das die normalste Sache der Welt, was es natürlich nicht ist. Edam und Steiß haben nach Absprache mit den Behindertenbetreuern ein Programm vorbereitet. Geschicklichkeits-, Gedächtnis-, Wahrnehmungs-, Koordinations-, Schreib- und Vertrauensspiele fallen weg; eigentlich alle Spiele fallen weg. Übrig bleiben Fressspiele. Negerkusswettessen. Die Behinderten sind offenkundig noch ausgehungerter als wir und gewinnen. Ein Mongo hört gar nicht mehr auf, sich grunzend die Negerküsse reinzustopfen. Wieso nimmt sie ihm niemand weg. Wir haben doch eh nur so wenig (343 Mark). Als er endlich fertig ist, trommelt er mit seinen stummeligen, wie scheuermittelverätzten Händen auf der Tischplatte. Ein Betreuer redet beruhigend auf ihn ein und wischt ihm den Sabber vom Mund. Der Mongo schnalzt und seufzt und stöhnt, spuckt auf die Tischplatte und moddert mit seinen knotigen Fingern in der trüben Flüssigkeit herum. Niemand sagt oder macht etwas. Im nächsten Spiel stehen Leibniz-Butterkekse im Mittelpunkt: Wir müssen jeweils fünf der staubtrockenen Dinger in uns hineinstopfen, ohne etwas zu trinken.

Jeder einzelne Keks hat zweiundfünfzig Zähne, Widerhaken, die sich in der Speiseröhre verhaken. Sieger ist, wer als Erster pfeifen kann. Die Behinderten scheinen nicht genau zu wissen, wie Pfeifen geht, und werden sauer, ohne zu wissen, warum.

Die Erwachsenen sitzen an ihren Tischen und beäugen aus sicherem Abstand das Geschehen, sie haben Angst davor, in die Spiele mit eingebunden zu werden. Nach Negerkuss- und Keksspiel wird es noch trockener und staubiger, denn es folgt das Mehlspiel: Auf einen Tisch wird jeweils dieselbe Portion Mehl gelegt. Jeder Mitspieler muss mit dem Mund das Mehl in ein leeres Marmeladenglas einfüllen. Wer in einer Minute das meiste Mehl in das Glas füllen kann, hat gewonnen. Ich weiß mittlerweile nicht mehr, ob ich die Behinderten oder die Nichtbehinderten bedauernswerter finde. Dem Mongo ist die Speichelmodderei offenbar zu langweilig geworden, zeitlupenhaft gleitet er von seinem Stuhl und robbt, aufgestützt auf beide Ellenbogen, Richtung Erwachsenentische. Ich bin anscheinend der Einzige, der das bemerkt oder bemerken will. Spannend. Die Fressspiele sind vorbei, der dumme Peter verteilt Blasrohre, mit denen wir Papierkügelchen in einen Eimer schießen. Plopp. Daneben. Plopp. Daneben. Plopp. Daneben. Plopp. Daneben. Schrecklich. Furchtbar. Der Mongo hat mittlerweile sein Ziel erreicht und bleibt vor den Fiedlers hocken: «Määäääh.» Gleich nochmal: «Määäääääh.» Fiedlers sind zu dick zum Fliehen. «Määäähh.» Frau Schmidt steht auf, streichelt dem Jungen beruhigend über den Kopf und sagt zu den Fiedlers: «Das ist ein Schaf.» Sie schaut sehr freundlich abwechselnd zu dem Jungen und dann zu den vor Schreck starren Fiedlers: «Ein Schaf. Das ist ein Schaf.» Endlich nimmt ein Betreuer den Jungen an der Hand und zerrt ihn unter lautem Gemähe wieder nach hinten. Plopp. Daneben. Plötzlich lautes Gebrüll: Das entlaufene Mädchen ist wieder da. Pitschnass steht sie mit ihrem ebenfalls pitschnassen Betreuer an der Tür und versucht sofort wieder, an den Lichtschalter zu kommen. Pastor Schmidt steht auf, weiß aber nicht, was er machen soll. Er weiß nur, dass das alles hier keine gute Idee war. Der Chefbehindertenbetreuer steht ebenfalls auf: «So, wir müssen dann mal wieder.»

Zum Abschied schneiden die Behinderten Fratzen. Wenn ich es richtig verstehe, sind sie froh, dass es endlich wieder nach Hause geht. Und ich bin froh, dass ich endlich wieder ins Zelt kann, Bukowski lesen. Plötzlich tun mir die Behinderten leid. Ich tu mir aber auch leid, und Pastor Schmidt und die Erwachsenen und überhaupt alle tun mir leid. Wieso ist das gerade eben so entsetzlich schief und krumm gelaufen, wenn wir doch eine christliche Gemeinschaft sind? Und wieso habe ich die ganze Zeit nur verkrampft auf meinem Stuhl gehockt und mir nichts mehr gewünscht, als dass die *endlich* wieder abhauen? Da kann doch was nicht stimmen mit mir. Meine Güte, die waren doch gerade mal drei Stunden bei uns, da hätte ich mir doch etwas Mühe geben können. Wenigstens ein freundliches Gesicht machen, was Nettes sagen, irgendwas, da hätte ich doch auch selber viel mehr von gehabt. Ach je, ich hab echt noch viel zu lernen.

Lasst uns froh und munter sein.

REISE, REISE!

Peter Edam: Was macht einen Tag zu einem guten Tag? Was macht beispielsweise diesen Mittwoch, den 10. August, den sechsten Tag unserer Freizeit, zu einem guten Tag? Zusammenfassung: Gott hat an jedem Tag etwas vor mit uns. Er will an uns etwas tun. Er will mit uns etwas tun. Wenn wir Gelegenheit hatten, anderen von Jesus zu erzählen, dann ist der Tag wertvoll. Der Tag ist umso besser, je mehr wir uns auf Gott einstellen. Wie kann ich mir am Morgen sicher sein, dass es ein guter Tag wird? Man sollte vermeiden zu sündigen. Gott kann alles.

Die Kackasitzung ergibt in etwa das gleiche Ergebnis wie gestern: zehn bis zwölf Zentimeter, zirka 100 Gramm. Dabei ist doch mindestens ein Pfund dazugekommen. Wie viel Prozent der festen Nahrung werden eigentlich zu Kot? 60 %? 50 %? 40 %? 25 %? Und der Rest? Wird der durch die Atemluft ausgeschieden, verwandelt er sich in Restwärme, löst er sich einfach auf? Keine Ahnung, wirklich nicht die geringste Ahnung. Ich weiß auch nicht, warum es Ebbe und Flut gibt und warum an dem einen Meer, am anderen aber nicht. Vergessen. Wann wer wo untergeht und was um was kreist und aus welchen Gründen. Kann schon sein, dass ich's mal wusste, bestimmt sogar, jetzt aber eben nicht mehr. An manchen Tagen bringen mich meine Informationslücken schier um den Verstand. Das mit Ebbe und Flut ist in Wahrheit kackegal, braucht man eh nicht, und falls doch mal, steht's im Lexikon. Was ich benötige, ist Spezialwissen, spezielle Thorsten-Bruhn-Informationen, ein nur für mich zugeschnittenes Wissenspaket. Manchmal bete ich zum lieben Gott, dass er mir die entscheidenden Fakten quasi über Nacht zukommen lässt. Schon klar, warum die meisten Wissenschaftler fromm sind: Sie wissen tausendmal mehr als ich oder Pastor Schmidt, aber selbst wenn sie zwanzigtausendmal mehr wüssten, brächte ihnen dieser Informationsvorsprung nichts, jedenfalls nichts Entscheidendes. Da muss man doch kirre werden. Gegenbeispiel Oma: Sie weiß praktisch nichts. Nach der Volksschule hat sie gleich geheiratet und nie einen Beruf erlernt. Opa ist früh gestorben, und seither ist Oma mit nur wenigen Basisinformationen durchs Leben gekommen: «Vertrau auf Gott, verlier nie den Mut, hab Sonne im Herzen, und alles wird gut.» Dieser Spruch hängt neben einer Jesusschnitzerei über ihrem Bett. Echt wenig, aber es hat dicke gereicht. Eingebrocktes schmeckt am besten, wenn man vorher das Gebiss rausnimmt. Je weniger man weiß, desto glücklicher ist man.

Noch Fragen? Manchmal wünschte ich, ich wäre wie Oma. Bin ich aber nicht. Ich bin auch nicht wie meine Mutter oder mein Vater, oder meine Schwester oder mein Opaomatanteonkel. Eigentlich bin ich wie niemand, aber das finde ich nicht gut. Im Gegenteil, ich wäre gern wie irgendwer, damit ich mich nicht immer so allein auf der Welt fühle. Ach, scheißegal, vielleicht ergibt es sich ja noch von selbst. Voraussetzung für ALLES ist sowieso, dass ich bald mal wachse. Früher wurden Kinder, wenn sie nicht wuchsen, nachts in ein Streckbett gespannt und Millimeter für Millimeter auseinandergezogen. Oder sie wurden mit Lebertran aufgepumpt. Oder mit Ovomaltine gefoltert. Oder mit Trockenobst gemästet. Oder mit Rotbäckchen unter Wasser gesetzt. Oder mit Sauerkrautsaft verdünnt. Angeblich.

Stalingrad – Minusgrad

Auf dem Weg zum Waschhaus treffe ich Ina Blankenburg.

«Hallo, Ina.»

«Hallo, Thorsten. Na?»

«Hoffentlich wird das Wetter bald mal besser. Hast du was gehört?»

«Ja, soll besser werden die nächsten Tage.»

«Ach so, ja, dann ist ja gut.»

«Bis nachher.»

«Ja, nä.»

Sie ist wirklich platt wie ein Brett. Echt 'ne interessante Idee, Andreas untenrum nackt und Ina obenrum. Eigentlich Quatsch, dann könnte man auch gleich ganz Andreas ausziehen, aber das ist trotzdem etwas anderes. Ich friere wie sonst was, außerdem ist es tierisch windig. Stalingrad = Minusgrad.

Der Russe leitete seine Offensive mit schwerem Artilleriebeschuss ein. Ich hatte schon seit Tagen kein Gefühl mehr in Händen und Füßen, ein Wunder, dass ich überhaupt noch einen Schritt laufen konnte, Reflexe, reine Reflexe. Der Obergefreite Kässbohrer lag neben mir. Er hatte die Angewohnheit, sich im Schlaf an mich zu schmiegen, obwohl unsere Körper kaum noch Wärme abgaben. Kässbohrer schlief wie ein Stein, und das bei dem Höllenlärm! Ich stieß ihn an. Sein Körper war bretthart. Erfroren.

Ich spüre, dass sich die Landserzeiten endgültig ihrem Ende nähern, und beschließe, mir keine neuen Hefte mehr zuzulegen. Die *Fünf-Freunde*-Bücher werde ich meiner Cousine vererben, die ist jetzt acht. Ich bringe Tiedemann den *Mann mit der Ledertasche* zurück und leihe mir das nächste Buch: *Aufzeichnungen eines Außenseiters*. Auf Englisch heißt es *Notes of a Dirty Old Man*. Ja, ja, Dirty Old Man, so fühle ich mich auch, obwohl ich doch erst sechzehn bin.

Zum Mittag gibt es Gulasch mit Nudeln. Detlef: Salzen, salzen, salzen, und keiner merkt's! Das gibt es doch mittlerweile gar nicht mehr, wo haben die denn ihre Augen? Susanne Bohnes helles Lachen klingt bezaubernd. Sie steht in voller Blüte, mehr geht nicht, keinen einzigen Makel hat die Prinzessin. Manchmal haben schöne Menschen eine verdeckte Schwäche, große Füße, kleine Ohren, schiefe Knie, Adamsapfel, Hühneraugen, Gurkenwaden. Susanne hingegen ist glatt, gerade, gesund und hat *gar nichts*, das mit dem Pissegeruch war wohl ein einmaliger Ausrutscher. Gerade deshalb geht's vielleicht bald schon rasend schnell abwärts, und mit zwanzig ist nichts mehr übrig von ihr, hat's alles schon gegeben. Und in der schönsten Zeit ihres Lebens gerät sie ausgerechnet an Dieter Dorsch, der mit ihrem Zauber gar nichts anfangen kann. Dieter Dorsch will nur rumschrauben und seinen Spaß haben.

Harald fängt mich ab. «Sag mal, wann hat man dir eigentlich zum letzten Mal in den Arsch gekackt?» Mir fällt nichts Gescheites ein, irgendwie macht er mir auch keine Angst mehr. Ich lasse ihn einfach stehen und gehe Meer gucken. Fiedlers hocken mit herabhängenden Schultern auf der Terrasse und stieren ins Leere, es ist, als ob sie ihre riesigen Hände nicht mehr weiterschleppen könnten. Dabei würden sie so gerne schwimmen gehen, nur ein einziges Mal!

Frau Wöllmann wird von einer Wespe gestochen, aua aua. Herr Schrader hat es genau gesehen und singt auf die Melodie von *Jingle Bells*: «Wespenzeit, Wespenzeit, lalalala». Er ist wirklich ein Arsch.

Nachmittags gibt es trotz des schlechten Wetters eine Fahrradrallye. Wo haben die auf einmal nur die ganzen Fahrräder her? Na, egal. Steiß und Edam müssen heimlich wie die Irren geschuftet haben, die Rallye ist spitzenmäßig organisiert und macht Spaß. Endlich komme ich mal wieder richtig ins Schwitzen.

Am Abend steht für die Jugendlichen eine Diskussionsrunde auf dem Programm, bei den Erwachsenen läuft zur Abwechslung mal nicht der Fernseher, sondern Pastor Schmidt trägt plattdeutsche Geschichten vor. Mit zunehmendem Alter vereinfachen sich die Dinge, und irgendwann gibt es nichts mehr zu diskutieren.

Wolfram Steiß steckte den Rahmen ab.

«Das Leben als Teenager. Wenn man sich die Ehe als eine Portion Eis vorstellt, dann ist die Sexualität die Sahne darauf, so hat Gott sich das gedacht. Nun ist es für einen Teenager leicht gesagt, dass man warten muss und es später mal ganz toll wird. Es wird vielen sehr altmodisch vorkommen, aber ich bezeuge, dass es sich lohnen kann zu warten. Vor ungefähr zwanzig Jahren war ich mal auf einer Freizeit, wo mir eine Frau so ein bisschen ins Auge sprang. Aber als ich sie mit der Bibelarbeit verglich, merkte ich, dass mir nur ihr gutes Aussehen gefiel. Als mir das klar wurde, war der Zauber irgendwie weg.» (Und ich hab sie ganz normal ausgezogen wie alle anderen auch und ihr mein großes, haariges Ding reingesteckt, harhar.) «Auf der Uni gab es ein Mädel, in die war ich verknallt, ich habe mich richtig reingesteigert und gestand ihr meine Liebe. Aber sie gab mir einen Korb mit den Worten: Ach, Wolfram, das bildest du dir doch nur ein. Mein Leben zerbrach an diesem Tag, so kam es mir wenigstens vor. Dann entschied ich mich für Jesus.»

Herr Steiß, der Behindertenbus ist weg! Er ist bereits gestern abgefahren!

Dann geht's richtig los:

«Wie könnt ihr mit eurer Sexualität heute leben? So blöde es klingt: Warten ist der richtige Weg. Ich glaube, dass wechselnde Beziehungen nur negative Folgen für einen selbst haben können. Man sollte eine Beziehung nicht leichtfertig eingehen, sondern sie schon ein bisschen als Ehevorbereitung sehen. Also: ernst nehmen oder gleich lassen.»

Es kommt noch ärger:

«Außerdem sollten Christen nur Christen heiraten. Es ist schon richtig, auch außerhalb der Gemeinde Freunde zu haben, aber heiraten sollte man nur jemanden, mit dem man die tiefsten Überzeugungen teilt. Nochmal zum Thema Partnerwechsel: Mit häufig wechseln meine ich nicht jede Woche. Aber wenn man etwas mit sechzehn anfängt und jedes Jahr eine neue Beziehung hat und mit dreißig heiratet, dann hat man bis zur Hochzeit vierzehn Beziehungen gehabt!»

Steiß entpuppt sich als Zahlenmensch. Die Erwachsenen sitzen beisammen und lauschen einer plattdeutschen Geschichte nach der anderen, während Steiß zum Schlusswort ausholt:

«Ich lebe jetzt mit Jesus und bin glücklich verheiratet, und das wünsche ich euch auch. Wenn ihr noch Fragen habt, stehen wir Mitarbeiter euch natürlich zur Verfügung.»

Niemand hat Fragen.

Irgendwie hat das Sexgelaber mich angeekelt. Ich merke es erst mit einer Stunde Verzögerung, wie vor einem halben Jahr, als mich mein Onkel (Doppelkornwolfgang, der Bruder meines Vaters) heimlich ins Pornokino mitgenommen hat. Zuerst fand ich's eklig, ohne Gefühle, unmenschlich, und auch so sinnlos: «Das ist doch total bescheuert, da gibt's ja überhaupt keine Handlung.» Mein Onkel hat mich nur mitleidig angeguckt. Recht hatte er. Zu Hause bin ich so geil geworden wie in meinem ganzen Leben noch nicht. Ja, so war das damals.

Fick misch hädda

«Komm, wir gehen zu den Weibern rüber.»

Heiko macht einen entschlossenen Eindruck.

«Wie meinst du das? Zu welchen Weibern denn überhaupt?»

Hilfe, ich will nicht zu den Weibern! Ich will Doppelkopf spielen!

«Susanne.»

Da hilft wohl nichts. Unsere Clique pirscht geschlossen zum Mädchenbereich. Zielsicher steuert Heiko Susanne Bohnes Zelt an. Die erwarten uns schon, sagenhaft, Heiko muss heimlich was klargemacht haben.

Die Belegschaft besteht aus Susanne, Ina, Petra und Karin. Ina ist, Titten hin, Titten her, eigentlich ganz hübsch, Petra auch, nur Karin ist total verhunzt, und daran wird sich nach menschlichem Ermessen auch nichts mehr ändern: Sie ähnelt einer Maus, dünnes Haar, spitzes Kinn, niedrige Stirn, ihre winzigen Zähnchen wuchern aus einem wulstigen, rosaroten Zahnfleischbett. Außerdem hat sie überhaupt keine Figur. Man könnte sie auf den Kopf stellen und würde keinen Unterschied bemerken. Und als ob das alles noch nicht reichen würde, ist ihre Haut übersät von kleinen Leberflecken, eher Leberpickel, Leberwarzen, Leberpunkte, so was.

Petras auffälligstes Merkmal sind ihre riesigen Nasenlöcher, wirklich groß sind die, so was habe ich überhaupt noch nicht gesehen. Man möchte sie zuhalten, irgendwas reintun oder Flüssigkeit einfüllen, das sind zwanghafte Gedanken, gegen die man nichts machen kann. Die Nüstern sind riesig und dunkel und glatt, da drin können sich sicher keine Popel halten. Bildet sich ein Popel, fällt er sofort raus, so stelle ich mir das jedenfalls vor.

Es scheint bereits im Vorfeld ausgemacht worden zu sein, wer sich zu wem aufs Bett setzt: Heiko zu Susanne, Tiedemann zu Ina und Roland zu Petra, ist ja klar, wer übrig bleibt. Da kommt man wenigstens nicht auf dumme Gedanken, haha. Außer Karin rauchen alle. Zum Einstieg haben wir ein Spitzenthema: Wolfram Steiß, die Sau. Irgendwie scheinen alle Bescheid zu wissen, auch Susanne ist bestens informiert. Woher weiß die das denn? Ob doch schon was lief? Unerträgliche Vorstellung. Roland und Heiko geben die wortführenden Platzhirsche, Roland ist erwartungsgemäß der Beste im Reden, Heiko entpuppt sich mehr und mehr als Langweiler. Tiedemann und ich halten uns zurück. Tiedemann, weil er nicht will, ich, weil ich nicht kann. Ich versuche krampfhaft, dem Gespräch zu folgen, und suche nach einer Lücke, in die ich einen Witz oder so versenken kann. In Gedanken spiele ich unzählige Gags und originelle Bemerkungen durch, ich finde sie aber allesamt zu schwach, oder das Thema ist durch, und ich würde viel zu spät kommen. Dauernd bleibe ich auf meiner mühsam vorbereiteten Schlagfertigkeit sitzen. Wenn ich jetzt noch was bringen will, muss es echt gut sein, sonst blamiere ich mich bis auf die Knochen. Roland und Heiko drehen richtig auf, die Weiber tun interessiert, lachen und geben ihnen ein gutes Gefühl. Wieder mal werde ich von Zwangsvorstellungen geplagt: Roland macht sich an Petra zu schaffen und schlabbert ihre Nasenlöcher aus. Bis auf «Hey, Fans, ich bin Torsten» habe ich noch keinen Mucks gesagt. Die müssen mich für einen totalen Idioten halten, bis auf Susanne, die weiß es besser, aber sie will es gar nicht besser wissen. Die Lage ist hoffnungslos, ich bin nur einer mehr, der das Zelt dichtquarzt. Das Sit-in endet damit, dass wir uns brav voneinander verabschieden und gegen eins in unsere Zelte zurückschleichen. Der Grundstein für Sauereien ist gelegt, fragt sich nur, wer ran darf.

Die drei Spastiker schlafen schon. Andreas hat seine Decke weggestrampelt und gibt den Blick auf seinen Riesenpimmel frei. Hat er jetzt einen Steifen oder nicht? Schwer zu sagen, ganz schwer zu sagen bei der Größe. Eine Sekunde überlege ich, es zu prüfen. Aber wenn er aufwacht, bin ich geliefert. Vielleicht auch nicht: Er wacht auf, ich halte ihm mit der einen Hand den Mund zu, und mit dem Wichsarm greife ich seinen Schwanz. Andreas verdreht die Augen und protestiert schwach: «Hülfe, Hülfe, nicht, was machst du da, es ist Schlafenszeit.» Aber sein Widerstand ist vorgetäuscht, er weiß es, und ich weiß es auch. Vom Gestöhne und Geschubber werden Detlef und der Namenlose wach.

Detlef schlaftrunken: «Was ist das denn, was ist denn hier los?! Ich will schlafen, seid bitte endlich still.»

Der Namenlose, hellwach: «Hey, seid ihr verrückt?»

Detlef: «Dabei kann ja kein Mensch schlafen!»

Doch Geilheit ist ansteckend. Dem Namenlosen schießt das Blut in die Lenden. Er legt sich auf Detlef und hält ihm den Mund zu: «Nun sei endlich still!»

Er nimmt die Hand weg und küsst ihn auf den Mund. Detlef öffnet seine Lippen, die beiden züngeln wild, dann zieht der Namenlose Detlef die Unterhose runter.

Detlef: «Nein, nein, nicht. Das geht zu weit, das kannst du nicht machen.»

Der Namenlose: «Ach, halt jetzt endlich mal die Schnauze. Natürlich kann ich das.»

Im Liebesrausch fallen sie vom Bett, wälzen ineinander verkrallt auf dem sandigen Boden umher, sie rollen unter Detlefs Bett, der Namenlose entdeckt das Einmachglas. Er schüttet die Fußnägel auf Detlefs nacktem Körper aus, rotzt drauf und schmiert ihn mit der zähen, schleimigen Spucke und den Nägeln richtig ein. Danach übernimmt Detlef die Initiative: Über und über mit Nägeln gespickt, öffnet er ein Salzfass, verteilt das weiße Gold auf Torstens Körper und leckt ihn genüsslich ab. Danach Partnertausch, ich bin an Detlef dran, Andreas lässt sich vom Namenlosen verwöhnen, alles geht. Gottachgottachgott, ist das geil.

Ich halte es nicht mehr aus, eine Entsaftung muss her, dringend, jetzt, sofort. Richtig geil soll es werden, ich möchte stöhnen und schreien und keuchen und gurgeln und irgendwelche Namen blöken. Im Zelt kann ich nur unendlich langsam schubbern, und zum Schluss läuft einem alles in Zeitlupe über die Hand, also muss ich die Angelegenheit am Strand erledigen. Wie ein Verbrecher schleiche ich auf der Suche nach einer günstigen Stelle um die Nougathöhle. Aus einem offenstehenden Fenster dringen Geräusche, eindeutige Geräusche. Ist das alles geil schon wieder. Alle sind überall mit allen am Rummachen. Auf der ganzen Welt ein einziges Gestöhne, Gegrapsche, Gefummel, Gelecke und Gehaue. Ich robbe mich immer näher an das Fenster. Das Zimmer des Ehepaars Wöllmann, es muss das Zimmer des Ehepaars Wöllmann sein! Während sie es miteinander treiben, stöhnen sie die ganze Zeit irgendwas in ihrer Mundart. Irgendwann Frau Wöllmann, auf dem Höhepunkt der Lust:
«Fick misch hädda.»
Gleich nochmal, weil's so schön war:
«Fick misch hädda.»
Das turnt mich irgendwie ab. Mundartliches hat im Sexuellen ebenso wenig zu suchen wie Jodeln in der Philosophie, fällt mir ein. Genial, was für ein genialer Satz. Ich spreche ihn ein paarmal vor mich hin. Der hätte mir mal vorhin einfallen sollen,

King wäre ich gewesen und nicht die beiden Schießbudenfiguren Heiko und Roland. Jetzt ist es zu spät. Egal, Wöllmanns sind fertig, ich lege mich in den Sand und ziehe die Hose bis in die Kniekehlen.

«Susanne, oh, Susanne, bitte, bitte, ja, ja, Susanne.»

Panzerflak mit Zwillingskanone

Kling, Glöckchen, klingelingeling ...

REISE, REISE!

Thema der Morgenandacht von Peter Edam: Wann ist ein Tag ein verlorener und wann ein guter Tag? Antwort: An einem guten Tag hat Gott eine Rolle gespielt.

Mittagessen: Gemüseeintopf mit Klößchen. Angeblich hat Frau Thieß die ganze Nacht in der Küche gestanden und jedes einzelne Klößchen handgedreht. Ich weiß zwar nicht, wie das genau gehen soll, Klöße von Hand drehen, aber wird schon stimmen. Scheiß fünf Freunde, wenn die eines nie in ihrem Leben kosten werden, dann sind es handgedrehte Klößchen. Detlef interessiert das alles nicht. Er salzt und salzt und salzt, wie immer, ohne vorher zu kosten. Eine unglaubliche Respektlosigkeit Frau Thieß gegenüber. Das geht jetzt aber echt nicht mehr lange gut. Bei den drei Mongos hat sich die Unart etabliert, auch während der Mahlzeiten weiterzukloppen. Mich wundert, dass die Chefs (Schmidt, Steiß, Edam) kein Machtwort sprechen. Von Harald geht kaum noch Gefahr aus. Ich habe die ganze Zeit darauf gewartet, dass er endlich zuschlägt, aber von ihm kommt immer nur: «Weißt du noch, wann dir mal jemand das letzte Mal so richtig in den Arsch reingekackt hat?» Hunde, die bellen, beißen nicht.

Nachmittags steht ein Fußballturnier auf dem Programm. Heiko ist Stürmer und haut mir (Torwart) insgesamt sechs Dinger rein. Tiedemann muss Verteidiger machen, weil er so grottenschlecht spielt, er sieht ganz komisch aus in Turnhosen, ohne Pfeffer-und-Salz-Mantel verliert er mindestens fünfzig Prozent seiner Aura. Weil er so schlecht spielt, foult er außerdem dauernd.

Abendandacht (Pastor Schmidt): Der Unterschied zwischen Freund und Kumpel. Kann Jesus auch unser Kumpel sein? Antwort: Jein.

Ich verstehe nicht, wie man eine Sommerfreizeit ausschließlich mit Skatgekloppe verbringen kann. Um die Mongos zu ärgern, unterbreite ich meiner Clique einen Vorschlag: Wir setzen uns direkt neben sie und spielen Quartett, extralaut und nach den Beklopptenregeln. Sie sind einverstanden. Endlich habe ich auch mal eine gute Idee. Roland und ich spielen die erste Runde. Wir diskutieren die Wahl des Spiels, in Brülllautstärke:

ALSO ENTWEDER GETUNTE AUTOS ODER PANZER.

DANN PANZER.

Und in dem Stil bölken wir:

WAS IST EIGENTLICH MIT DER BEWAFFNUNG, ZÄHLT DIE AUCH?

JA. NATÜRLICH.

UND WAS IST DAS BESTE?

DAS SCHLECHTESTE IST EIN MG, UND DAS BESTE IST JA WOHL RAKETENMEHRFACHWERFER.

VERLIERER FÄNGT AN. DU KOMMST RAUS.

REICHWEITE 500 KM.

483 KM. HIER.

Die Mongos werfen uns böse Blicke zu. Wir tun so, als würden wir es nicht bemerken.

GEWICHT 45 TONNEN.

22,7 TONNEN.

GESCHWINDIGKEIT 100 KM.

72 KM.

LÄNGE 9,7 METER.

7,3 METER.

LÄUFT JA GANZ GUT. WEITER GEHT'S: REICHWEITE 500 KM.

HAB ICH AUCH.

DANN LÄNGE 9,7 METER.

EIGENTLICH WÄRE ICH JETZT JA MAL DRAN.

WIESO?

WIR KÖNNEN JA MACHEN, WENN WIR DAS GLEICHE HABEN, KOMMT DER ZWEITE.

NEE, DAS HABEN WIR NOCH NIE SO GESPIELT.

DANN EBEN AB JETZT.

Der Namenlose wirft uns giftige Blicke zu und fragt: «Muss das so?»

«Wie, muss das so, was meinst du?»

«Könnt ihr nicht ein bisschen leiser machen?»

«Wieso, was ist denn?»

«Ich frag ja nur, ob ihr euch die ganze Zeit so anbrüllen müsst. Das ist doch Quatsch.»

«Jaja.»

Er wendet sich wieder seinen Skatbrüdern zu. Weiter geht's:

250 PS.

240 PS.

DAS IST 'NE GURKE. HIER, LÄNGE 9,8 METER.

9,2 METER. KOMM ICH VIELLEICHT AUCH NOCHMAL DRAN?

WIESO, WAR DOCH SCHON GANZ DICHT. 155-MM-GESCHOSS, 1 FLAK MG.

PANZERFLAK MIT 4 BODENLUFTRAKETEN. GIB HER.

NEE, ICH BIN BESSER.

STIMMT DOCH GAR NICHT. BODEN-LUFT-RAKETEN SIND JA WOHL BESSER ALS GESCHÜTZE!

ICH HAB ABER GESCHÜTZ UND FLAK MG. LOS, GIB SCHON HER.

Der Namenlose lässt die Karten fallen und blökt mit sich überschlagender Stimme:

«JETZT REICHT'S ABER ECHT. SAG MAL, MERKT IHR EIGENTLICH NOCH WAS?»

Roland (seine Stimmbruchstimme nachäffend): MERKT IHR EIGENTLICH NOCH WAS, MERKT IHR EIGENTLICH NOCH WAS? KÜMMER DICH DOCH UM DEINEN EIGE-NEN SCHEISS. JEDER KANN DOCH WOHL SO LAUT, WIE ER WILL!

«ABER NICHT HIER. DANN GEHT DOCH INS ZELT ODER NACH DRAUSSEN, DA KÖNNT IHR BRÜLLEN, WIE IHR WOLLT.»

«DANN SAG DOCH DEM PASTOR BESCHEID. AUSSER-DEM SIND WIR SOWIESO FERTIG MIT DEM IDIOTEN-SPIEL.»

Danach wieder zu den Weibern. Alles genau wie gestern, Roland und Heiko punkten, Tiedemann raucht und fühlt sich wohl, und ich gerate mehr und mehr ins Hintertreffen. Ich überlege, die Geschichte von gestern («Fick misch hädda») zum Besten zu geben und mit meinem genialen Satz (Mundartliches – Sex, Jodeln – Philosophie) zu krönen, entscheide mich nach sorg-fältiger Abwägung jedoch dagegen:

1. Es ist seltsam, wenn einer zwei Abende lang durchgehend schweigt und sich dann mit einer Supergeschichte in den Vor-dergrund spielen will.

2. Was habe ich nachts am Strand verloren?

3. Es ist unsympathisch, auf Kosten anderer zu punkten (außerdem sind die Wöllmanns sehr nett).

Heiko gibt eine langweilige Fußballgeschichte zum Besten: Wie sich zwei Jugendtrainer mal fast geprügelt hätten, haha. Dabei berühren seine Hände beiläufig die von Susanne. Meine schlimmsten Befürchtungen scheinen sich zu bestätigen. Jetzt ist alles nur noch eine Frage der Zeit. Schrecklich. Andererseits: War ja eh klar. Wenn nicht Heiko, wer dann? Wenigstens ist der Bumskaiser Dieter Dorsch abgemeldet.

Leise rieselt der Schnee.
REISE, REISE!
Irgendwie habe ich das Gefühl, dass ich doch nochmal zu Hause anrufen sollte, damit mir meine Mutter hinterher keinen Strick aus der Sache drehen kann, zusätzlich zu den vielen anderen Stricken, die in Vorbereitung sind. Besser, ich erledige es gleich nach dem Frühstück, dann hab ich's hinter mir.

Sie geht nach dem vierten Läuten ran. Statt Vorwürfen endloses Gesabbel. Wie immer. Sie interessiert sich nicht für mich, sie interessiert sich einfach *kein Fitzelchen* für mich. Nach ein paar Standardfragen (Wie geht's? Wetter? Hast du Alkohol getrunken?) geht es los. Sie redet und redet. Sie redet und redet und redet. Und redet und redet und redet und redet und hört einfach nicht mehr auf. Irgendwann, so mein frommer Wunsch, hat sie alles erzählt, irgendwann *muss* sie einfach alles erzählt haben. Mutter: auserzählt. Dann ist gesagt, was es zu sagen gab. Alle Dinge wurden beim Namen genannt, jedes Detail ist erörtert, das gesamte Quasselwasser, das sie im Laufe ihres Lebens getrunken hat, ausgepisst. Ich stelle mir vor, dass es dafür ein konkretes Datum gibt. Den 3. 7. 1979 beispielsweise. Es könnte aber auch ein anderer Tag sein, der 11. 12. 1978 oder der 7. 9. 1978. Je eher, desto besser. Also: Ab dem 7. 9. 1978 gibt es nichts mehr zu sagen, dann kehrt Frieden ein bei uns zu Hause und in der Welt. Mutter sitzt wie Oma ganz normal auf dem Sofa und liest ein gutes Buch oder schaut vor dem Zubettgehen noch ein wenig fern.

Das muss das Paradies sein.

Noch aber ist es nicht so weit, noch gibt es sehr viel zu erzählen. Nach einer halben Stunde rette ich mich unter dem Vorwand, dass gleich Gottesdienst sei. Gottesdienst am Freitag, so ein Quatsch! Zum Glück hakt sie nicht nach, sondern entlässt mich.

«Gut, Thorsten, schön, dass du doch nochmal angerufen hast.»

«Ja, fand ich auch. Also bis in einer Woche dann.»

«Und du versprichst mir, dass du keinen Alkohol trinkst!»

«Jaja.»

«Thorsten?»

«Nein, mach ich nicht.»

«Dann will ich dir mal glauben. Tschüs dann.»

«Ja, tschüs, und grüß alle.»

Klack.

Die Kackasitzung bringt die gleichen Ergebnisse wie gestern und vorgestern. Ich werde dicker und dicker, und irgendwann platze ich, und zwar genau auf der Hälfte der Rückfahrt. Im Bus steht meterhoch die Scheiße, der Fahrer gerät in Panik und öffnet die Türen, und das auf der Autobahn bei voller Fahrt! Scheiße auf kochendem Asphalt, Scheiße ist schlimmer als Öl, es kommt zu einer Massenkarambolage usw.

Was ich mir da dauernd zusammenphantasiere. Manchmal befürchte ich, verrückt zu werden, irgendwann wird sich der ganze Unfug in meinem Kopf zu einem unentwirrbaren Knäuel zusammenzuzzeln, und dann bin ich endgültig irre. Davor habe ich ernsthaft Angst.

Es ist bewölkt, aber ziemlich warm. Und windig, drum herrscht ordentlicher Wellengang. Endlich mal wieder schwimmen beziehungsweise sich mit voller Wucht gegen die Brecher schmeißen, das macht eh am meisten Spaß, und außerdem fällt niemandem auf, dass ich trotz DLRG so lausig schwimme.

Mittagessen: Königsberger Klopse ohne Kapern, Salzkartoffeln. Wackelpudding.

Am Nachmittag spielen wir ein besonders dämliches Spiel: Tiefgefrorenes T-Shirt. Der dumme Peter hat am Vorabend ein paar alte T-Shirts in die Tiefkühltruhe getan, und die müssen wir uns jetzt anziehen. Nur wer will. Freiwillige vor. Ich bin kein Freiwilliger. Wo haben die nur die ganzen Spiele her? Das ist vielleicht für Zehnjährige lustig, überhaupt stehen neben Fußball, Völkerball und Rallyes praktisch nur Kinderspiele auf dem Programm. Negerkusswettessen. Mehlspiele. Kartoffelspiele. Da lachen doch die Hühner, und noch nicht mal die.

Abendandacht von Wolfram Steiß: Selbstmitleid, nein danke: Man soll sich als Christ nicht dauernd so wichtig nehmen, gerade in Deutschland, wo es allen doch sehr gut geht. Gott sieht das gar nicht gerne, weil er uns das Leben und die Welt geschenkt hat, laberlaber.

Nach dem Spieleabend zu den Weibern. Lange dauert's nicht, dann lässt sich Susanne von Heiko küssen, mit Zunge und allem. Karin wird von Tag zu Tag hässlicher, die Arme. Die Idee mit Ina obenrum und Andreas untenrum finde ich immer interessanter, um nicht zu sagen genial. Da könnte man was daraus machen, ein Geschäft, ich weiß bloß noch nicht wie und welches. Geil sind irgendwie auch Petras riesige Nasenlöcher. Ihre Eltern haben die Nase bestimmt nachts jahrelang mit einer Wäscheklammer fixiert, um sie unten enger zu machen. Die Wäscheklammer ist die Zahnklammer der Nase, fällt mir ein. Haha.

Heiko und Roland geben richtig Gas. Morgen wird die Ernte eingefahren, denn morgen ist Samstag, und nach dem Abendbrot ist statt ewig Karten kloppen Partyabend angesagt. Discoabend, Fetenabend, Engtanzabend. Anschließend, so der Cliquenplan, wird Apfelkorn und Persico gesoffen. Danach alle Mann besoffen ins Vogelschutzgebiet, Schweinereien machen. Stelle ich mir jedenfalls so vor. Karin darf Schmiere stehen. Wolfram Steiß umarmt sie von hinten, seine lüsternen Hände tasten in den Falten ihres feisten Bauches umher, Karin lässt es wortlos geschehen.

Träume sind Schäume. Mein Status als öder, stummer Zwerg ist zementiert, ich bin ein kleines Äffche, das geduldet wird, weil wir eine christliche Gemeinschaft sind. Wenn die wüssten, was sich im Kopf vom Äffche so alles abspielt, da komms gar nich drauf! Nachdem Wolfram Steiß zu Ende gegrabbelt hat, stellt er Karin auf den Kopf. Während ich mir das vorstelle, schaue ich sie freundlich an. Sie bemerkt es und lächelt. Ich lächle zurück, was soll ich tun. Meine Güte, ist das trostlos. Um eins geht's wieder zurück.

Ich muschel mich in den Schlafsack und lese mit Hilfe der Taschenlampe die letzten Seiten von *Aufzeichnungen eines Außenseiters*. Genial. Warum gibt es in Deutschland keinen, der auch nur so *ähnlich* schreibt? Für eine solche Schreibe muss es doch Bedarf geben, außerdem hat Tiedemann gesagt, dass Bukowski gerade in Deutschland total beliebt ist. Deutschland: Grass, Lenz, Böll, Mann. Alles Scheiße.

Schneeflöckchen, Weißröckchen, wann kommst du geschneit.
REISE, REISE!
Herr Schrader sieht gar nicht gut aus. Er atmet schwer, seine Augen sind blutunterlaufen. Und fett ist er vielleicht. Schrader ist zusammengesetzt aus Sauf- und Kummerspeck, beides sehr bösartige Specksorten. Genuss- und Langeweilespeck sind gutartige Specksorten. Reime ich mir so zusammen, vielleicht ist es ja auch Quatsch, wie immer.

Morgenandacht (Peter Edam): Gott spricht überall mit den Menschen, auch durch den Fernseher und das Radio. Man muss nur gut aufpassen und hinhören, Gottes Wort ist allgegenwärtig. Schrader sieht aus, als könne er sich kaum noch auf den Beinen halten, sterbenskrank und zu Tode gepredigt, ein Wahnsinn schon wieder alles.

Das Wetter ist wie gestern, die Ostsee gibt sich aufgewühlt, meterhohe Brecher, herrlich. Trotz Formschwäche lässt sich Schrader seinen Auftritt nicht nehmen:

«Weißu was?»

«Nee. Wie? Was denn?»

«Ich mein, wenn dir schlecht ist?»

«Versteh ich nicht. Was soll denn da sein.»

«Vorbeugen ist besser als auf die Schuhe kotzen.»

«Haha.»

Fiedlers sitzen auf der rechten Bank, die Körper steif und fett und wächsern. Sie haben bläuliche Schatten unter ihren Augen und schauen sehnsüchtig aufs Meer. Einmal schwimmen, nur einmal schwimmen!

Mittagessen: Spaghetti mit Tomatensoße und Kochschinken, dazu geriebener Schweizer Käse. Herrlich, wie der Käse Fäden zieht. Nachtisch klumpiger Grießpudding. Grießpudding ist ja wohl das Allerletzte! Wer denkt sich so was eigentlich aus? Überhaupt, immer nur Pudding. Pudding, Pudding, Pudding. Na ja, mehr ist in den 343 Mark nicht drin. Ich stelle mir vor, wie ich mit ungewaschenen Kackahänden an Pastor Schmidts Tisch gehe und sie ihm unter die Nase halte: «Riech ma, ich war grad groß. Gut, nä?»

Zwanghaft ist das schon. Wenn das so weitergeht, mach ich's irgendwann wirklich.

Nachmittags Strandspiele: Strandboccia, Strandvolleyball, ein paar Verrückte versuchen Frisbee, aber das ist natürlich eine Schwachsinnsidee bei den Böen.

In Volleyball bin ich Mittelmaß, in erster Linie natürlich, weil ich so klein bin, in zweiter Linie, weil ich nicht schmettern kann, ich kann's einfach nicht. Blocken auch nicht. Dabei ist es doch gar nicht so schwer, sieht zumindest nicht so aus, bei den anderen. Was ich hingegen gut kann, sind Eingaben und vor allem Bälle retten, weil ich perfekt falle und mich schockermäßig hinpacke. Ich freue mich auf die Nachmittagsbadezeit, denn ich bin total verschwitzt.

Bimmel bimmel!

Als ich den Fluten entsteige (DLRG), glotzt mich Harald böse an: «Hat dir eigentlich schon mal jemand richtig in den Arsch reingekackt?» Der Satz klingt leer und hohl, er ist nicht mehr mit dem nötigen Hass aufgeladen. Harald scheint nur noch ein Schatten seiner selbst, man kann ihn nicht mehr ernst nehmen, unter anderem auch, weil er die ganze Zeit nur noch mit Gundula und anderen Dicken, Hässlichen zusammengluckt.

Saturday Night Fever

Samstag, Partytime. Karamba, karacho, ein Whiskey. Wir machen durch bis morgen früh und singen bumsfallera. Olé, wir fahrn in Puff nach Barcelona. Ich versuche mich jetzt schon damit abzufinden, dass ich nicht zu den Gewinnern des Abends zählen werde. Am liebsten würde ich mich mit dem nächsten Bukowski ins Zelt verkriechen: *Faktotum*, laut Tiedemann nicht ganz so stark wie die anderen Bücher. Egal, Bukowski *kann* gar nicht schlecht schreiben.

Thomas Mann. Heinrich Böll. Günter Grass. Alles Scheiße.

Pastor Schmidt ist mit den Erwachsenen nach nebenan ins Haus Seemöwe ausgewichen, um der Illusion eines perfekten Discoabends nicht im Wege zu stehen.

Die Tische sind weggeräumt und die Stühle im Kreis aufgestellt. Irgendwie wirkt der Raum gleichzeitig größer und kleiner. Merkwürdig. Die Mädchen sitzen auf der einen Seite, die Jungen auf der anderen. Tuschel tuschel, abwart abwart. Harald ist mutig oder dumm oder beides und quetscht sich zwischen Gundula und eine andere Dicke aus seiner Clique (Frauke?). Karin hat ihre Hände zwischen die Beine geklemmt und macht einen unglücklichen Eindruck. Für sie ist das auch nix hier. Indianername: Die, die nie aufgefordert wird. Wie Karin sich wohl immer so fühlt?

Nicht ungefähr, kann man ja sehen, dass ihr *irgendwie* unwohl ist, nein, exakt, präzise, atomgenau. Das wäre doch mal interessant. Einmal im Leben in die Haut eines anderen schlüpfen.

Der dumme Peter gibt den Discjockey, Steiß steht neben ihm und assistiert. Wo gibt's denn so was, Discjockey mit Assistent? Edam dreht an zwei oder drei Knöpfen, die der Plattenspieler hat, während Steiß in den Platten herumwühlt und die Reihenfolge festlegt. So ein Quatsch, das ist doch *gerade* der Job vom Discjockey, *der* muss auf die Stimmung reagieren und sie hochpeitschen oder je nachdem wieder runterfahren.

Dann geht's los: die Titelmelodie von *Star Wars*. Angeblich soll der Film total gut sein, das Beste überhaupt. Kann schon sein, interessiert mich nicht, so gut wie *Rocky* ist der sowieso nicht, kann der nicht sein, auf jeden Fall ist die Titelmelodie beknackt und vollkommen ungeeignet als erstes Stück. Smokie zum Beispiel wäre gut zum Reinkommen. Das Discoduo Edam/ Steiß hat es einfach nicht drauf, so viel ist jetzt schon klar. Ich muss an den Spruch von Herrn Schrader denken: Als Mensch zu dumm und als Schwein zu kleine Ohren. Passt zwar irgendwie nicht, aber auf der anderen Seite eben irgendwie doch. Das zweite Stück ist *Go Your Own Way* von Fleetwood Mac. Viel zu früh! Die verschießen jetzt schon ihr ganzes Pulver, und wenn's drauf ankommt, haben sie nur noch Jürgen Marcus im Köcher, ich seh's kommen. Der Pastor müsste eingreifen, aber der ist nicht da! «Jeans on». *I put muggle jeans on, I put my opel Jeans on.* Schon seit geraumer Zeit frage ich mich, was *muggle* und *opel Jeans* sein sollen. Steht in keinem Wörterbuch.

Die Tanzfläche ist gähnend leer.

«Money, Money, Money», herrlich. Auf die Blonde habe ich mir schon öfter einen gewichst. Abba gilt als uncoole Mädchenmusik, noch schlimmer als Chris Roberts, Tony Marshall und Roberto Blanco zusammen. Egal, ich finde fast alle Abbahits gut, bis auf *Waterloo*, beziehungsweise an *Waterloo* ist der Refrain Scheiße, und die Strophen sind gut, sehr gut sogar. *Hotel Cali-*

fornia. Susanne, Petra und Ina stürmen auf die Tanzfläche, kreischen übertrieben albern und tanzen eng umschlungen. Dabei tun sie so, als würden sie sich über die Musik lustig machen oder über die Situation oder was weiß ich, aber das stimmt natürlich nicht, die tun nur so, als ob sie drüberstünden. So ein paar dumme Puten. Die können ihren Perversico nachher alleine trinken, lieber verbringe ich zusammen mit Gundula ein verlängertes Wochenende zusammen im Schlafsack, ohne dass wir uns waschen. Wir dürfen auch nicht aufs Klo, es muss in den Sack gekackt werden. Ihhh, eklig. Ich stelle mir vor, wie mich nachher alle anbetteln, ich müsse unbedingt mit dabei sein: «Ach bitte, Torsten, du musst unbedingt mit dabei sein!» Ich: «Nein.» Alle schauen mich enttäuscht an, ich drehe mich wortlos um, gehe an den Strand und mache Liegestütze, drei Sätze à siebzig Wiederholungen. Im Weiberzelt kommt trotz Apfelkorn und Persico und Zigaretten keine Stimmung auf, und bereits vor zwölf gehen Jungen und Mädchen getrennte Wege. Ohne mich läuft nämlich nichts, egal, ob ich was sage oder nicht. In Wahrheit bin *ich* der Dreh- und Brenn- und Angelpunkt, ohne den nichts geht, rein gar nichts.

Zum Glück reicht der Schwung nur für dieses eine Stück, danach setzen sich die Girls wieder auf ihre Plätze und tuscheln. Weiber, die tuscheln, sind das Allerletzte. Und *Hotel California* ist jetzt schon Omamusik.

Peter Edam hat seine Disco einfach nicht im Griff. Steiß, der Bock, kann gar nicht erwarten, bis es endlich richtig losgeht und er sich daran aufgeilen kann, wie Heiko Susanne an den Po fasst und ihr beim Engtanz die Glocken platt drückt und die Zunge in den Hals steckt. Der arme Steiß, irgendwann ist er zu alt, dann heißt es nur noch glotzen und starren und gucken und stieren, und zwar genau bis ans Lebensende. Niemals mehr in junges, duftendes Fleisch greifen, daran wird er sich gewöhnen müssen. Daran und an noch Geringeres.

Das dümmste Stück des Jahres stammt von Shaun Cassidy:

Da Doo Ron Ron. Shaun Cassidy ist einer der großen Mädchen-schwärme, gleichauf mit David Cassidy oder Brian Conolly und den Kastenköpfen von den Bay City Rollers, die alle sagenhaft gleich aussehen, eine Kombination aus süß und dumm.

Dann passiert das Unglaubliche: Harald fordert Gundula auf! Harald bittet Gundula zu einem Tänzchen! Gundula wird von Harald zum Tanze geführt! Wie man es dreht und wendet, da wäre man nicht draufgekommen, da wäre kein Mensch drauf-gekommen. Harald ist außer sich, er packt Gundula an den gedunsenen Hüften, seine Nasenflügel beben, und er röchelt ihr irgendwas ins Ohr. Gundula gerät daraufhin völlig aus dem Häuschen und singt albern mit: «Da doo ronronron, da doo ronron, doo ronronron, da doo ronron.» Sie werfen die Arme in die Luft und verdrehen ihre Köpfe. Schamlos. Harald sieht aus wie ein Steckrübenroboter und Gundula wie zerkochter Fisch. Was soll's, der Bann ist gebrochen, und die Tanzfläche wird gestürmt: *Give a Little Bit, Cold as Ice, You Make Me Feel Like Dancing.* Tanzen, hüpfen, schwitzen, juchzen, singen, klatschen. Je ausgelassener die Stimmung wird, desto elender fühle ich mich. Dummheit ist nur für Dumme unterhaltsam, denke ich, um mich abzugrenzen, aber das bringt auch nichts.

Plötzlich und ohne jeden Grund schalten die Amateurplatten-leger drei Gänge runter: *When I Need You* von Leo Sayer. Schmu-semusik! Viel zu früh! Mir kann's egal sein, aber ich reg mich trotzdem auf. Vor einem Jahr oder so wurde Leo Sayer von Ilja Richter mit den Worten «ein kleiner Mann mit einer ganz gro-ßen Stimme» angepriesen. Ich wusste damals schon, dass ich den Satz für immer behalten würde, es gibt Dinge, die weiß man eben. Ich bin der einzige Mensch, der sich noch als alter Opa daran erinnern wird, wie Ilja Richter bei Disco 76 Leo Sayer mal mit diesem Satz angekündigt hat.

Ilja Richter: «Einen wunderschönen guten Abend, meine sehr verehrten Damen und Herren, HALLO, FREUNDE!»

Alle: «HALLO, ILJA!»

Über die Sketche von und mit Ilja Richter können noch nicht mal die armen Landser im Zweiten Weltkrieg lachen.

Sorry Seems to Be the Hardest Word. Steiß schaltet das Deckenlicht aus, obwohl er sich ins eigene Fleisch schneidet, weil er jetzt nichts mehr zum Aufgeilen hat, der Bock. Dunkel hin, dunkel her, ich habe Augen wie ein Luchs: Heiko im Clinch mit Susanne, Roland mit Petra. Karin, Tiedemann und noch ein paar andere Ladenhüter (Peter Behrmann) bleiben sitzen, ich sowieso. Nächster Engtanz. Und noch einer. Und noch einer: *Angie* von den Stones. Angee, Aaangee. Ich hasse Mick Jagger. Irgendjemand macht das Licht ganz aus. In dem Moment, unvermeintlich, *Je t'aime*, das Lied der Lieder. Der lange, dürre Karsten Petermann: «Ey Leute, jetzt aber keine Gefühle kriegen.»

«Je t'aime, uuhh, je t'aime.» Das Gestöhne geht mir durch Mark und Bein. Ich will auch mal, darf aber nicht. Das Leben ist eine einzige Zumutung. Ich weiß, dass alle meine zukünftigen Tanzabende diesem hier bis aufs Haar gleichen werden. «Oh, mon amour, mon amour, je t'aime.» Niemals wird eine so etwas zu mir sagen. Ich falle in ein eisiges Loch, tiefer und tiefer, bis ganz nach unten, wo die Dunkelheit am dichtesten ist.

Plötzlich geht das Licht an. Irgendein Spielverderber will sehen, wer gerade mit wem zugange ist. Susanne und Heiko, Roland und Petra, voll auf Zunge. Und noch ein paar andere, eigentlich alle. Sie küssen sich, als wollten sie einander austrinken, die Schweine. Irgendwann reicht's auch mal. Der Meinung ist wohl auch Wolfram Steiß, der den dummen Peter zwingt, wieder schnellere Musik aufzulegen. *Bobby Brown* von Frank Zappa. Jetzt, endlich, schlägt Tiedemanns Stunde: Er stürmt im Pfeffer-und-Salz-Mantel auf die Tanzfläche und wiegt sich mit geschlossenen Augen zur Musik. Sexual Spastic. Ja. Kiss my heinie. Ja, ja. Den Discjockeys geht langsam die Puste aus, sie haben nichts mehr in petto und wiederholen die Stücke der ersten Stunde, Bay City Rollers, Slade, Rubettes, Dingsbums,

Dingbums. Macht nichts, die Stimmung könnte besser nicht sein, jeder mit jedem, wenn's läuft, dann läuft's. Heiko tanzt echt gut, wie schwärmende Bienen klumpen sich die Mädchen um ihn herum, aber sie haben natürlich keine Chance, gegen Susanne Bohne hat keine eine Chance. Sie kann Jungs innerhalb von Sekunden verrückt machen. Wie macht die das bloß, nur an den Glocken allein liegt es nicht. Egal, alle sind, mit allen verklebt, auf der Tanzfläche.

Ich bin, als wäre ich nicht. Mein Kopf fühlt sich an, als wäre er mit lauter bösen, kleinen Stofftieren verstopft, meine Hände werden feucht vor Verzweiflung und einer lähmenden, bleischweren Angst. Längst habe ich den Punkt überschritten, an dem es mir möglich gewesen wäre, mitzukaspern und Spaß wenigstens vorzutäuschen. Warum fordert mich eigentlich niemand auf, wenigstens aus Mitleid, wir sind doch eine christliche Gemeinschaft! Wenigstens Gundula, aus Dankbarkeit für das Veilchen, haha. Schöne Christen sind das, goanix sind die. Warum kann denn niemand mein verdammtes Herz anrühren und es zum Schlagen bringen?

Wo ist Karin eigentlich? Wahrscheinlich längst im Zelt. Schade, wir könnten ein schönes Zwergentänzchen aufführen, dann wären wir die Kings. Meine Füße sind kalt und taub und schwer, ich bin an meinem Stuhl festgewachsen, mehr Pattex geht nicht, ach Gott, ach Gott. Ich schaue auf die Uhr, halb elf, um elf hat der Spuk ein Ende, dann kehren Pastor Schmidt und die Erwachsenen zurück. Sweet: *Blockbuster!* In *Blockbuster* gibt es eine Explosion, keine Ahnung, wie die das gemacht haben, Explosion, geil, egal, für mich war's das jetzt endgültig. Ich brauche bestimmt eine volle Minute, um mich zu erheben, zum Glück hat das keiner gesehen. Unauffällig schleiche ich an der Tanzfläche vorbei zum Ausgang. Doch ich habe die Rechnung ohne Harald gemacht. In letzter Sekunde sieht er mich, stürmt mit hochrotem Backpfeifengesicht und wild mit den Armen rudernd auf mich zu und brüllt mir voll ins Gesicht: SAG MAL,

KANN ES SEIN, DASS DU DIR JETZT MAL SO RICHTIG SELBER IN DEN ARSCH REINKACKST? Er schreit so laut, dass es alle mitkriegen, mitkriegen müssen, trotz der lauten Musik. Wie angewurzelt bleibe ich stehen. Jetzt, davon bin ich überzeugt, wissen alle Bescheid: Ich habe den ganzen Abend nichts anderes im Sinn gehabt, als mich endlich aufs Klo zu verziehen und mir selber in den Arsch reinzukacken. Ich renne aus der verfickten Behelfsdisco, wanke über den Zeltplatz und verkrieche mich zitternd wie ein sterbender Hund im Zelt. Wie soll ich mich jemals im Leben davon erholen?

Selbst zum Lesen bin ich zu schwach, nur Rauchen geht noch, eine nach der anderen. Mit jedem Ein- und Ausatmen kommt ein Pfeifen aus meiner Lunge, das ist bestimmt kein gutes Zeichen. Viertel nach elf kommen die Mongos zurück. Selbst *die* sind in ausgelassener Stimmung.

Schwanzandreas brüllt: «Und dann hat die voll doiiinngg, ey, ich dachte, ich glaub's nicht, das gibt's doch nicht.»

Für sein perverses Gestammel müsste man ihn ohrfeigen, bis er einen Steifen kriegt.

Die Antwort des Namenlosen: «Ich dacht auch voll, ey, was ist da denn los? Echt, uuiiippp, dann nochmal und so, ey, hab ich noch nicht erlebt.»

Jetzt meldet sich sogar Detlef zu Wort: «Ey, ey, so uuuoonng, voll so rein, und dann gooooaa, voll.»

Sie lassen sich übertrieben auf ihre Betten plumpsen.

«Logisch, ooiing, ich dacht, was ist das denn.»

«Rrroouung, das hältst du im Kopf nicht aus.»

Für mich sind das keine Menschen mehr, sondern Tiere.

«Hassu gesehen, sie so hinter mir, und dann gooiingg.»

Ich fasse es nicht. «Sie so hinter mir» kann ja nur bedeuten, dass irgendwas *war*. Der Namenlose! Jemand, dessen einziges Vergnügen darin besteht, Tote zu waschen und unter die Erde zu bringen, dem der Leichengeruch aus allen Poren gekrochen kommt, hat was am Laufen gehabt! Pervers. Ich bin fremd im eigenen Zelt. Wenn ich nur nach Hause gefahren wäre, damals. Jetzt ist alles noch viel schlimmer geworden.

Im Moment größter Verzweiflung steckt Tiedemann seinen Kopf durch den Zelteingang, schaut mich wortlos an und nickt mir zu. Gott sei Dank, Gott sei Dank, Gott sei Dank, sie haben mich nicht vergessen! Der liebe Gott hat seinen Sohn auf die Erde geschickt, und der heißt ab jetzt Tiedemann. «Lieber Gott, vielen Dank», bete ich. Stoßgebet nennt man das.

Sie haben bereits eine Pulle Apfelkorn für die Jungs und eine Persicoflasche für die Mädchen geöffnet. Selbst Karin trinkt mit, allerdings verdünnt sie ihren Persico mit irgendwas, ich kann es in der Dunkelheit nicht genau sehen, wir dürfen keine Kerzen anmachen, und leise müssen wir auch sein wegen möglicher Kontrollen. Sagenhaft, Apfelkorn schmeckt original wie Apfelsaft, kein Spruch. Tiedemann, als er sieht, wie ich die Plörre in großen Schlucken reinkippe:

«Ey, Alda, mach ma langsam, da ist voll viel Alkohol drin, das merkst du gar nicht, aber bei Apfelkorn musst du echt aufpassen, das ist kein Spaß.»

Da Tiedemann immer recht hat, nehme ich mir vor, seinen Rat zu beherzigen. Bereits nach ungefähr zwanzig Minuten fühle ich mich ungefähr 12 000 Prozent besser. Wieso hat mir niemand gesagt, dass es so was Geniales wie Apfelkorn gibt? Derjenige, der mir das verschwiegen hat, ist bestimmt der Gleiche, der mir auch Bukowski vorenthalten hat. In meinem Kopf vermischt sich alles aufs herrlichste, außerdem weiß ich, dass ich recht habe. Während Heiko und Roland an ihren Bräuten rumschrauben, klärt mich Tiedemann über seine Zukunftspläne auf:

«Ich weiß schon, wie das weitergeht. Meine Alden, ey, die ham Kohle ohne Ende, mein Vadda hat 'ne Baufirma, da ziehen die ganze Siedlungen mit hoch in einer Woche und so, das is mir aber scheißegal. Mein älterer Bruder ist vor zwei Jahren gestorben, und meine Alden wolln, dass ich den Laden übernehm, normal. Ich tu so als ob, aber ich mach nur Abi, und dann hau ich ab.»

«Wie, abhauen, wohin denn?»

«USA. Ich geh mindestens für ein Jahr dahin und zieh mit den Deadheads mit.»

«Deadheads, was ist das denn?»

«Sach mal, bissu bescheuert, willssu mich verarschen?»

«Nee, echt nicht, Tiedemann, echt nicht.»

«Na egal. Deadheads sind die Fans von Grateful Dead, Alda, die denen zu jedem Konzert hinterherreisen. Das ist das Geilste überhaupt. Und da fahr ich mit, mal sehen, was sich so ergibt.»

«Aha.»

«Ja.»

Karin trinkt einen großen Schluck und scheint sich halbwegs wohl in ihrer Haut zu fühlen, vielleicht das erste Mal in ihrem Leben. Sie reißt sich kleine Hautfetzen von der Handinnenfläche herunter und zerkaut sie, weil sie denkt, dass keiner guckt. Von wegen, ich sehe alles. Ich mag ihre rissigen Hände und ihre zerbissenen Nägel. Sie ist die jüngste von drei Schwestern, ihre Eltern sind fanatische Christen, ganz unangenehme Leute:

Christ sein heißt schuldig sein.

Jeder Christ muss sich bewusst sein, dass er Jesus persönlich ans Kreuz genagelt hat.

Man kann als Mensch nicht existieren, ohne sich jeden Tag aufs Neue schuldig zu machen.

Leben heißt sündigen.

Ganz am Ende steht man vor Gottes Thron, und dann gibt's Saures.

Usw.

Mich wundert, dass sie Karin überhaupt haben mitfahren lassen, wo doch Freizeiten als Hort der Sünde gelten, das hat sich sicher auch bis zu denen rumgesprochen. Aber wahrscheinlich finden sie ihre Tochter so hässlich, dass sie sich nicht vorstellen können, wie jemand freiwillig an ihr rumschrauben möchte. Arme Karin. Aber heute ist es schön, heute gibt's Persico und ein lustiges Äffchen, das die Zeltgemeinschaft unterhält. Befeuert durch einen halben Liter Apfelkorn, bin ich derart außer Rand und Band, dass ich zucke und rassele und schnattere wie eine schöne deutsche Maschinenpistole im Zweiten Weltkrieg. Ganz ungewöhnliche Geräusche kommen aus mir heraus:

HRRREE, GOOOÄÄÄ, HEHRHEHRHEHR, ZSSSSHCK-AAO, so was in der Art.

«Ey, guck mal, was mit Thorsten los ist, was ist denn mit dem auf einmal los?»

«Keine Ahnung, der dreht voll auf.»

«Ey, Todde, was los mit dir.»

Ich: «GRIERRRRBOOOOONNNGGGGUUUURRGTRÖ-ÖÖÖT.»

«Ich brech zusammen. Was heißt das denn auf Deutsch?»

Alle Blicke sind auf mich gerichtet. Das hätte mir keiner zugetraut. Ich benehme mich wie ein Irrer, ich weiß selber nicht, was *genau* ich da eigentlich mache. Sämtliche angestaute Wut und Trauer und Enttäuschung und schlechtes Wachstum brechen sich Bahn, befeuert durch den Dämon Apfelkorn. Bei Schwermut Wermut.

Mir kommt eine Idee: Ich habe neulich im Fernsehen Ausschnitte aus einem amerikanischen Gottesdienst gesehen, wo der schwarze Pastor im Verlauf seiner Predigt völlig außer Rand und Band geriet und seine Gemeinde in religiöse Ekstase quatschte. Das ist es!

GRRÖÖÖTTZZZZUUUUMMMMDIIII.

«Haha, Todde, hör mal auf, ich kann nicht mehr!»

Aufhören? Jetzt geht's erst richtig los!

«Hört ma alle zu», rufe ich.

Da ich einen Lauf habe und überirdische Kräfte entwickle, lauschen mir alle gebannt:

«Brüder, ihr wisst, dass ich bald dieses irdische Leben verlassen muss, aber ich weiß, das nächste wird ein besseres sein. Lobet den Herrn.»

Ich lasse eine Pause. Dann sagt Tiedemann leise: «Jo.»

«Ich habe es verdient zu sterben, denn ich habe sehr viel Böses getan. Auch ihr, jeder Einzelne von euch, hat seine Strafe verdient. Lobet den Herrn.»

Jetzt machen auch Heiko und Roland mit: «Jo.»

«Ich werde mich nicht beklagen, und auch ihr sollt euch nicht beklagen, denn ihr könnt genauso gerettet werden, wie ich gerettet wurde vom allmächtigen Gott, der erst hier zu mir gekommen ist. Aber es ist auch für euch nie zu spät. Lobet den Allmächtigen.»

«Jo.»

«Ihr seid schwach.»

«Jo.»

«Ihr seid klein.»

«Jo.»

«Wollt ihr Buße tun und den Herrn loben für seine Liebe und seine Güte?»

Jetzt steigen auch die Weiber mit ein:

«Jo.»

Ich bin der Chef, und alles tanzt nach meiner Pfeife!

«Ich möchte euch heute eine Geschichte erzählen, und ich will sie vor Gott, dem Herrn, und seinem Sohn Jesus Christus erzählen.»

Alle begeistert: «Jo.»

Sollte ich vielleicht Theologie studieren? Weiter geht's:

«Ihr sollt euch dafür bedanken, dass ihr hier im Gefängnis seid, ihr sollt euch bei Pastor Schmidt bedanken, bei Peter Edam und Wolfgang Steiß und bei Frau Thieß, dass ihr zu essen und zu trinken bekommt, denn ihr habt es genauso wenig verdient wie ich. Aber der Herr hat mich gerettet, und so will ich meine armselige Existenz dazu nutzen, den Allmächtigen zu preisen und von seiner Liebe zu berichten. Wollt ihr jetzt eine Geschichte hören?»

«Jo.»

«Soll ich sie euch in allen Einzelheiten erzählen?»

«Jo.» (noch lauter)

Sagenhaft. Wir haben jede Vorsicht aufgegeben, denn die Vorstellung ist zu geil, als dass sie unterbrochen werden dürfte. Keiner darf das, noch nicht mal der Pastor.

«Es war vor vielen Jahren, ich streifte wie fast jede Nacht durch schmutzige kleine Bars, in denen schmutzige und böse Menschen waren. Ich hatte Alkohol getrunken und Drogen genommen. Ich ging von einer Bar zur nächsten, bis ich diesen jungen Mann traf. Er war fremd in der Stadt und sprach mich an, weil er eine Schlafgelegenheit suchte. Sofort schmiedete ich einen furchtbaren Plan. Ich nahm ihn mit nach Hause und gab ihm Alkohol und Drogen. Ich gab ihm viel zu viel Alkohol und Drogen. Er war das nicht gewohnt und musste sich schließlich übergeben. Ich wollte ihn bestrafen. Also schlug ich ihm mit der Faust ins Gesicht. Mit dem ersten Schlag brach ich ihm die Nase.»

«Jo.»

Karin sagt nichts mehr. Sie gnabbelt an ihrer Hand und guckt komisch. Das liegt daran, dass sie viel zu wenig getrunken hat. Immer nur verdünnen bringt am Ende eben nichts. Egal, weiter im Text:

«Dann schlug ich erneut zu und zertrümmerte ihm dabei seinen Unterkiefer.»

«Jo.»

Die Geschichte wird immer irrer. Ein Wahnsinn, was rede ich da eigentlich, wie komme ich auf so etwas? Und wieso unterbricht mich keiner? Ich überschreite alle Grenzen:

«Ich habe den jungen Kerl gefesselt und mir erst einmal was zu essen gemacht. Während des Essens habe ich ihn getreten. Dann habe ich ein schönes, großes Küchenmesser genommen.

Könnt ihr euch denken, was ich mit dem schönen, großen Küchenmesser gemacht habe?»

Mein Gesicht fängt Feuer, ich brenne.

«Jo.»

«Ich habe den Jungen zerlegt, wie man ein schönes, fettes Rind zerlegt.»

Tiedemann: «Herr, vergib ihm!»

Ina und Petra steigen auch aus. Ich kann an Inas Gesicht ablesen, dass sie ernsthaft glaubt, die schwarze Predigt könne noch heute Nacht zur schrecklichen Wirklichkeit werden.

«Dann bin ich schlafen gegangen, als ob nichts gewesen wäre. Am nächsten Morgen habe ich das, was von ihm übrig war, in Müllsäcke gefüllt und auf einer Halde abgeladen.»

«Jo.»

«Weil ich diese grauenhaften Verbrechen begangen habe, werde ich bald sterben. Und das ist nur gerecht. Lobet den Herrn.»

«Lobet den Herrn.»

«Ich sterbe in Frieden, denn der Herr hat mich gerettet. Lobet den Herrn.»

«Und nächstes Mal erzähle ich euch die Geschichte von dem jungen Mann, den ich mittags auf dem Bahnhof angesprochen habe. Lobet den Herrn. Halleluja.»

«Halleluja.»

Pause.

Ich bin total fertig. Erschöpft sinke ich in mich zusammen und bin schlagartig besoffen. Das wird so schnell keiner vergessen. Ich greife nach der Apfelkornflasche und stoße dabei die Untertasse um, die als Behelfsaschenbecher dient und randvoll ist mit Kippen. Peinlich. Als ich die Flasche ansetze, ekelt's mich. Ich kann nichts mehr trinken, keinen Schluck mehr. Hätte ich bloß auf Tiedemann gehört!

Roland und Heiko setzen ihre Schrauberei an den Ischen fort, Tiedemann steckt sich noch eine Zigarette an, und Karin trinkt ein Glas Cola. Alle tun so, als ob gerade nichts gewesen wäre! Ich löse mich schlagartig auf und verwandle mich binnen Sekunden zurück ins Äffche.

Mir ist übel. Sehr übel sogar. Schnell eine Cola, doch davon wird's auch nicht besser, kein Stück, ich ahne schon, worauf das hinausläuft. Nein, nein, bitte nicht. Es gibt nichts Schlimmeres, als sich übergeben zu müssen. Von Alkohol musste ich erst einmal kotzen (Onkel Doppelkornwolfgang), und ich habe mir damals geschworen, dass es das erste und letzte Mal war. Ich versuche, den Brechreiz wegzudenken. Nach einer Weile schaut mich Tiedemann prüfend an:

«Ey, was is denn mit dir los, du sagst ja gar nix mehr, sag jetzt nicht, dass dir schlecht ist.»

Ich sag gar nix, und Tiedemann redet weiter:

«Ich glaub's jetzt nicht, und ich hab dir gesagt, mach langsam, weil du den Alkohol nicht schmeckst, Mann, Alda.»

Jetzt ruht wieder alle Aufmerksamkeit auf mir. Peinlich. Mir kommt es deutlich so vor, als würden sich die Mädchen vor mir ekeln. Der geile, kleine Zwerg, das hat er nun davon. Vom Tellerwäscher zum Millionär und wieder zurück, in achtzig Tagen um die Welt, eben hui, jetzt schon wieder pfui.

«Ey, guck mal, wie du aussiehst!», sagt Tiedemann.

Wie soll ich das denn sehen? So ein Schwachsinn. Ina haut in dieselbe Kerbe: «Ey, voll grün.»

Jetzt hängen sich auch die anderen rein: «Ey, musst du zum Arzt oder so was?» – «Das hab ich auch noch nicht gesehen, wie er hier aussieht.» – «Scheiße, ey.»

Dann folgt Tiedemanns Todesurteil: «Besser ist, du steckst dir 'nen Finger inn Hals, dann hast du's hinter dir.»

Nein, nein, nein, ich will nicht brechen! Und einen Finger stecke ich mir schon gar nicht in den Hals, niemals!

«Ey, du musst anne frische Luft. Komm, ich komm mit.»

Tiedemann führt mich nach draußen. Meine Güte, ist das schon wieder kalt geworden! Meine Zähne klappern so laut, dass ich Angst habe, die Erwachsenen im Haus könnten wach werden. Tiedemann setzt mich am Zaun ab, der den Zeltplatz vom Vogelschutzgebiet trennt.

«Ey, ich weiß, dass das hart is jetzt, aber da musst du durch. Besser is, wenn du das auskotzt. Pass auf, ich hol dich inner halben Stunde wieder rein, dann hast du's hinter dir. Okay?»

Was soll ich sagen?

«Ja.»

Warum hat Tiedemann mir bei der Schweinekälte keine Decke oder Jacke dagelassen? Kameradenschwein! Niemals hätte ein Landser im Zweiten Weltkrieg einen Kameraden so jämmerlich verrecken lassen.

Es ist der Heilige Abend 1942. Seit Tagen hause ich alleine in einem verschütteten Keller irgendwo im Zentrum Stalingrads. Von dem fünfstöckigen Gebäude des Hauses existiert nur noch das Erdgeschoss. Der Steckschuss im linken Oberschenkel bereitet Höllenqualen, mit jeder Stunde wird es schlimmer. Plötzlich ein polterndes Geräusch über mir. Jetzt haben sie mich! Mit lautem Krachen öffnet sich die Falltür. Doch ich blicke nicht in eine von Hass verzerrte Mongolenfratze, sondern in die stahlblauen Augen des Obergefreiten Bartels.

«Bartels, dich schickt der Himmel.»

«Oder die Hölle», raunt der Obergefreite in seinen blaugefrorenen Bart. Er schüttet den Inhalt seines Rucksacks auf den Boden. «Bescherung», brummt er und packt zwei zerlöcherte Decken, den Gaskocher und ein großes Stück Fleisch aus. Es braucht Stunden, bis das Fleisch auf der winzigen Flamme gar wird, aber noch nie hat mir etwas so gut geschmeckt. Während ich gedankenverloren vor mich hin kaue, durchzuckt es mich plötzlich. Woher hat ...? Als ob der Obergefreite meine Gedanken lesen könnte, schaut er mich durchdringend an und sagt nur ein Wort: «Iss.»

Meine Eingeweide flattern, die Kotze pumpt und drückt, ich werde die aufsteigenden Schwälle nicht mehr lange zurückhalten können. Bitte, bitte nicht! Vielleicht verwandelt sich die Kotze in Scheiße, wenn man nur lange genug durchhält. Das ganze Vogelschutzgebiet starrt mich an: «Guck dir mal den Idioten an, hat zu viel gesoffen, und jetzt muss er gleich kotzen, krrr, krrrr.» Scheißplärrviecher, euch stopf ich schon noch das Maul. «Hast du dir eigentlich schon mal in die Fresse reingekotzt?» Ich stelle mir vor, wie ich in mich selber reinkotze. Wenn man besoffen genug ist, geht das bestimmt irgendwie. Und dann kann ich's nicht mehr länger zurückhalten.

HUUUAAAALPP.

Ich hänge meinen Kopf über den Zaun und kotze ins Vogelschutzgebiet, dabei packt mich ein unbändiger Hass auf die Viecher. «Ja, jetzt pickt euch mal schön die fettesten Brocken raus», denke ich, und bei der Vorstellung, wie die Seemöwen die Brocken aus meiner Kotze picken, gierig verschlingen und daran krepieren, kommt's mir gleich nochmal.

AAAAARRGGGHH.

Ich kotze und brülle, mit allerletzter Kraft ziehe ich mich am Pfosten hoch und schaue aufs Feindesland. Die Vögel sind alles Russen.

UUUAAARRGGHH.

Ich hasse die Vögel und die Russen und Susanne Bohne.

Ich würge wie ein Wahnsinniger, bis nichts mehr in mir drin ist außer Galle. Galle, Galle, Galle. Es tut höllisch weh, ich kann gleich nicht mehr. Nochmal:

AAAAAIIIIIIRRGGGGGH. AAAAAIIIIIIRRGGGGGH. AAAAA-IIIIIIRRGGGGGH.

Meine Schreie werden höher und gleichzeitig schwächer. Die Kotze verätzt mir die Speise- und Luftröhre und alle weiteren Röhren, aus denen ich bestehe. Mir wird schwindelig, und ich sinke zu Boden. Wo ist Tiedemann eigentlich, der wollte mich doch schon längst geholt haben? Scheißdeadheads. Ich lege meinen Kopf ins Gras, und es erfüllt mich mit böser Genugtuung, dass ich die Kotze wenigstens zu den Viechern rübergebrochen habe. Dann wird mir schwarz vor Augen.

Als ich wieder erwache, ist es schon fast hell. Keine Ahnung, wie spät, vielleicht halb fünf? Oder halb sechs? Oder fünf? Ich friere, wie ein Mensch vor mir noch nicht gefroren hat, außerdem ist mir immer noch total kotzig. Und ich habe Arschdruck. Kacken, endlich, endlich kacken! Bibbernd torkle ich zur Baracke. Peter Edam liegt in embryonaler Haltung am Fuß der Treppe. Irgendwas Gelbgrünes ist aus seinem Mundwinkel gelaufen und aufs T-Shirt getropft. Sein rechtes Bein ist total verdreht in der Luft liegt leichter Scheißegeruch. Vielleicht hat er einen Schlaganfall erlitten? Dann geht's um Minuten. Ich stoße ihn sanft an, er dreht seinen Kopf schräg zur Seite, öffnet die Augen und murmelt:

«Seusmikade.»

Hä? Was soll das denn sein? Der Name eines engen Angehörigen, vielleicht seiner Mutter. Aber Seusmikade?

«Thorsten, Thorsten!»

«Ja? Was ist denn?»

«Du darfst niemandem etwas sagen. Versprichst du mir das?»

«Ja. Von mir aus. Was war denn überhaupt los?»

Er schaut mich lange an. Die Augäpfel sind blutig, sein Blick verstumpft.

«Ich war in der Stadt.»

Hä, wo, was, wieso? Stadt kann ja nur Scharbeutz heißen, was wollte er denn in Scharbeutz, da ist doch nichts.

«In der Stadt, wieso das denn? Was hast du da gemacht?» (Mit Peter bin ich per Du.)

Er schaut mich flehend an.

«Thorsten, du musst mir versprechen, zu keinem ein Wort. Ich bin sonst geliefert, ich schwör's dir.»

Wieso denn geliefert? Nur weil er einmal über die Stränge geschlagen hat? Das ist doch kein Grund. Aber vielleicht ist so was schon öfter passiert, und die Freizeit war seine letzte Chance, und wenn er die auch noch versemmelt, dann ist endgültig Feierabend. Ach, ich weiß es doch auch alles nicht.

«Ja, klar, ich sag nichts.»

«Danke.»

Er zieht sich am Geländer hoch und wankt davon.

Auf allen vieren krieche ich die Treppe rauf zu den Kabinen und hocke mich mit letzter Kraft auf die Klobrille. Bitte, bitte! Das ist wichtig jetzt, ganz wichtig. Doch ich brauche weder zu beten, noch mich zu konzentrieren oder zu drücken oder mir was in die Kimme zu schmieren oder sonst was. Nach wenigen Sekunden kommt sie, die Scheiße einer ganzen Woche, eines ganzen Jahres, eines ganzen Lebens, als hätte jemand den Pfropfen gezogen.

P P P F F F A A A R R R K K K R Ö Ö Ö Ö T T T T R I I I I -RÄÄÄÄÄÜÜÜÜ.

Von dem bestialischen Gestank wird mir gleich wieder richtig schlecht. Oneinoneineinonein, was soll ich nur machen? Ohne zu spülen und mit schmutzigem Arsch knie ich mich vor die Schüssel und kotze in meine eigene Scheiße rein. Vielleicht ist *das* ja damit gemeint, sich selber in den Arsch zu kacken. Nach zwei Schwällen bin ich schon wieder bei Galle. Hilfe, Hilfe! Ich fühle mich, als hätte man mich vollkommen ausgeschabt, entkernt, ich bin in Selbstauflösung begriffen, gleich fliege ich wie ein welkes Blatt davon.

Endlich kommt nichts mehr. Ich warte noch eine Minute und drücke mit zitternden Händen den Spülknopf. Gott, ist das herrlich, wie das Wasser die ganze Kacke und Kotze wegspült. Ich mache die Spritzer und den ganzen Irrsinn mit Klopapier weg, dann spüle ich meinen Mund lange mit frischem, klarem Wasser und fühle, wie mich ungeheure Erleichterung und ein tierisches Glück durchströmen. Anscheinend habe ich es überstanden. Ich krieche in meinen Schlafsack, mein erbsengroßes Schrumpfherz weitet sich. Es ist ganz wichtig, seinen Tränen freien Lauf zu lassen, alles andere hilft nicht. Noch nie hat sich ein einzelner Mensch in einem Schlafsack so wohl gefühlt.

Der Salzige

Lasst uns froh und munter sein.

REISE, REISE!

Schraders festgeklebtes Alkoholikergrinsen schweift ölig im Zelt umher.

«Lustig, lustig, trallalallala, bald ist Nikolauausabend da.»

Ich bin weder froh noch munter und beschließe daher, liegen zu bleiben, wenigstens ein einziges Mal im Bett bleiben. Kein Mensch kann in meinem Zustand aufstehen, und ich schon gar nicht. Außerdem ist Sonntag. Ich habe die Rechnung allerdings ohne den Höllenklepper gemacht. Nach zehn Minuten Kontrollgang ist er wieder da.

«Was ist los mit dir? Hast du nicht gehört. REISE, REISE!»

Mir schlägt eine Fahne entgegen, als hätte er sich zwei Liter Doppelkorn über den Gaumen gedrückt. Gibt's nicht, alle besoffen gewesen gestern.

«Nee, ich kann nicht, ich bleib liegen.»

«Wie, du bleibst liegen, du hast sie ja wohl nicht mehr alle! REISE, REISE!»

«Nee, echt. Ich bin krank!»

«KRANK? So ein Quatsch. Los, raus.»

«Nee, das stimmt, ich lüg nich, ich bin wirklich krank.»

«Du spinnst doch. Ich sag's nich nochmal.»

«Nee, ich bleib liegen. Sie können ja dem Pastor Bescheid sagen.»

«Das muss ich gar nich.»

Er packt mich an den Beinen und versucht mich aus dem Bett zu zerren. Ich klammere mich mit beiden Händen am Gestänge fest.

«Hilfe, Hilfe!»

«HÖR AUF DAMIT JETZT. LOS KOMM, SONST MACH ICH ERNST!»

Herr Schrader ist zwar alt und fett und wird bald sterben, aber noch ist er mir körperlich haushoch überlegen. Ich gebe auf.

«So is vernünftig, aber mach das nich nochmal, ich schwör's dir. Ich warte vor dem Zelt, wenn du in einer Minute nich draußen bist, is was los, Meister.»

Obwohl endlich mal die Sonne scheint, herrscht bei der Morgenandacht eine ganz seltsame Stimmung. Alle sind bis auf die Knochen erschöpft, selbst der Pastor und seine Frau wirken angeschlagen. Was da wohl noch alles passiert ist? Die Nacht war ja noch lange nicht zu Ende, im Gegenteil, es wurde bestimmt noch richtig geil, außer für den dummen Peter, der hat's genauso übertrieben wie ich. Überhaupt Peter: Er scheint über eine ganz und gar unwahrscheinliche Regenerationsfähigkeit zu verfügen: Wie aus dem Ei gepellt sieht er aus: Frisches T-Shirt (Fisch-Symbol), frische Hose, das Gesicht abgeschwollen, sogar der Glanz ist in seine Augen zurückgekehrt.

Andacht Wolfram Steiß. Es geht los wie immer (Jesus, Gott, Menschen, Natur, Sünde), doch plötzlich kommt er auf die Vorkommnisse der vergangenen Nacht zu sprechen. So, wie er sich aufplustert, muss einiges aus dem Ruder gelaufen sein, noch viel mehr, als ich gedacht hatte. Und ich war nicht dabei!

Verständnis dafür haben, dass wir ab heute Zeltkontrollen machen ... schlimm, dass einige unser Vertrauen so missbraucht haben ... glauben, dass sie machen können, was sie wollen ... Verantwortung auch gegenüber euren Eltern ... Alkohol ... Entgleisung.

Nach dem Frühstück knöpfe ich mir Tiedemann vor. «Sag mal, was sollte denn das, du wolltest mich doch abholen?»

«Ja, stimmt, tut mir leid. Hab ich vergessen.»

«So was *vergisst* man doch nicht. Und wenn nun was passiert wäre?»

Er mustert mich komisch.

«Was soll denn passiert sein. Nu hör mal auf.»

«Und was ist bei euch noch so passiert?»

«Weiß ich auch nicht so genau. Ich bin irgendwann eingepennt, und dann ist Steiß gekommen, um vier oder so, und hat uns zusammengeschissen. Irgendwer muss gepetzt haben.»

«Und nu?»

«Jetzt geht's erst mal nicht mehr zu den Weibern. Hast ja gehört, Kontrollen ohne Ende.»

«Ach so.»

Ich tu enttäuscht, bin in Wahrheit aber heilfroh. Jetzt bleibt unsere Clique endlich wieder unter sich, wir spielen Doppelkopf bis zum Ende der Freizeit, und gut ist.

Keine Wolke am Himmel. Das kann ja heiter werden, haha. Bestimmt schon 25 Grad, und die nächsten Tage soll es noch heißer werden. Ich gehe zum Strand, Meer gucken. Schrader sitzt auf einer Bank, hustet und raucht LUX-Zigaretten. Er ist immer noch besoffen und quatscht wie gehabt auf Herrn Korleis ein:

«Egon, was machst du eigentlich, wenn der Dritte Weltkrieg ausbricht? Bist du gut vorbereitet?»

«Wie, vorbereitet, der bricht schon nicht aus.»

«Aber wenn doch, man muss doch vorbereitet sein!»

«Da kann man doch wenn nichts machen. Meinst du jetzt Vorräte anlegen, oder was meinst du überhaupt?»

«Vorräte is gut! Ich hab mir nämlich 'nen unterirdischen Bunker angelegt. Mit Sexsklavinnen. Von mir aus kann der Krieg kommen, bei mir is alles voller Sexsklavinnen, harharhar.»

Ein Wahnsinn. Jetzt ist er vollkommen durchgedreht, wenn das der Pastor hört. Korleis sieht zu, dass er Land gewinnt. Es naht Frau Wöllmann.

«Ey, Frau Wöllmann, was is denn mit dir los?»

«Was soll denn los sein?»

«War die Kette zu lang, oder wie bist du aus der Küche rausgekommen? Harharhar.»

Frau Wöllmann bekommt ein wächsernes Gesicht und geht, ohne ein Wort zu sagen, ins Haus zurück. Schrader schüttelt mit dem Kopf.

«Die ham doch alle keinen Humor, alle, wie sie da sind.»

Bimmel bimmel. Rinderroulade mit Erbsen und Wurzeln und Kartoffelbrei. Mir ist immer noch ein bisschen übel, und ich hab trotzdem Hunger, ganz ätzende Kombination. Na ja, ich lass es lieber. Wenn ich hier auch noch auf den Tisch kotze, dann ist eh alles zu spät. Ich schäme mich schon genug wegen gestern: «Das Äffche, erst ist's durchgedreht und dann hat's gebrochen! Schau mal, jetzt schon wieder! Das arme Äffche, schlimm.»

Detlef salzt wie üblich nach, das heißt, er versucht es, aber das Salzfass ist verstopft. Die Löcher zu klein, nass, irgendwas, es kommt einfach nichts, er kriegt schon einen steifen Arm vom Schütteln. Bald ist die Mittagszeit vorbei, ohne dass es schön salzig schmeckt.

In seiner Not begeht er einen entscheidenden Fehler: Er schraubt den Verschluss vom Salzfass und haut sich zirka die Hälfte auf den Kartoffelbrei. Dann rührt und manscht er mit der Gabel in der Pampe rum, bis aus dem Brei Lake geworden ist, Salzlake. Ich bin fassungslos und schaue mich um; Dirk Kessler hat sein Besteck zur Seite gelegt und beobachtet mit offenem

Mund den Salzwahnsinn. Endlich, endlich bemerkt es auch mal ein anderer! Dirk stößt den dürren, langen Karsten Petermann an, der sagt Thomas Rolfs Bescheid, und rasend schnell erfasst die Neuigkeit die umliegenden Tische. Laute Post. Tragischerweise ist Detlef derart im Salzrausch, dass er von alldem nichts merkt; konzentriert verteilt er den Rest des Fasses aufs Mischgemüse. Dirk Kessler ruft zu ihm rüber:

«Sag mal, was ist denn eigentlich mit dir?»

Detlef schaut irritiert von seinem Inferno auf.

«Meinst du mich? Wieso, was soll denn sein? Ist irgendwas?»

«Das ist doch wohl voll abartig, das kann man doch nicht mehr essen.»

«Wie, das kann man nicht mehr essen?»

Dirk schaut triumphierend in die Runde, dann erhebt er sich langsam und bedeutungsvoll, zeigt auf Detlef und sagt:

«Meine Damen und Herren, darf ich vorstellen: DER SALZIGE.»

Hysterisches Gelächter.

An sich kein besonders origineller Einfall, aber irgendwas ist mit dieser Wortschöpfung, sie hat etwas *Magisches*: DER SALZIGE.

«DER SALZIGE ist als Kind mal in ein Salzfass gefallen.»

Hysterisches Gelächter.

«Das ist doch unlogisch. Dann braucht er doch in seinem Leben *gar* kein Salz mehr.»

Hysterisches Gelächter.

«Stimmt auch wieder. Wisst ihr eigentlich, was heute Nachmittag aufm Programm steht?»

«Nee, sag mal.»

«Begehung eines Salzstollens. Die Führung übernimmt DER SALZIGE.»

Hysterisches Gelächter.

Kollektive Raserei, Atemnot, wir können vor Lachen nicht mehr weiteressen.

«Ey, SALZIGER, in Lüneburg gibt's 'n Salzmuseum, da musst du bald mal hin!»

Hysterisches Gelächter.

«Na, SALZIGER, wohin geht's im Urlaub? Salzgitter soll ja sehr schön sein!»

Hysterisches Gelächter.

«Auf der Rückfahrt können wir dich auch schon vorher absetzen. Ausfahrt Salzhausen!»

Hysterisches Gelächter.

Wir können nicht mehr. Volle Breitseite. Jetzt hat es ihn also doch noch erwischt. Das wird er nie wieder los. Kurze Verschnaufpause während des Nachtischs: Es gibt Eis, das gute Fürst Pückler von Langnese. Drei Eisfirmen beherrschen die Welt, Langnese, Schöller und Warnke. Eis von Warnke und Schöller habe ich in meinem Leben noch nicht gegessen, es gilt als minderwertig. Ist ja auch egal.

«Ey, SALZIGER, das Eis ist doch viel zu süß für dich, da kannst du von sterben. Hier, ich hab was für dich.»

Der lange, dürre Karsten Petermann reckt triumphierend seine rechte Faust in die Höhe, die eine Handvoll Salzstangen umklammert. Wo hat er die denn auf einmal hergezaubert?

«Heute Abend steht Mikado auf dem Programm. Du kannst Salzstangen nehmen, damit du dich wie zu Hause fühlst.»

Hysterisches Gelächter.

Es ist kein fröhliches, harmloses, evangelisches Gelächter mehr, sondern ein tierisches Röhren, das tief aus der Kehle kommt, dort, wo der Teufel Quartier bezogen hat. Wir kriegen uns überhaupt nicht mehr ein.

«Scheiße, ich hab meinen Kohlepfennig noch nicht gezahlt! Egal, nehm ich eben den Salzgroschen!»

Hysterisches Gelächter.

Die Hysterie steuert von einem Höhepunkt zum nächsten und erschüttert die Nougathöhle in ihren Grundfesten. Die Erwachsenen schauen ratlos zu uns herüber. Sie haben natürlich keine

Ahnung, was hier Irres vor sich geht. Man sieht Pastor Schmidt richtig an, wie es in ihm rattert; er ist sich unschlüssig, ob er eingreifen muss, weiß aber nicht, warum, und lässt es daher bleiben.

DER SALZIGE. Unfassbar, was dieses Wort auslöst, so was habe ich noch nie erlebt, ich schwör's. Detlef ist salzweiß im Gesicht. In Erwartung von noch Schlimmerem hat er den Kopf eingezogen und wartet darauf, dass er endlich eine gescheuert kriegt, damit der Spuk endet.

SALZIGER.

Über seinem Kopf schwebt ein riesiges Fragezeichen, er findet das alles überhaupt nicht witzig und versteht's auch nicht.

SALZIGER, so ein Quatsch. Wo er doch nur ganz normal auf alles Salz raufmacht, weil's ihm sonst nicht schmeckt. Er verzieht sich nach dem Essen sofort ins Zelt und hofft, dass bis zum Abend alles vergessen ist.

Die Trottel von der siebten Kompanie

Mir ist immer noch kodderig, außerdem bin ich vom Apfelkorn spitz wie eine DDR-Schwimmerin. Habe ich nämlich vor kurzem gelesen, dass die Warschauer-Pakt-Sportler dauergeil sind, weil sie bis zum Anschlag mit minderwertigen Ostblock-Hormonen vollgepumpt werden. Anders lässt es sich auch nicht erklären, dass die sogenannte «Deutsche», sogenannte «Demokratische», sogenannte «Republik» (CDU-Schweine-Häme) mit ihren schätzungsweise 22 000 Einwohnern bei den Olympischen Spielen mehr Medaillen holt als Amerika und die Sowjetunion zusammen!

Ich muss unbedingt entsaften. Und die Rosette spülen, lange, warm und gründlich, damit irgendwann mein Lebensplan in Erfüllung geht: Nach meinem Tod liege ich als eine unter unzähligen Leichen aufgebahrt in der Totenwaschanlage. Ich bin wie alle anderen total verrottet, mit Grieben, Flechten, Warzen und Geschwüren zugewachsen, grisseliges Haar überall und nirgends, Adernelend, die porösen Knochen tausendfach gebrochen, die altersfleckige Haut schorfig, vernarbt, verhornt und gerissen, der Schädel von einem durchgehenden gelben Schuppenkranz umrandet. Die Leichenwäscher stören sich nicht daran, sie sind einiges gewohnt. Gleich ist Feierabend, ich bin der Letzte in der Reihe, sie überlegen, ob sie mich bis morgen liegen lassen, ach was, den Schrumpfgermanen von Tisch neunundzwanzig schaffen wir auch noch. Dienst nach Vorschrift, alles wie immer, doch dann: Als sie meine Arschbacken auseinanderziehen, um mein Loch zu waschen, schimmert ihnen eine jungfräuliche Rosette entgegen, der Lohn jahrzehntelanger Reinigungsanstrengungen. So soll und wird es kommen eines Tages!

Ich schließe mich auf dem Klo ein und stelle mir vor, mit Ina und Petra auf einem Zimmer eingeschlossen zu sein, Wolfram Steiß hat den Schlüssel verschluckt. Splitterfasernackt liege ich auf dem Bett und fummel an mir rum, die beiden Weiber sitzen auf Drehstühlen, unterhalten sich über alles Mögliche und beachten mich überhaupt nicht. Meine geile Affenbanane ist doppelt so groß wie sonst. Interessiert die nicht. Sie füttern sich gegenseitig mit Kaugummis und setzen ihr Schwätzchen fort. Ich stecke mir einen Finger in den Po. Nichts. Als gäbe es mich gar nicht.

Auch schon wieder geil. Geile Vorstellung, muss ich mir unbedingt merken. Ist das erbärmlich, sich auf dem zugigen Klo einen zu wedeln. Egal, leer gewichst und leer geschissen.

Am Nachmittag ist kein Programm, freie Zeiteinteilung, wegen Sonntag. Wir treffen uns in Heikos Zelt, um zu beratschlagen, was wir machen. Roland schlägt vor, in die Stadt zu gehen, vielleicht ins Kino, Nachmittagsvorstellung. Oder Eisdiele oder abhängen und rauchen undundundoderoderoder. Die anderen sind einverstanden.

Latsch latsch, schlurf schlurf, watschel watschel.

«Was lief denn gestern noch?», frage ich Heiko, doch der reagiert seltsam reserviert.

«Nix weiter.»

«Wieso, ihr habt doch rumgemacht, das ging doch sicher noch weiter.»

«Ich bin ihr unter die Bluse gegangen.»

«Echt? Mehr nicht?»

«Nö.»

Tiedemann mischt sich ein: «Nun erzähl schon!»

«Nee, lass mal», sagt Heiko.

«Komm.»

«Nee, echt nicht.»

Wieso denn nicht?»

«Nee.»

«Wenn du's nicht erzählst, erzähl ich es.»

Heiko knickt ein.

«Ach, egal, von mir aus. Ist mir doch egal.»

Tiedemann schaut mich triumphierend an:

«Susanne hat ihm voll ins Maul gekotzt.»

«Hä, wie, versteh ich nicht.»

«Die war am Ende total besoffen, beim Knutschen ist es ihr dann plötzlich gekommen, und sie hat Heiko volles Brett in den Mund gegöbelt.»

«IIIiiiiihhhh.»

Heiko ist die Angelegenheit sichtlich unangenehm.

«Ja, ist ja gut, jetzt wissen es ja alle. Können wir jetzt vielleicht über was anderes reden?»

«Ja, ja.»

Hat sie ihm doch echt in den Mund reingekotzt! Jetzt wird sich Heiko lebenslang vor Susanne Bohne ekeln wie ich vor Apfelkorn. Na ja, auch nicht weiter wild, Heiko wird's überleben, und um Susanne Bohne muss man sich auch keine Sorgen machen.

Um mich hingegen schon. In einem halben Jahr werde ich siebzehn. Wenn bis dahin nichts passiert ist, kann man's wohl vergessen. Ich benötige einen gewaltigen Wachstumsschub, explosionsartiges In-die-Höhe-Schnellen binnen weniger Tage oder Wochen. Ich wachse schneller, als ich essen kann, meine Mutter kommt mit dem Einkaufen und Kochen nicht hinterher, aber nützt ja nix, ich muss essen, essen, essen, das sieht selbst

176

meine Mutter ein, die will ja schließlich auch keinen Pygmäen zum Sohn.

Ja, bald muss es passieren.

Latsch latsch, schlurf schlurf, schlender schlender.

Es ergeben sich interessante Gespräche.

«Ist das eigentlich Körperverletzung, wenn man jemand voll ins Gesicht rülpst?», fragt Tiedemann, und Roland sagt:

«Wie kommst du denn jetzt *darauf*?»

«Weiß nicht, ist mir gerade eingefallen. Stell dir mal vor, du gehst zu jemand hin und rülpst dem volle Kanne ins Gesicht, und dann stinkt das nach Eiern und alten Mettbrötchen. Für mich ist das Körperverletzung. Was wär dir eigentlich lieber, jemand haut dir voll eine rein, oder er rülpst dir eine Stunde ins Gesicht?»

«Wieso denn gleich eine Stunde? Das schafft doch kein Mensch, jemandem eine Stunde ins Gesicht zu rülpsen.»

«Das frag ich 'nen Anwalt.»

«Du kennst doch gar keinen.»

«Ja.»

Pause.

«Es müsste mal einer 'ne Kackstelze erfinden.»

«Was soll das denn sein?»

«Wenn du unterwegs bist und Arschdruck hast. Dann steigst du auf die Stelze und kackst los.»

«Ach, hör mal auf jetzt mit dem Scheiß.»

«Kacken wie bei Muttern.»

Pause.

«Pisst du zu Hause eigentlich ins Klo oder ins Waschbecken?»

«Waschbecken. Klo ist totale Wasserverschwendung.»

Pause.

«Mathematik ist total bescheuert. Das stimmt doch schon in sich nicht.»

Irgendwie kommt keine Stimmung auf. Kaum hat man mal einen Nachmittag frei, ist das auch schon wieder nicht gut. Nichts ist, wie es sein soll. Wir fragen uns zum Kino durch. Das einzige Kino in Scharbeutz heißt *Kurbel*. *Kurbel*, guter Name für ein Kino. Es ist zehn vor drei, gleich beginnt die Nachmittagsvorstellung. Wir entscheiden uns drei zu eins dafür, reinzugehen. Tiedemann ist dagegen, aber nützt ja nix.

Die Trottel von der siebten Kompanie, keiner von uns hat jemals etwas von dem Film gehört. Freigegeben ab zwölf, viel Gewalt kommt da dann leider wohl nicht drin vor. *Rocky* oder *Star Wars* schaffen es nicht bis Scharbeutz, den Scharbeutzern ist gleichgültig, was gegeben wird, es geht denen nur darum, überhaupt ins Kino zu gehen.

Außer uns verlieren sich nur noch ein paar Bundeswehrsoldaten in dem muffigen Fünfziger- oder Vierziger- oder Dreißiger-Jahre-Saal. Das Beste am Kino ist die Werbung, die ist viel aufwendiger und witziger als Fernsehwerbung, richtige Kunstwerke sind dabei: Ein Mann schleicht sich nachts im Nachthemd zum Kühlschrank und nascht heimlich was. Die Soldaten lachen. Ich lache mit, obwohl ich nicht weiß, warum, ein Mann der heimlich nascht, ist ja nun nicht gerade lustig. Aber die Soldaten sind viel älter als ich, sicher gibt es einen guten Grund, weshalb sie lachen, und ich bin nur zu doof, den zu kapieren. Also lache ich, wenn die Soldaten lachen.

Der Film, eine französische Kriegskomödie, ist ganz und gar unterirdisch, schlimmer als alle Didi-Hallervorden- und Heinz-Erhardt-Filme zusammen: Drei Soldaten verlieren den Anschluss an ihre Kompanie und werden in haarsträubende Abenteuer verwickelt. Der Franzmann ist ja nun sowieso nicht gerade für seinen Humor bekannt, einzige Ausnahme: Louis de Funès. Der Film ist eine Zumutung, selbst wenn man Sonntagnachmittag und Scharbeutz abzieht. Eigentlich müsste man schon aus Protest gehen, aber wohin? Zum Glück ist die *Kurbel* ein Raucherkino. Wir rauchen wie die Verrückten, obwohl es eh schon unerträglich heiß und stickig ist. Ich habe schrecklichen Durst, aber es gibt nichts zu trinken, und ich hätte auch gar kein Geld. Die Soldaten haben dem Feuerwerk der Langeweile bald auch nichts mehr entgegenzusetzen. Im Zweiten Weltkrieg gab es keine Kühlschränke, aus denen man sich nachts heimlich was holen konnte. Sie hocken teilnahmslos in den gepolsterten Plüschsesseln, schwitzen sich in ihren daumendicken Ausgeh-uniformen zu Tode und sehnen wie wir das Ende des Films herbei. Fünf Freunde im Kino: Unter jedem Platz befindet sich ein Kühlschrank mit frischen Leckereien: Erdbeerquark. Eis. Ein Krug Limonade mit Eiswürfeln. Fruchtjoghurt. Früchte. Wunderbar kühle Milch. Malzbier.

Wieso ist der Film eigentlich erst ab zwölf freigegeben? Da kommt ja *gar keine* Gewalt drin vor! Endlich, die Trottel haben ihre Kompanie wiedergefunden, jetzt ist der Film bestimmt zu Ende! Ich schaue auf mein Handgelenk, aber da ist keine Uhr. Irre alles.

Der Film ist doch noch nicht vorbei. Ich kann nicht mal mehr rauchen, überraucht. Wenn wenigstens ein japanischer Science-Fiction-Schocker laufen würde, mit schlecht gemachten Monstern, die aussehen, als hätten Dreijährige sie konstruiert. Ich denke nach, weiß aber nicht, worüber. Das ist die Jugend, fällt mir ein. Schrecklich leer fühle ich mich, die Trottel haben mich ausgehöhlt. Vielleicht läuft im Film noch ein anderer, unsichtbarer Film, der macht, dass ich mich so fühle. Ach, ich weiß es doch auch alles nicht. Wenn mein Leben nun immer so weitergeht, wie es jetzt gerade ist? Das wäre ein Wahnsinn.

Die Soldaten halten es nicht mehr aus und verlassen vorzeitig das Kino. Meine Augen tränen vom Rauch, vielleicht haben sie sich auch entzündet. Von Tränen bekommt man Tränensäcke. Ob *ich* wohl später mal Tränensäcke bekomme? Das ist eines der vielen Dinge, die ich unter allen Umständen vermeiden will, allein schon, weil das Wort so abstoßend ist: TRÄNENSACK. Andere abstoßende Wörter: Warzenhöfe. Steißbein. Prostata.

Harnsäure. Ich denke mir eine Produktwerbung gegen Tränensäcke aus.

Haben auch Sie Probleme mit Ihren Tränensäcken? Hässliche Hauttaschen, die von Tag zu Tag größer werden und immer tiefer herunterhängen?

Träumen Sie auch, Sie wachen auf und sind Derrick?

Dann ist es Zeit, etwas dagegen zu tun!

Zeit für die Augensackpumpe «Trainless» (Train wie Träne, die richtige englische Vokabel fällt mir nicht ein).

Die kleine und handliche Pumpe lässt sich bequem überallhin mitnehmen, und Sie können Ihre Augensäcke problemlos abpumpen, im Zug, im Auto, beim Essen mit Freunden.

Nie wieder Augensäcke und für immer schön!

Mit der Augensackpumpe «Trainless».

Endlich, der Abspann! Beim Aufstehen backe ich am Sessel fest. Haha, voll in ein Kaugummi gesetzt, witzig.

Heiko schlägt vor, noch in die Eisdiele zu gehen, Tiedemann will unbedingt zurück. Nach Hause, sagt er. Kaum ist man irgendwo länger als einen Tag, ist es gleich das neue Zuhause. Aus Fairnessgründen gehen wir mit Tiedemann zurück; er war schließlich auch gegen seinen Willen im Kino. Vielleicht schaffen wir es pünktlich zur Badezeit. Ich will zwar nicht schwimmen, halte es aber aus irgendwelchen Gründen trotzdem für eine gute Idee, zur Badezeit wieder zurück im Lager zu sein. Im Lager, denke ich, genau.

Auf dem Rückweg reden wir kein Wort, die Vorstellung hat uns endgültig verstummen lassen. Vielleicht ist das ja doch kein Quatsch mit dem Film im Film. Ein Film im Film im Film. Ein Film im Film im Film im Film. Ein Film im Film im Film im Film im Film. Mir wird ganz schwummerig, ich denke an Russenholzmamifiguren, die man aufschrauben kann, und dann kommt die Russenmami und dann noch eine und noch eine und noch eine, bis in alle Ewigkeit. Meine Güte! Ich muss schon wieder kacken, obwohl ich nichts gegessen habe. Das ist genau das entgegengesetzte Extrem, ich beginne mich selbst zu verdauen. Mir ist zufällig der dazugehörige Fachbegriff bekannt: Morpholomie, die Angst, sich selbst zu verdauen. Ich bin so erledigt, dass ich mich ins Bett lege und die Badezeit verpenne.

Abendandacht (Peter Edam): Jesus ist größer als du.

Ich habe richtig Hunger, keinen Appetit, sondern Hunger. Bei Appetit läuft einem nur das Wasser im Munde zusammen, bei richtigem Hunger schreit jede Pore und Zelle des Körpers nach Nahrung.

Körper: «Hölfe hölfe, ich hab so Hunger!»

Frau Thieß: «Hier, kriegst schön Graubrot, Schwarzbrot, Margarine, schlimme Augenwurst, Mettwurst, Scheiblettenkäse, Sülze und Hagebuttentee.»

Körper: «Ach ja, danke.»

Detlef ist nicht auf seinem Platz. Der Salzige fehlt, denke ich, vielleicht hat er einen Schock, einen Salzschock. Salzschock, den muss ich unbedingt bringen:

«Ey, Leute, hat jemand DEN SALZIGEN gesehen?»

Sofortiges hysterisches Gebrülle und Gejohle.

Ich wieder: «Der kommt heute nicht zum Essen. Salzschock!»

Hysterisches Gelächter.

Als ob er's gehört hätte, kommt Detlef an seinen Platz geschlichen: Er wollte wohl extra unauffällig später kommen, damit es nicht gleich wieder losgeht. Falsch gedacht, SALZIGER! Sofort werden sämtliche verfügbaren Salzfässchen um seinen Platz herum drapiert. Das Gelächter kennt jetzt schon keine Grenzen.

«Ey, SALZIGER, was zu trinken?»

«Hol ihm ma einer ein Glas Salzwasser!»

Hysterisches Gelächter.

Atemnot, Krämpfe, Einpissen. Sagenhaft, was hier im Gange ist. Pastor Schmidt reicht es. Er kommt angestiefelt, um nach dem Rechten zu schauen.

«Was ist denn hier eigentlich los? Darf man mitlachen?»

«Ach, nichts weiter, die salzige Seeluft macht lustig.»

Hysterisches Gelächter.

Selbst der Pastor hat dem Dammbruch nichts entgegenzusetzen. Kopfschüttelnd kehrt er an seinen Platz zurück. Wenn der wüsste!

Detlef ist bleich wie sonst was und pult die Rinde von einer Scheibe Graubrot.

«Zu fad? Nachsalzen!»

Hysterisches Gelächter.

Auweia, jetzt hat es ihn erwischt, ich hab's die ganze Zeit gewusst.

Abends bleibt Detlef im Zelt. Wahrscheinlich hofft er, dass sich die Lage entspannt und morgen wieder alles beim Alten ist. Kann ich mir *nicht* vorstellen.

Roland will trotz Verbots unbedingt zu den Weibern rüber, aber da hat er die Rechnung ohne den dummen Peter gemacht: Der Gemeindehelfer sitzt, eingehüllt in eine Pferdedecke und bewaffnet mit einer mannsgroßen Stabtaschenlampe Marke Bundeswehr, auf den Stufen der Baracke, entschlossen, einen erneuten Exzess im Keim zu ersticken. Niemand wird von der Jungen- zur Mädchenseite oder umgekehrt gelangen, Demarkationslinie heißt das, Naher Osten. Aufgepasst, Roland Schmidt-Wagenknecht, so einfach austricksen wie die Edekatante lässt sich Peter nicht. Ich erfahre, warum Roland so sauer und enttäuscht ist: Petra und er sind seit gestern offiziell zusammen. Einzelheiten über ihre Beziehung sickern durch: Wenn Roland mehr als dreimal mit einer anderen knutscht, ist Schluss.

Der dumme Peter sitzt vornübergebeugt auf den Stufen und liest. Er hat Ohren wie ich (Luchs); sobald das kleinste Geräusch zu hören ist, legt er das Buch zur Seite und lauscht angestrengt. Alle paar Minuten trete ich gegen die Zeltwand oder mache andere laute Geräusche, um ihn zu ärgern. Jedes Mal kommt er aus dem Lesefluss und muss die gleiche Seite immer und immer wieder lesen, der Dummbatz. Das hat er nun davon. Pinkeln kann die Lagerleitung jedoch nicht verbieten. Ich schlendere demonstrativ langsam auf der Wiese umher, wobei ich peinlich genau darauf achte, auf der Jungenseite zu bleiben. Der dumme Peter guckt misstrauisch, kann aber nichts machen. Dann gehe ich aufs Klo und kann tatsächlich nochmal scheißen. Als ich fertig bin, bleibe ich sitzen und mache mit dem Mund laute Pups- und Kackgeräusche. Er soll über die erste Seite nicht hinauskommen, niemals. Ich bin vielleicht ein perverses Schwein. Dabei hat Peter es doch eigentlich nicht verdient, dass ich ihm seinen einsamen Job noch zusätzlich erschwere. Als ich zum Zelt zurückstapfe, zwinkert er mir launig zu:

«Na dann hoffe ich mal, dass es nichts Ernstes ist, haha.»

Peter ist *echt* dumm.

Von der Scheißerei habe ich mir den nächsten Arschbrand geholt. Im Schlafsack schmiere ich mir eine Fuhre Nivea in die Rosette. Mir fällt die Augensackpumpenwerbung wieder ein. Augensäcke. Arschbrand. Fängt beides mit A an. Gegen Arschbrand gibt's Nivea, und die haben ihre eigene Werbung. Was kann man am Arsch noch haben? Schwitzarsch!

Fühlen Sie sich oft unhygienisch im Analbereich?

Die Fakten: Mehr als vierzig Prozent aller Männer leiden im Pobereich unter verstärkter Transpiration, dem sogenannten Schwitzarsch.

Ein ewig feucht-klammer Hosenboden verursacht allgemeines Unwohlsein und ein mangelhaftes Frischegefühl. Sie mögen niemandem mehr den Rücken zudrehen, sind nervös und unsicher.

Doch ab sofort müssen sich Männer nicht mehr schämen!

Denn jetzt gibt es die Schwitzarscheinlage «Drainage Comfort».

Hauchdünn und unsichtbar legt «Drainage Comfort» den Problembereich trocken, ähnlich einer richtigen Drainage, wie sie zum Abpumpen von Grundwasser benutzt wird.

«Drainage Comfort» ist Ihrem Schweißfluss angepasst, fügt sich dank Passform diskret in Ihre Unterhose ein und verbleibt beim Ausziehen in selbiger.

Das sichere Gefühl beim Aussteigen, Aufstehen oder Ausziehen möchten Sie schon bald nicht mehr missen.

Nie wieder Angst vor peinlichen Situationen, zum Beispiel im Puff.

Nur in der Apotheke.

In Mini, Midi und Maxi.

Nie wieder Schwitzarsch mit «Drainage Comfort».

Steilküste

Kommet, ihr Hirten

REISE, REISE!

Strahlender Sonnenschein, kein Wölkchen verschandelt den hohen Scharbeutzer Augusthimmel. Ich bin bestens gelaunt, das kenne ich gar nicht von mir. DER SALZIGE muss wieder einstecken: Dirk Kessler löst das *Frau-im-Spiegel*-Kreuzworträtsel.

«Na, wie weit bist du?», fragt der lange, dürre Karsten Petermann.

«Gleich fertig.»

«Und, hast du schon das Lösungswort?»

«Logisch. Salzwasser.»

Hysterisches Gelächter.

«Und, was ist der Hauptgewinn?»

«Ein Sack Salz.»

Hysterisches Gelächter.

Detlef hat seit zwei Tagen so gut wie nichts mehr gegessen.

Nach der Andacht erklärt Wolfram Steiß den Tag aufgrund des Topwetters zum Badetag. Wer will, könne mit zu einem anderen Strand kommen, auf der westlichen Seite von Scharbeutz, der angeblich viel schöner ist als unser Abschnitt. Wie, westliche Seite, schöner? Ich kann mir nicht vorstellen, dass irgendein

Strand schöner ist als unserer, außer vielleicht die endlosen weißen Strände der Karibik, wo aber sowieso kein Mensch hinkommt, und empfinde die Bemerkung als Beleidigung für unseren Nougatstrand. Überhaupt Steiß, von Tag zu Tag wird er unsympathischer, undurchschaubarer und schlechter gelaunt. Vielleicht ist er auch nur sauer, weil er noch nichts vor die Flinte gekriegt hat. Das wird auch nichts mehr, denn *unsere* Mädchen sind immun gegen seine geile Bumsstimme und den fleckigen Jesusbart, es hat sich herumgesprochen, was für ein elender Fick- und Fummelbock er ist. Die Girls, allen voran Susanne, machen sich einen Spaß daraus, ihn nach allen Regeln der Kunst in den Wahnsinn zu treiben. Ihre Miniröcke verrutschen in seiner Gegenwart gern mal «aus Versehen» und geben den Blick frei auf strahlend weiße Höschen. Susanne hat's echt raus: Wenn sie mitbekommt, dass Steiß sie mal wieder im Visier hat, leckt sie sich aufreizend die Lippen, wackelt mit ihrem Apfelpo und schiebt die Riesenglocken in Position. Daran wird er sich gewöhnen müssen.

Während uns Steiß und Edam zum Strand geleiten, bleibt Pastor Schmidt mit den Erwachsenen in der Nougathöhle, wie immer. Rätsel Erwachsene: Sie rauchen und lesen (*Quick*) und lesen (*Kicker*) und rauchen und rauchen und lesen (*Frau im Spiegel*) und bleiben völlig unbeeindruckt vom strahlenden Sonnenschein. Ihnen wäre wahrscheinlich lieber, wenn es vierzehn Tage regnen und stürmen und blitzen und hageln und donnern und schneien würde, dann könnten sie guten Gewissens rauchen und lesen und würden jeden Abend vom Fernsehprogramm erlöst.

Steiß behält tatsächlich recht, der Streberstrand ist schöner, weißer und vor allem sauberer. Keine Steine und Algen und Plankton und Schmadder und Muscheln und Dosen und Schachteln und Kippen. Na ja, hier wird schließlich auch Kurtaxe erhoben, am Nougatstrand nicht, und in 343 Mark sind natürlich keine Gebühren für eine professionelle Strandreinigung enthalten. Der Vorzeigestrand verfügt sogar über eine eigene Steilküste. Na, so steil ist sie nun auch wieder nicht, aber vier, fünf Meter sind es schon. Wenn man runterfällt, ist man tot, denke ich, nur darum geht's, ob man tot ist, wenn man runterfällt. Tiedemann entledigt sich seines Pfeffer-und-Salz-Mantels, zum ersten Mal, wurde auch Zeit, er macht sich sonst langsam zum Idioten. Sein T-Shirt behält er an.

«Ey, Tiedemann», brüllt Roland, «willst du nicht dein T-Shirt ausziehen?»

«Nö», sagt Tiedemann.

Bei der Hitze T-Shirt anbehalten? Der hat doch was zu verbergen! Vielleicht eine Trichterbrust oder meterlange Narben? Mir fällt ein, dass ich ihn auch noch nie im Waschhaus gesehen habe. Ich lasse meine Zehen von der bitterkalten Ostsee umspielen. Muscheln, alles voller Muscheln. Wo kommen Muscheln eigentlich her?

«Wenn du dich umguckst, dann siehst du nichts als Steilküste.»

Harald! Er spricht *normal* mit mir! Was ist denn mit dem los?

«Wenn du da hochkraxelst, bist du ganz alleine da oben und kannst dir mal so richtig schön in den Arsch reinkacken.»

Ach so, alles in Ordnung. Er legt sich auf sein Handtuch. Der zahnlose Harald, Hund ohne Knochen, Tiger ohne Zähne, Giraffe ohne Hals. Roland und Petra verschwinden im Hang. Jetzt, wo sie offiziell zusammen sind, nutzen sie natürlich jede Gelegenheit, um Sauereien zu machen. Sie kraxeln und kraxeln, und Petra rutscht dauernd ab, die dumme Schnepfe. «Sie gingen in die Wand und kehrten nie zurück», fällt mir ein. Vielleicht geht's ihnen ja so wie den Internatsmädchen in dem genialen Film *Picknick am Valentinstag*, die sind überhaupt nie wieder aufgetaucht, und das Internat musste schließen. Ich lege mich zu Heiko und Tiedemann. Heiko erzählt, er wolle Profifußballer werden. Aktuell spiele er bei Sankt Pauli in der Leistungsklasse und bekomme vom Verein eine HVV-Monatskarte, Trainingszeug und Fußballschuhe gestellt. Angeber. Außerdem behauptet er, im Kader des *Siebzigeraufgebots für die Jugendnationalmann-schaft* zu stehen. Siebzigeraufgebot, so ein Schwachsinn, das gibt's bestimmt gar nicht. Ich bin tausendprozentig sicher, dass er lügt, aber beweisen kann ich's nicht, erst zu Hause wieder, da erkundige ich mich, aber dann ist es eh zu spät.

Tiedemann schließt die Augen und döst, und ich nehme *einen Bukowski* zur Hand. Alles ganz friedlich, ein paar spielen Strand-federball mit extraschweren Bällen, die meisten dösen, sonnen sich oder lesen. Heiko ist eingepennt. Wie er so unschuldig daliegt, fällt mir auf, wie hübsch er *wirklich* ist. Trotz blauer Augen und blonder Engelsmähne ist er der Braunste von allen. Was für ein Glück muss es sein, auszusehen wie einer, der aussieht wie Heiko Rost. Sein Schwanz sieht in der Badehose normal groß aus. Ob er sich an der Matratze reibt, es mit den Händen macht oder noch eine ganz andere Technik verwendet, von der ich noch nie gehört habe? Hohe geistliche Führer sind in der Lage, sich kraft ihrer Gedanken leer zu saugen. Bewusst-seinswichsen, das nennt man dann auch nicht mehr Onanie. Auch interessant: Gandhi hat mal mit mehreren jungen, geilen Weibern die Nacht verbracht, in der festen Annahme, danach endgültig von der Fleischeslust befreit zu sein. War aber nicht so. Es lief zwar nichts, aber hinterher war er spitzer als je zuvor. Das muss man sich mal vorstellen! Mahatma Gandhi ist trotz jahrzehntelanger Askese und spiritueller Übungen wie alle anderen in die Knie gegangen. Und da war er wohlgemerkt kein junger Mann mehr, sondern ein Heiliger.

Meine Güte, ist das heiß. Viel zu heiß, um an die durch-gefrorenen Landser im Zweiten Weltkrieg zu denken, das wäre jetzt echt Quatsch. Peter Edam schnarcht, dass der ganze Strand vibriert. Der trinkt bestimmt heimlich, denke ich, heimlich unheimlich, würde meine Oma jetzt sagen. Gestern war er noch so panisch, und jetzt röchelt er vor sich hin, als gäb's kein Mor-gen. RRRRRAAAAARRRCH. Minutenlanger Atemstillstand. So schnarchen nur Säufer.

Vom Meer kommt eine Möwe angeschwirrt. Schwirr, flatter, segel. Sie wird langsamer und langsamer, und je näher sie kommt, desto klarer wird mir, dass sie ein bestimmtes Ziel vor Augen hat: Peter Edam. Gleich wird sie ihm ins Gesicht scheißen, ich weiß es einfach. Eigentlich hab ich's überhaupt nicht mit Träumen oder Ahnungen oder Vorhersehungen, ich hab in meinem ganzen Leben nur einen einzigen Traum gehabt, der Wirklichkeit geworden ist: Abba gewinnt den Grand Prix. Muss man sich mal vorstellen, Abba, die kannte damals keiner, ich auch nicht, aber ich hab's exakt so geträumt, wie es wenige Tage später gekommen ist.

Und jetzt wird zum zweiten Mal eine Eingebung Realität: Die Möwe trifft den dummen Peter unterhalb des Auges an der rechten Wange. Volltreffer, Schiff versenkt. Er zuckt kurz mit den Mundwinkeln, dann schnarcht er weiter. Ich schaue mich um, alle dösen, lesen, schwimmen, schwatzen, keiner hat was bemerkt. Das Vieh macht einen großen Bogen und fliegt erneut auf Peter zu. Ja, denke ich, jetzt scheißt sie ihm einen schönen Vollbart, damit er endlich so aussieht wie Pastor Schmidt und Diakon Steiß. Später, wenn er sein Gesicht im Spiegel betrachtet, wird ihm plötzlich klar, dass ihm so ein Bart hervorragend steht. Dann wäscht er die Kacke aus dem Gesicht und lässt sich einen richtigen Bart stehen. Doch die Möwe lässt Peter links liegen und verschwindet hinter der Steilküste.

Zum Mittagessen hat uns Frau Thieß Wurst- und Käsebrote geschmiert. Beilage Gewürzgurken und Tomatenachtel, zum Nachtisch Butterkuchen. Was die fünf Freunde jetzt wohl gerade für unwahrscheinliche Leckereien in sich hineinstopfen? Lange nichts mehr von ihnen gehört, die fünf Freunde verblassen, wie die Landser, langsam, aber sicher im Glanz des größten lebenden Schriftstellers Charles Bukowski.

Ihr vielleicht bestes Abenteuer bestreiten die fünf Freunde um, bei und auf einem Leuchtturm, und so heißt das Buch auch: *Fünf Freunde auf dem Leuchtturm*. Da man auf Leuchttürmen bekanntermaßen von der Außenwelt abgeschnitten ist, benötigt man besonders viel Proviant und Notreserven: Ihre Mutter hat zwei Tage und zwei Nächte in der Küche gestanden und einen riesigen Picknickkorb vorbereitet: Extradicke Salami, knusprig gebratene Hühnchenbrust, hartgekochte Eier, Kartoffelsalat, zartes Roastbeef mit Remouladensoße, ein Brot- und Brötchen-korb, Hackbällchen mit Ketchup, Senf und Mayonnaise, Obst-kuchen (Kirsch und Himbeer), knusprige Kekse, knackfrische Kartoffelchips, leckeres Weingummi und ein mit Weintrauben und Salzstangen dekorierter Käseteller. In der westlichen Ecke des Picknickkorbs finden Kühlelemente Platz, damit Erdbeeren, Joghurt und köstlich-prickelnde Limonaden stets eiskalt und frisch bleiben.

Irgendwie herrlich, so eine Badetag. Man kann förmlich spü-ren, wie die Haut braun wird, das Haar ausbleicht, der Körper sich strafft und man eins wird mit Sonne, Sand, Meer, Natur, Steilküste und Gezeiten. Bei mir ist das leider nur Einbildung, beim schönen Heiko nicht, dem genügt bereits *ein* lächerlicher Badetag, um auszusehen wie Tarzan. Er hat die Ellenbogen im schneeweißen Sand aufgestützt und blickt gedankenverloren auf die unendliche See. Friedlich und blau, mit winzigen Wellen und noch winzigeren Krönchen, harmloser kann ein Meer nicht aussehen. Dabei ist es in der Lage, sich in Sekundenbruchteilen in einen brüllenden Moloch zu verwandeln, der schon für Aber-tausende deutscher Landser zum nassen Grab wurde. Ich beob-achte Heikos unaufdringliches Muskelspiel, seine ebenmäßige Haut, die wohlgeformten Beine, den kleinen, strammen Fuß-ballerpo, und immer wieder saugt sich mein Blick an seiner weizenblonden Löwenmähne fest. Er gleicht einem Jüngling aus einer antiken Sage. Wie es wohl wäre, wenn ich ihn im Zelt überrasche, er ist zufällig alleine, wortlos lege ich mich auf ihn, er schließt gleich die Augen und öffnet seine warmen, weichen, leicht von Joghurt glänzenden Lippen. Meine Zunge tastet in seiner dunklen, warmen Mundhöhle vorsichtig umher, ich beiße und lecke sanft sein Ohr, meine kleine, ungelenke Hand fährt an den Innenseiten seiner Schenkel lüstern auf und ab. Als ich sein enges Jeansgefängnis ertaste, spüre ich die Verhärtung seines Geschlechts.

Ach Quatsch, Verhärtung seines Geschlechts! Was ist denn das wieder für eine gestelzte Ausdrucksweise (Böll, Grass, Lenz, Mann)!

«Seinen wild pulsierenden, knüppelharten Pumpenschwengel», so muss es heißen. Bukowski selbst ist auf Pumpenschwengel gekommen, genial.

Weiter im Text: Wir verstehen uns blind, und ohne dass wir es absprechen müssen, läuft alles auf mein Lieblingsspiel hinaus, Vergewaltigung: Heiko ist der Patient und liegt halbseitig gelähmt im Krankenhaus, ich bin Arzt und muss ihn für die morgige OP gründlich durchchecken. Zuerst mache ich die Anamnese, ich befrage ihn ruhig und sachlich nach Allergien, kläre ihn über mögliche Risiken auf. Dann taste ich ihn am ganzen Körper ab, ich bin Arzt. Er lässt es mit geschlossenen Augen geschehen, ich spüre, wie er bebt und zittert. Die Untersuchung ist sehr gründlich und dauert entsprechend lange, was soll ich machen, ich bin Arzt. Heiko wird rot, er flüstert und stöhnt: «Muss das wirklich so, nein, nicht auch noch da, bitte, ah, ah, oh.» Er wühlt seinen Kopf tief ins Kissen, mehr kann er nicht machen, er ist ja gelähmt. «O nein, ja, bitte, ich schäme mich so.» Aber was soll ich machen, ich bin schließlich Arzt.

Ach egal, wird eh nix. Ich warte darauf, dass mein Ständer abklingt, weil ich mal ins Wasser muss, abkühlen, runterkommen. Plötzlich springt Peter Edam wie von der Tarantel gestochen auf. Der Möwenschiss, denke ich, jetzt hat er's endlich gemerkt! Aber statt sich die Kacke aus dem Gesicht zu prokeln, springt er mit drei, vier Riesensätzen zu Detlef rüber. Jetzt sehe ich die Bescherung: Der Dummbatz hat sich nicht eingecremt und ist dann in der prallen Sonne eingeschlafen! Krebsrot, DER SALZIGE! Aua aua aua, das tut ja schon vom Hingucken weh.

Der wird die Nacht nicht überleben. Wir gucken jedenfalls so, als würde er die Nacht nicht überleben, und Detlef gerät in Panik, weil er's auch glaubt. Peter schmiert ihn mit irgendeiner Notsalbe ein, was aber auch nicht mehr viel nützen dürfte. Dass es bitter für Detlef werden würde, wusste ich ja, aber so bitter? Peter und Wolfram Steiß sprechen kurz das Vorgehen ab, dann zieht sich Peter hastig an und bringt den wimmernden Detlef zurück in die Nougathöhle. Mit Kackbart, weil alles so schnell gehen musste! Kurz vor sechs bläst Diakon Steiß ins Horn, Abmarsch für den Rest.

Im Zelt behandelt ein Arzt (echt) den puterroten Detlef. Den hat's echt richtig erwischt, er jammert und phantasiert, ab jetzt muss er das Zelt hüten bis zum Sankt-Nimmerleins-Tag.

Aufgrund des Superwetters Programmänderung: Lieder-abend, wie beim letzten Mal mit Lagerfeuer, Würstchen, Nacken-koteletts, Backkartoffeln und Stockbrot. Der frischgewaschene Peter Edam singt sich die Seele aus dem Leib: *How Many Roads* von Bob Dylan, Stimmungslieder zum Mitgrölen.

Peter singt vor: *He alele.*

Alle: *He alele.*

Peter: *A ticki ticki tomba.*

Alle: *A ticki ticki tomba.*

Peter: *Amassa massa massa.*

Alle: *Amassa massa massa.*

Usw. Klingt irgendwie afrikanisch. Aber auch *Sag mir, wo die Blumen sind* und eklige Christenschlager (*Danke, Herr, deine Liebe*) dürfen nicht fehlen. Trotzdem schön. Die Gemeinschaft ist zusammengewachsen, das spürt man. Ganz zum Schluss *we shall overcome.* «*Deep in my heart, I do believe, we shall overcome some day.*» Wir stellen uns im Kreis auf und nehmen uns bei den Händen.

Ich stehe leider nicht zufällig neben Susanne Bohne, son-dern zufällig neben Herrn Schrader. Seine Hand fühlt sich ganz schweißig und schwielig und zerfurcht und zerrupft und stumpig und abgearbeitet und runzlig und speckig an. Na ja, egal, wird schon nichts Ansteckendes sein. Nach dem ersten Refrain wird sein Händedruck fester. Ich mustere ihn unauffällig, er singt laut auf Phantasieenglisch und ist ganz gerührt. Ernsthaft gerührt. Ich drücke seine Hand. So viel verdorbenes Leben steckt in ihm, aber das macht gerade mal nix. Ich kann meinen Blick nicht abwenden von seinem lückenhaften Gebiss, den aus den Ohren sprießenden Haaren, der braunen, faltigen Hornhaut und der blutigen Ritze am Scheitel.

Auch er war irgendwann mal ein Kind Gottes.

Peter gibt wirklich alles, seine Augen glühen wie Kohlen, und er singt so laut, dass man es in der ganzen Welt hört. DEEP IN MY HEART, I DO BELIEVE. Ich atme tief ein, und es kommt mir so vor, als hätte ich mehr Blut in den Adern als vorgesehen. Meer, Holz, Salz, Mücken, verbranntes Stockbrot und dieser einzigartige Zusatzgeruch, mir pullern Tränen übers Gesicht. Ja, denke ich wieder, so ist es, wenn die Liebe Einzug hält auf Erden.

Ich weiß, dass vieles von dem, was ich gerade empfinde, Quatsch ist und reingesteigert und alles Mögliche, trotzdem ist ein kleiner Teil wahr. Ich spüre, dass ich so etwas wahrscheinlich nie wieder erleben werde, dass, wenn ich irgendwann erwachsen bin, sich mein Herz verschließen wird und ich mich mit der Erinnerung an die paar glücklichen Augenblicke von Kindheit und Jugend begnügen muss. Ich weiß, dass ich recht habe.

We shall overcome some day.

Peter schnallt seine Gitarre ab. Das wird wieder eine harte Nacht für ihn, denn nach einer kurzen Verschnaufpause heißt es mit der Stabtaschenlampe ab zum Scheißhaus und bis morgens um vier den Zeltplatz ausleuchten.

Das Massaker

O du fröhliche.

REISE, REISE!

Der Countdown läuft, drei Tage noch.

Da es wieder so heiß wie gestern werden soll, beraumt die Lagerleitung kurzentschlossen einen weiteren Badetag an. Detlef geht es gar nicht gut. Angeblich hat er die ganze Nacht gejammert. Ich habe nichts mitgekriegt, weil ich geschlafen habe wie ein Stein. Eines der wenigen Probleme, das ich nicht habe: Schlafstörungen. Für Detlef ist es sicher furchtbar, mit Verbrennungen tausendsten Grades das klamme Zelt hüten zu müssen. Andererseits: einem versalzenen Schicksal entronnen. Die Hatz hätte nicht aufgehört, und am Ende hätten sie ein mannsgroßes Salzfass gezimmert und samt Detlef in der Ostsee versenkt. Dann doch lieber bis auf die Knochen verbrannt, da wird man wenigstens von allen bedauert. Wie man's dreht und wendet, es ist echt noch bitter für ihn geworden, genau wie ich es vorausgesagt habe.

Latsch latsch, watschel watschel, schlender schlender, walz walz, die Erde saugt schmatzend an meinen Füßen.

Der Himmel ist hoch und gnadenlos.

Nur noch ein paar mit Regen gefüllte Schlaglöcher erinnern an den Dauerregen der vergangenen Tage.

Regenwürmer vertrocknen beim Überqueren des Weges.

Usw.

Das drei viertel fertige Dach von Haus Seemöwe gleißt in der Sonne, die Dachdecker präsentieren selbstverliebt ihre Traumkörper und machen wie gehabt unflätige Bemerkungen:

Dachdecker 1: «Ach, da sind ja die kleinen Ärsche wieder. Wo wollt ihr denn drauflos?»

Die Mädchen huschen ängstlich vorbei. Katrin versucht sich wegzuducken, geht nicht, ihre Glocken sind im Weg.

Dachdecker 2: «Ey, er hat was gefragt. Bleibt mal stehen, wenn Erwachsene mit euch reden.»

Dachdecker 1: «Die Titten von der Roten sind nochmal dicker geworden, harharhar.»

Die arme Katrin, davon erholt sie sich nie mehr.

Am Streberstrand ist es heiß und still. Mich wundert, dass außer uns nur so wenig Leute hier sind, egal, mir soll's recht sein. Petra und Roland verschwinden sofort in der Steilküste, der große Rest lässt sich von der erbarmungslosen Augustsonne verbrennen.

Susanne geht schwimmen, ganz allein. Es sieht zwar immer noch scharf aus, wie sie ihre Riesenglocken abkühlt, aber irgendwas ist anders. Auf unerklärliche Art hat sie einen Teil ihrer Ausstrahlung eingebüßt. Vielleicht kommt mir das auch nur so vor, weil ich innerlich mit ihr abgeschlossen habe. Irgendwie leide ich nicht mehr unter ihrer Schönheit. Oder bilde ich mir das nur ein? Man weiß es alles nicht. In drei Tagen ist die Freizeit vorbei, vielleicht hat sie ja auch Angst davor, zu Hause sofort wieder von Dieter Dorsch und dessen Wohnung und Ford Taunus und Fuchsschwanz und Pumpenschwengel in Empfang genommen zu werden.

Auch der Glanz von Tiedemann ist irgendwie verblasst. Hinter seinem zu großen Pfeffer-und-Salz-Mantel steckt einfach nichts, der Mantel behauptet etwas, was Tiedemann nicht

einlöst. In Wahrheit ist er wie Schrader, einfach nur komplett
runtergeranzt. Wenn er so weitermacht, kann es sogar noch
salzig werden für ihn auf den letzten Metern. Pfau Heiko hat
sich sofort auf sein Handtuch gelegt und lässt von allen Seiten
seinen König-Siegfried-Körper bräunen. Wie er so geil und süß
daliegt, könnte er sofort Hauptdarsteller in der Fotolovestory
von BRAVO werden. Säckeweise Post würde er bekommen:
«Heiko, du bist sooooo süß, ich würde dich gern kennen-
lernen. Wo wohnst du, und welche Hobbys hast du?»
«Du bist der süßeste Junge der Welt. Was für Musik findest
du gut?»
«Heiko, ich liebe dich. Willst du mich heiraten?»
Ja, ja, ich kann's schon jetzt nicht mehr hören.
Andreas und Ina Blankenburg stehen herum und unterhalten sich. Was haben denn die eigentlich zu bequatschen? Das
gefällt mir gar nicht. Trotzdem, Ina obenrum, Andreas untenrum: Von Andreas klebt man die obere Hälfte ab und von Ina
die untere, und dann schiebt man sie irgendwie übereinander,
so was. Ina fürs Herz und Andreas fürs Bett, fällt mir noch ein.
Sein Schwanz ist in der engen Badehose wirklich eine Zumutung, außerdem stimmen die Proportionen nicht, er sieht aus
wie eine Cartoongestalt. Eigentlich müsste Steiß eingreifen,
schon aus Eigeninteresse: «Andreas, klemm dir bitte deinen
Penis zwischen die Beine und fixiere ihn mit Paketband. Und
dort bleibt er bis zur Abfahrt.»
Ein solcher Riesenschwanz und Monsterklüten verursachen
im täglichen Leben jede Menge Probleme. Immerzu läuft man
gegen irgendwas, stößt sich oder wird getroffen. Für den Kopf
gibt es einen Helm, für die Knie einen Knieschoner, für Ellenbogen Ellenbogenschutz, fehlt nur noch ein Schoner/Schutz für
untenrum. Schoner oder Schutz? Sackschutz natürlich! Einer, der
richtig was vertragen kann. Von Gorilla. Das klingt gut. Gorilla
Sackschutz. Eine Marktlücke:

Aua aua! Zu heiß, zu kalt, zu hart, zu schnell.

Kein Tag ohne Plunkerschmerz.

Doch damit ist jetzt Schluss!

Für große, empfindliche Murmeln gibt es nun den original Gorilla Sackschutz,

in den Saisonfarben Kanariengelb, Olivgelb und Beige spezial.

Wasserdicht, reißfest und dehnbar,

absorbiert Aufprallenergie bis zu drei atü.

Einfach umschnallen und fertig.

Unauffällig bei der Arbeit, lässig beim Sport, gepflegt zum Tweedanzug.

Damit die Murmeln nicht mehr drücken – der original Gorilla Sackschutz.

Auch schon wieder genial. Zum Verrücktwerden.

Zum Mittagessen gibt es Erbsensuppe mit Wiener Würstchen aus Warmhaltebehältern. Hmmm, lecker, endlich mal was Leckeres. Die sengende Hitze scheint den meisten den Appetit verdorben zu haben, mir nicht, außerdem habe ich was nachzuholen. Ich schaffe fast drei Portionen, eigentlich asozial, aber Roland, Petra und Detlef sind schließlich nicht da, rein rechnerisch könnte ich also auch vier Portionen verdrücken, ohne jemandem was wegzufressen. Ach egal, ich mit meiner sozialen Ader wieder, wenigstens einmal in vierzehn Tagen wird man sich doch wohl mal satt essen dürfen, reinstopfen, soviel man kriegen kann, spachteln bis zum Augenstillstand, ja, ja, ja! Wenn die anderen nicht schnell genug sind oder nicht wollen oder können, selber schuld. Was Detlef wohl im Krankenzelt serviert bekommt? Leicht verdauliche Schonkost: selbstgeschnittene Fingernägel in zerlassener Butter, so was in der Art.

Den Nachtisch schaffe ich nicht mehr, egal, sowieso wieder nur irgendein Pudding, ich kann bis zum Ende meines Lebens keinen Pudding mehr sehen, und Apfelkorn sowieso nicht.

Meine Güte, wie mein Bauch schon wieder aussieht! Hört das denn nie auf? Aufgeschwollen, angeschwollen, aufgedunsen, aufgebläht, aufgeschwemmt, aufgetrieben. Voller Bauch studiert nicht gern, schwimmen auch nicht, eigentlich gar nichts. Also rücklings ab aufs Handtuch, verdauen.

Ich starre auf die unendliche Ostsee. Das Plätschern der Wellen, die Schreie der Möwen. Ich kneife die Augen zusammen: Das ist ja süß! Eine Entenfamilie, Mutter Ente, im Schlepptau ihre sechs Küken. Immer wenn die Mutter einen Schlenker macht, paddeln die Kleinen aufgeregt hinterher, als ob sie Angst hätten, den Anschluss zu verlieren. Von wegen, auf Mutter Ente ist Verlass, niemals würde sie zulassen, dass ein Küken verloren geht. Eine glückliche, kleine Familie auf hoher See. Ich wusste gar nicht, dass Enten auch auf dem offenen Meer schwimmen, ich hatte sie Teichen und Tümpeln und Seen zugeordnet. Wieder mal unauffüllbare Informationslücken. Egal. Mittlerweile haben es auch die anderen mitgekriegt:

«Kuck mal, das ist ja süß!»

Gundula.

«Die möchte man mit nach Hause nehmen.»

Rebekka.

«Die haben sicher Hunger, ich bin dafür, wir geben denen mal was.»

Karin.

Gundula und Frauke zerbröseln trockene Brötchen.

«Na komm, na komm, hier gibt's feines Happa.»

Die Entenmutter dreht bei. Vielleicht fressen sie aus der Hand!

Pick. Pick. Pick. Pick. Pick. Pick. Pick. Die sollen sich mal richtig satt essen, denke ich und rülpse.

Plötzlich kommen wie aus dem Nichts zwei riesige Erpel angeschossen und schnappen sich die Entenmutter. Der eine packt sie am Hals, der andere hintendrauf und macht brutale *Bewegungen*. Vergewaltigung! Die Ente kreischt und flattert vor Schmerzen und Panik und Todesangst. Dann tauschen die Erpel. Federn fliegen. Das wird die Ente nicht überleben. Die

Küken fiepen aus allen Rohren, mehr können sie nicht machen. Kreisch kreisch, Fiep fiep fiep. Hölle Ostmeer. Die Erpel sind vielleicht Schweine, die hören gar nicht mehr auf. Das Fiepen der Küken wird immer höher und lauter. Doch es kommt noch schlimmer: Angelockt durch das Geschnatter und Gefiepe, halten Seemöwen auf die Kampfzone zu. Steilflug und: ZACK. ZACK. ZACK. ZACK. ZACK. In Sekunden schnappen sie sich fünf der sechs Küken und verschwinden, wie sie gekommen sind. Wahnsinn. Ein Massaker.

Endlich lassen die Erpel die Ente frei und schwimmen davon, als ob nichts gewesen wäre. Die Ente ist total zerrupft, aus ihrem rechten Flügel puckert Blut, und sie ist so schwach, dass sie nur noch ganz zaghafte Geräusche von sich gibt:

«Krööösch, krööösch.»

Das Küken:

«Fiep.»

Sie finden sich nicht wieder. Die Mutter schwimmt nach rechts, das Küken verliert die Orientierung und paddelt in die offene See, das sichere Todesurteil.

Die Mädchen, die, vom Schock eingefroren, dem Inferno zugeschaut haben, brechen jetzt in lautes, hysterisches Schluchzen, Jammern, Schreien und Zähneklappern aus. Steiß und Edam, die wie ich (DLRG) tatenlos dem Schauspiel beiwohnen mussten, wissen gar nicht, wen sie zuerst trösten sollen. Die Mädchen sind nicht nur von der ungeheuren Grausamkeit von Mutter Natur geschockt, sie fühlen sich schuldig an dem Gemetzel. Stimmt ja auch. Wenn sie nur nicht gefüttert hätten! Der Badetag wird vorzeitig abgebrochen.

Leise Kriecher

Heute Abend ist abends Bunter Abend. Ein gewagter Schachzug der Lagerleitung, Psychologie, sie setzt auf Ablenkung, denn die Mädchen sind immer noch ganz fertig mit den Nerven. Ich bin auch fertig, aber eher, weil ich so schrecklich vollgefressen bin. Die verdammte Suppe liegt mir wie Blei im Magen, meine Gedärme rumoren lauter als ein Raketenmehrfachwerfer. Ein Leben ohne Magen-Darm-Trakt, mit schweinchenrosa Rosette und ewig guter Laune, das wär's.

Bunter Abend, das ist der schwammige Oberbegriff für Sketche, Pantomime, Modenschau und alles Mögliche. Wer will, kann sich mal so richtig schön zum Affen machen. Erster Programmpunkt heute Pantomime: Einer ahmt ohne Worte einen Prominenten nach, die anderen müssen raten, wer gemeint ist. Das Los trifft Tiedemann, ausgerechnet den coolen Pfeffer-und-Salz-Tiedemann. Auweia, jetzt wird's auch für ihn noch bitter, er kann sich nur blamieren. Er steht auf und macht peinliche Verrenkungen. Ich schäme mich für ihn und muss auf den Boden gucken. Nach einer Minute bricht er erschöpft ab und schaut fragend in die Runde. Betretene Stille. Grabesruhe. Eisiges Schweigen. Auf Tiedemanns Stirn bilden sich dicke Schweißperlen. Auch das noch! Wolfram

Steiß versucht zu retten, was zu retten ist: «Und, hat einer eine Idee?»

Schweigen. Stille. Ruhe. Dann Peter Behrmann, ausgerechnet Peter Behrmann:

«Roboter.» Wie dumm kann man eigentlich sein!? Prominente soll man raten, du CDU-Schwein! Tiedemann schüttelt betreten den Kopf. Die Demontage geht weiter, er muss nochmal ran. Zappel zappel, verrenk verrenk, schlotter schlotter. Er bricht ab und wartet auf Lösungsvorschläge.

Dirk Kessler: «Jimi Hendrix.»

Falsch.

Petra Teer: «Otto.»

Falsch. Steiß nötigt Tiedemann zu einem letzten Versuch. Ploinker ploinker, oink oink, friemel friemel. Tiedemann ist sich selbst abhandengekommen, jetzt bewohnt er nur noch ein schmales Reich. Steiß hat ein Einsehen:

«So, Jörg, wenn's partout keiner errät, wer sollte es denn nun sein?»

«Dieter Hallervorden.»

O nein, o nein, das hatte doch mit Hallervorden nichts zu tun! Warum hat er nicht einfach bei Jimi Hendrix genickt? Oder von mir aus bei Roboter, hätte ja eh keiner gemerkt.

Als ich dran bin, mache ich einen auf Elvis. Elvis the Pelvis, Elvis das Becken. Elvis nachahmen ist so ungefähr das Einfachste auf der Welt und wird deshalb auch nach ungefähr einer Millisekunde erraten, ein Glück, dass vor mir keiner auf die Idee gekommen ist. Mir wäre sonst nur noch Rocky eingefallen, aber wie macht man den nach außer Schwinger hauen und Haken schlagen? Und das könnte dann ja auch jeder Boxer sein. Bloß nicht drüber nachdenken, hab ich eben einmal Glück gehabt im Leben.

Die Erbsensuppe dehnt sich aus und aus und aus, und ich ahne, dass es noch eine ganz schreckliche Nacht wird.

Andreas hat die einzig gute Idee in seinem ganzen Leben

und mimt Adolf Hitler, und das gar nicht schlecht. Erstaunlich, hätte ich ihm gar nicht zugetraut. Bei den Mädchen Schauspielerinnen: Marilyn Monroe, Ingrid Steeger, Inge Meysel.

Normalerweise würden als Nächstes Sketche und so drankommen, aber die Raterei war zäh und hat elend lange gedauert, die Luft ist total raus, und Steiß erklärt den Abend für beendet. Ein Glück.

Ich versuche umzurechnen, wie viel drei Teller Erbsensuppe gewichtsmäßig sind. Ich schätze, um anderthalb bis zwei Kilo. Zwei Kilo Erbsen, Würstchen und Mehlschwitze gären seit fast acht Stunden in meinem Miniaturkörper vor sich hin, nicht zum Aushalten. Ich erwäge ernsthaft, mir einen Finger in den Hals zu stecken, aber auf dem Klo verlässt mich der Mut. Ich kann nicht, ich schaffe es einfach nicht, freiwillig zu erbrechen! Vielleicht erledigt sich das Problem über Nacht von selbst. Heilschlaf. Ich stelle mir vor, wie ich morgens aufwache, und der Schlafsack ist bis oben hin voll. Männerwindel. Das würde ich nicht überleben. Ich boxe mir ein paarmal zaghaft in den Bauch, obwohl ich weiß, dass das Schwachsinn ist.

Kaputt in Hollywood. Geiler Titel schon wieder. Detlef sagt keinen Ton und leidet vor sich hin. Andreas und der Namenlose kommen vom Zähneputzen, Andreas schließt gleich die Augen, der Namenlose kramt ein Buch heraus: *Buschfeuer* von Ivan Southall. Hab ich auch schon gelesen, ist ganz gut: Drei Jugendliche in Australien machen eine Wanderung im tiefsten australischen Busch, der eine will Kaffee kochen, in der Dunkelheit kippt der Brennspirituskocher um, rasend schnell breiten sich die Flammen aus, panisch versuchen die Jungen zu löschen, keine Chance, in letzter Sekunde können sie fliehen, haben aber das größte Buschfeuer der australischen Geschichte angezettelt.

Plötzlich zieht etwas heiß an meinen Oberschenkeln hoch. Ein leiser Kriecher! Aus dem Nichts, der hat sich einfach so gelöst, genauso gut hätte ich mir in die Hosen scheißen können. Der Kriecher brennt wie Feuer, Buschfeuer, in Wahrheit haben die Jungen im australischen Busch ihre Fürze angezündet und so den fünften Kontinent in Flammen gesetzt.

Egal, es ist Bewegung in die Sache gekommen, bald kann ich kacken. Je heißer und leiser ein Pups, desto intensiver der Geruch. Da kommt schon der nächste Kriecher hochgezogen:

Phhhhhffffffiiittt.

Ich stecke meinen Kopf unauffällig in den Sack und schnüffele. Unwahrscheinlich, ein ganz unwahrscheinlicher Gestank, das riecht wie tausend Russen. Immer diese Russen, immer dieser verdammte Krieg.

Pffffffttttt.

Ich halte den Schlafsack zu, damit der Geruch nicht entweichen kann. Es geht Schlag auf Schlag, ein Kriecher jagt den nächsten. Noch nie hat es eine derartige Konzentration schlechter Luft auf so kleinem Raum gegeben, denke ich und halte für möglich, dass ich recht habe. Mir kommt eine geniale Idee: Ich werde die Pupse ansparen, dann auf einen Schlag den Schlafsack öffnen und die Idioten volle Kanne einnebeln. Der nächste Kriecher wird von einem vernehmbaren Schnarren begleitet. Eine Mischung aus Kriecher und Schnarrer, ein Kriechschnarrer.

Ppppffffttkkkkrrr.

Der Namenlose hebt träge seinen Vampirkopf:

«Hör ma auf, du Sau do.»

Ich denke nicht daran. Wer sich so schnell provozieren lässt, kriegt richtig eingeschenkt.

Ppffftttkrrrrrrr.

«Ey, du Sau do, was soll denn das. Hö ma auf, do.»

Pfffffttkrkrkrköörrrr.

«Mann, was soll denn das, du Sau do.»

Pffttgrögrökrkrkrrrr.

«Hö ma auf jetzt, du Sau do.»

Immer nur «Du Sau do», ohne dass er sich *wirklich* aufregt, das ist wie Harald mit seinem Arschgekacke. In Wahrheit stört den Namenlosen die Furzerei überhaupt nicht, weil Kriechschnarrer zusammen mit Vogelgeschrei und dem heulenden Ostseewind ein behagliches Höhlengefühl erzeugen, so was. Außerdem riecht man ja nichts. Haha, *noch* nicht! Ich freue mich schon auf den Augenblick der Wahrheit, wenn ich mir mit einer einzigen Bewegung den Schlafsack vom Leib reißen und katapultartig aus dem Zelt schnellen werde. Burning Detlef wird es mit seinen Verbrennungen nicht rausschaffen. Verheddert in seinen Schlafsack, fällt er auf die Nase: «Hölfe, Hölfe, ich halt es nicht aus. Pastor Schmidt, Herr Pastor Schmidt, Hölfe, Hölfe, gleich kann ich nicht mehr.» Seine Hilferufe werden leiser, bis sie ganz verstummen.

Pppffftttt. Zur Abwechslung mal wieder ohne Geräusch. Nur noch mühsam halte ich die Wolke des Verderbens unter Verschluss.

PPPfffeeeehht. Die Kriecher werden immer heißer und feuchter. Die Stichflamme beim Abfackeln wäre noch in vielen Kilometern Entfernung zu sehen und würde Schiffe gegen Klippen und damit ins Verderben locken.

PPPffeeeeeeehhh.

Das Arschwasser sammelt sich in allen Ritzen und Fugen, noch drei, vier Entladungen sind maximal drin, bevor Land mitkommt. Ich bin Mr. Fart, the Fartmaster, Herrscher über die schwarzen Nebel der Ostsee.

Pffffhhheeeeetttzzz.

Das ging gerade nochmal gut. Jetzt muss ich aber echt aufpassen.

«Ey, du Sau do, hör ma auf jetzt.»

Torsten schaut mich aus gebrochenen Augen an. Ich tu unschuldig.

«Wieso, was ist denn nun schon wieder?»

«Jetzt stinkt das auch noch. Voll der Eierschiss, Alda, du bist ja schon innerlich verwest, do.»

«Ja ja, is ja gut.»

«Is ja gut, is ja gut, los, lüfte mal durch, ey.»

«Ja, gleich.»

«Nee, jetzt sofort.»

Sekunden der Entscheidung.

Pppppffffeeehhhzzzzzrrr.

«So, Alda, jetzt ist echt gut! Sofort raus!»

Es ist, als hätte ich die Griffe tausendmal geübt: Mit einer einzigen Bewegung öffne ich auf ganzer Länge den Reißverschluss, gleite mit echsenhaften Bewegungen aus dem Schlafsack und stürze aus dem Zelt.

«LOS, ALLE MANN RAUS HIER, DIE SAU DO, DIE SAU. DAS WAR'S, WENN ICH DEN ERWISCH.»

Ich fühle mich wie ein Bomberpilot im Zweiten Weltkrieg. Nachdem der die tödliche Last hat fallen lassen und nach einer Nordschleife Richtung Heimat abdreht, rasen die Bomben hinab zur Erde. Im Moment des Aufpralls wird der komplizierte Zündmechanismus ausgelöst.

Doch da steige ich schon die Stufen zur Baracke hinauf. Sagenhaft, wie alles geklappt hat, das hätte ein einzelner Mensch gar nicht besser ausrechnen können.

«Na?», sagt der dumme Peter, und ich antworte:

«Na?!»

Ein beherzter Pressschub, dann ist die Sache erledigt. Bravo, guter Stuhl riecht neutral und beschmutzt den After nicht, fällt mir wieder ein. In einer Ecke finde ich traurige Überreste einer blaugrünen Seife, angelaufen, rissig, stumpig, liegt bestimmt schon seit den Fünfzigern hier. Die Rosette wird trotzdem sauber. Was nun? Ins Zelt traue ich mich noch nicht, vielleicht haben die was Fieses ausgeheckt und warten schon auf mich.

Ich gehe an den Strand. Das Meer ist glatt und ruhig, die Mondscheibe käsig, bleich und beschlagen. Das einzige Licht kommt vom Glimmen einer Zigarette. Ich warte ein paar Minuten, dann wird die Zigarette weggeschnippt. Vielleicht Schrader.

Könnte aber auch jeder andere gewesen sein, sind schließlich alles Raucher hier.

Noch zweimal schlafen, dann war's das mit der Freizeit, für immer und ewig, flüchtig und bedeutungslos, irgendwann ist sowieso alles vorbei, und ein ewiges Leben kann ich mir nicht vorstellen, ich würde gern, aber ich kann's nicht, ich kann's einfach nicht! Scharbeutz 1977, bald schon wird sich niemand mehr daran erinnern. Wir werden nie wieder in der gleichen Besetzung zusammenkommen! Pastor Schmidt geht in Rente! Herr Schrader stirbt! Susanne Bohne heiratet!

Flüchtig und bedeutungslos, wie die Bundesjugendspiele 1972, als ich im Weitwurf siebzig Meter geschafft habe: Ich laufe an, hole mächtig Schwung und zieh ab: Der Ball zischt los und fliegt und fliegt und fliegt und will gar nicht mehr runterkommen, ein «Ohhh …» liegt in der Luft. Als er schließlich nach exakt siebzig Metern den Boden berührt, applaudieren ein paar der Umstehenden. Einer der Schiedsrichter hat mich freundlich angelächelt, als er mir die Urkunde überreichte, auf der es schwarz auf weiß geschrieben stand, doch bereits nach wenigen Stunden ist die Erinnerung an meinen Meisterwurf von anderen herausragenden Leistungen verdrängt worden. Vielleicht haben sich einige Klassenkameraden noch ein paar Tage später an meine übermenschliche Leistung erinnert, spontan, kurz vorm Einschlafen: «Bei den Bundesjugendspielen hat Torsten doch so weit … chchrrrr.» Heute bin ich der Einzige, der die Erinnerung an meinen Meisterwurf hütet wie einen kostbaren Schatz. Und wenn ich tot bin, geht dieses Wissen endgültig verloren. Daran muss ich wirklich oft denken, ein höchst hartnäckiges Bild.

Dauernd versuche ich mir einzelne Sätze zu merken, für die Ewigkeit. Wie den, den vor ein paar Tagen Diakon Steiß vor der italienischen Eisdiele gesagt hat: «So, wer ein Eis essen will, der soll das tun, ansonsten könnt ihr machen, was ihr wollt.» Diesen Satz werde ich bewahren, gerade weil ihm keinerlei Bedeutung zukommt und er weder witzig noch klug oder sonst was ist.

Leises Gemurmel nähert sich. Ich verstecke mich hinter einer Düne. Wer ist das, wem gehören die Stimmen? Leider kann ich nichts sehen.

«Lies doch mal vor.»

Wolfram Steiß!

«Meine Liebe ist wie Tau, der sich morgens auf deine Augen legt, der von deinen Lippen abperlt. Meine Liebe ist wie ein Sandkorn, das den weiten Weg zu dir geweht ist, sich vom Wind tragen lässt und darauf vertraut, sich in deinen Haaren zu verfangen.»

Die Stimme gehört Rebekka, mit der ich insgesamt keine zehn Sätze gesprochen habe. Sie gehört zu denen, die irgendwie dabei sind kaum sind sie weg, hat man sie schon wieder vergessen. Rebekka ist total langweilig und hat jetzt schon Hängetitten.

«Meine Liebe ist unendlich, sie wird nie versiegen, es ist Verlass auf sie, sie soll dich trösten, soll dich auffangen. Meine Liebe ist ruhig, sie braucht keine Aufregung, denn sie ist aufregend und zärtlich zugleich. Sie ist das Bett, in das du dich legen kannst, die Decke, die dich wärmt, im Sommer leicht, im Winter schwere Daunen, meine Liebe ist … usw.»

Ende. Schweigen.

Sagenhaft, was für ein Schrott.

Andächtige Stille. Hat er's doch noch geschafft, der Sausack.

Nach einer weiteren Schweigeminute murmelt Steiß:

«Das gefällt mir gut. Das gefällt mir sogar sehr gut.»

O nein, o nein, o nein. Rebekka, die dumme Nuss, merkt nicht, dass sie nach Strich und Faden verarscht wird. Wie auch, das «Gedicht» stammt schließlich von ihr.

«Soll ich noch eins vorlesen?»

«Ja, gern.»

Ich habe das Gefühl, als würde er ihr gerade übers Haar streichen oder ihr einen Arm um die Schultern legen, so was.

«Gott und ich. Wer ist Gott? Wer bin ich? Bin ich durch Gott? Ist Gott durch mich? Bist du Vater? Bist du mein Vater? Wo finde ich dich, mein Gott?»

Und so weiter.

Noch dämlicher als das Erste, obwohl das ja eigentlich nicht geht. Dies ist also die Steiß-Masche!

«Weißt du, das gefällt mir sehr gut. Wie lange schreibst du schon?»

«Schon immer. Seit ich ein kleines Mädchen war.»

«Weißt du, du solltest weitermachen.»

Jeden verdammten Satz beginnt er mit «weißt du». Ekelhaft. Er spricht selbstherrlich leise und monoton, um seiner Bumsstimme eine beschwörende Note zu verleihen. Beschwörend und geil. Scheint zu klappen, ich kann körperlich spüren, wie sie sich näher kommen. Seine gierigen Hände schieben den Norwegerpulli nach oben, er vergräbt seinen filzigen Vollbart zwischen ihren duftenden Hängeglocken und knetet ihr die schlaffen Oberschenkel. Rebekka bebt von Kopf bis Fuß vor Verlangen, weil die Wahl sonst nie auf sie fällt. Sie wird ihm alles geben, fast. Alles würde er nur von Karin bekommen.

Wahrscheinlich haben Edam und Steiß sich abgesprochen, Edam deckt Steißens Schweinigeleien, und Steiß deckt Edams Alkoholsucht. Egal, sollen sie doch. Ich schleiche mich davon.

Im Zelt ist es totenstill. Riechen tut man auch nichts. Schade eigentlich. Na ja, na ja. Ich nehme mir vor, mich morgen zu entschuldigen.

Ich lege mich hin und bin so traurig wie nie zuvor in meinem Leben. Alle dürfen sie selbst sein, nur ich nicht. So geht das nicht weiter, in einem halben Jahr werde ich siebzehn. Und irgendwann achtzehn und zwanzig und fünfundzwanzig und dreißig. Dreißig, unvorstellbar. Wenn ich nun für immer klein bliebe? Man kann als Zwerg hundert Jahre alt werden ohne Geschlechtsverkehr, aber ein Riese ist nach zwei Wochen ohne Scheißen tot. Ja, das ist die Wahrheit. Ach ach ach.

Elvis

Elvis Presley ist tot.

Bereits gestern ist er gestorben, daheim in Graceland. Es hat einen ganzen Tag gebraucht, bis sich das bis nach Scharbeutz rumgesprochen hat, Pastor Schmidts Stimme zittert, als er uns die Nachricht gleich zu Beginn der Andacht nach *Ein Schiff, das sich Gemeinde nennt* mitteilt. Die Erwachsenen können es gar nicht fassen, es ist, als hätte man ihnen den Verlust eines nahen Angehörigen beigebracht. Selbst Herr Schrader ist so geschockt, dass er sich ungeniert am dicken Arsch kratzt und durch seine rauchvermoosten Vorderzähne tonlos vor sich hin pfeift. Fiedlers schwanken unruhig hin und her, Korleis' knochiges Gesicht ist hinter der hässlichen Brille noch papierhäutiger geworden.

Mit eingedunkelter Miene sagt der Pastor das nächste Lied an: *Herr, deine Liebe.* Ob irgendein Zusammenhang zwischen dem Text und Elvis' Tod besteht? Mir fällt auf, dass ein Knopf von Pastor Schmidts Oberhemd in zwei Hälften auseinandergebrochen ist. Vielleicht hat er ja seine Frau bei einem Elvislied zum ersten Mal geküsst. *Heartbreak Hotel. Love Me Tender. Can't Help Falling in Love.*

Elvis tot, das geht doch irgendwie gar nicht, Elvis, Elvis

Presley. Ich habe einen Kloß im Hals, wässriger Rotz läuft mir aus der Nase, das Blut pocht wie verrückt in der Höhlung meines Handgelenks. Die ungeheuerliche Nachricht erschüttert mich bis ins Mark, obwohl ich nicht recht weiß, warum, denn ich war kein Elvis-Fan und habe nicht eine einzige Platte von ihm. Als er seine größten Erfolge feierte, war ich noch zu klein, meine erste Single war von den Lords, und so ab zwölf habe ich mich ausschließlich für Deep Purple und Uriah Heep und Nazareth interessiert. Elvis war so egal, dass ich mir noch nicht einmal Gedanken darüber gemacht habe, ob er cool oder uncool ist. Für mich war er ein übergewichtiger, schwitzender, älterer Typ in weißen Las-Vegas-Quatschanzügen, Überbleibsel einer vergangenen Zeit, einer, den die Eltern gut finden und dessen Musik schon längst keine Rolle mehr spielt. Außerdem hat er nicht einen einzigen Song selbst komponiert, in lächerlichen Idiotenfilmen mitgespielt und bei jeder Gelegenheit die amerikanische Flagge geschwenkt. Ich hab das alles nie verstanden, und es hat mich auch keinen Funken interessiert.

Und jetzt steht die Welt still, so kommt's mir jedenfalls vor.

Plötzlich glaube ich zu wissen, warum: Elvis hat jenseits von schlechten Filmen, geschmackloser Kleidung und verstaubten Hits etwas *bedeutet*, er war ein guter Geist, der dafür sorgte, dass die Welt sich weiterdreht, er war der erste und größte Rock- und Popstar der Welt, der größte Pop- und Rockstar aller Zeiten, es wird nie wieder einen geben wie ihn, so wie es auch nie wieder eine Band wie die Beatles geben wird. Aber sogar die Beatles, die alle ihre Songs selbst geschrieben haben, stehen unter Elvis. John Lennon hat eine Lederjacke getragen, auf deren Rückseite in riesigen Lettern ELVIS stand, eine Spezialanfertigung, John Lennon hat sich vor Elvis verneigt, und die ganze Welt sollte es wissen. Elvis hat nicht nur so getan, als wäre er der King, er war es wirklich. Und ein König setzt Maßstäbe, nach denen sich alle anderen zu richten haben, lächerliche Würmer wie die Rolling

Stones oder Pink Floyd oder Grateful Dead oder Deep Purple
oder Uriah Heep oder Nazareth.

Wie soll es jetzt bloß weitergehen?

Während des Frühstücks sickern immer mehr Details über die
Umstände seines Todes durch: Mutterseelenallein soll er in
seinem Badezimmer krepiert sein, den Bauch aufgebläht von
Tabletten, Burgern und vertrockneter, alter Scheiße. Der King
an Verstopfung gestorben, wimmernd verendet, kann man sich
nicht vorstellen, kann sich kein Mensch vorstellen! Wie er sich
die ganzen Jahre gequält haben muss. Wenn einer ein Lied davon
singen kann, dann ja wohl ich! In seinem weißen Karateanzug,
den Hosenboden braun von Scheiße, hat er über der Kloschüs-
sel gekniet und war bereits zu schwach, um noch Hilfe zu rufen.
In seinen letzten Minuten konnte er wahrscheinlich gar nicht
glauben, dass es *das* jetzt tatsächlich gewesen sein soll.

Bimmel bimmel. Badezeit. Die Erwachsenen versammeln
sich am Strand, eine stille Feierstunde zu Ehren des Kings,
Totenmesse an der Ostsee. Selbst die Vögel haben zu schnattern
aufgehört. Stimmt natürlich nicht, aber egal. Schrader sitzt
zusammengesunken auf der Bank und raucht eine LUX nach
der anderen. Was für ein Verhältnis *er* wohl zu Elvis hatte?

Ich blicke in den tiefhängenden Himmel. Irgendwo da oben
ist Elvis, aufgestiegen, befreit von den Qualen der irdischen
Existenz, erlöst von Erfolgsdruck, Colonel Parker und Verstopfung.

Tiedemann behauptet, Elvis wäre ermordet worden. So ein
Scheiß. Typen wie Tiedemann behaupten immer, dass alles
Komplott und Verschwörung und Mord sei.

Die Erwachsenen haben das Radio angestellt, um einer Son-
dersendung zum Tod von Elvis zu lauschen. Blablabla. Erdnuss-
bauer Jimmy Carter meint, der Tod von Elvis habe das Land eines
wichtigen Teils seiner selbst beraubt. Da hat er recht. Weniger
recht hat er mit seiner Behauptung, Elvis habe wie kein anderer

die Vitalität, das Rebellentum und den guten Humor der vereinigten Staaten verkörpert. Humor? Hä? Wo haben die Kackamerikaner denn Humor? Das letzte Witzige aus Amerika waren Dick und Doof, und das ist ja echt wohl grad mal lange her.

Es beginnt zu regnen. Roland, Tiedemann, Heiko und ich sitzen in Heikos Zelt und spielen Doppelkopf. Und das am helllichten Tag, am letzten Tag.

Die Henkersmahlzeit besteht aus brackigem Hühnerfrikassee mit Klumpreis, Nachtisch Schokopudding mit Hautschichten. Pampiges Essen, verdickte Stille, niemand sagt was. Detlef ist so weit hergestellt, dass er wieder regulär an den Mahlzeiten teilnehmen kann. Ganz schmal und durchsichtig sieht er aus, und noch krüppeliger als sonst. In einem Affenzahn schaufelt er seine Portion weg, ohne nachzusalzen, dabei hat er gar nichts zu befürchten. DEN SALZIGEN gibt's nicht mehr, der Gag ist durch, jetzt sowieso. Um was zu sagen, behauptet Andreas, Elvis habe vorgehabt, zukünftig Hardrock zu machen. Ach, halt doch dein Maul.

Von den Erwachsenen ist bestimmt die Hälfte auf den Zimmern geblieben, selbst der Pastor fehlt. Mittagessen ohne Pastor Schmidt, wo gibt's denn so was? Verstehe ich nicht, der Pastor muss doch schon von Amts wegen zu den Mahlzeiten erscheinen, gerade in schweren Stunden.

Schrader hat sich den Teller bis oben hin aufgefüllt, rührt das Essen aber nicht an. Er hockt da wie ein Ölgötze, macht Wichsbewegungen an seinem Messer und stiert mit kleinen Augen aufs Meer. An seinem Dreifachkinn glänzt eine Rinne eingetrockneten Fetts. Woher kommt die denn nun schon wieder. Immer nur bekleckert, beschmutzt, verschmiert, klebrig. Die Unlust weiterzuleben reicht zum Sterbenwollen nicht aus.

Pladder pladder. Es schüttet mittlerweile wie aus Eimern. Der grauschwarze Himmel hängt tief über der Ostsee, eine bedrohliche, dichte Masse, wahrscheinlich hört es überhaupt nie mehr auf zu regnen. Na ja, alles besser als Sonne. Ich fühl mich bei Regen sowieso wohler, am schlimmsten ist es im Frühjahr, wenn alles blüht und keimt und ich das Gefühl habe, mit dem Zyklus der Jahreszeiten nicht mithalten zu können. Echt schlimm ist das. Notes of a Dirty Old Man.

Diakon Steiß erhebt sich und klopft mit der Gabel an eine Tasse, als wolle er eine Tischrede halten:

«Vielleicht hat sich der eine oder andere darüber gewundert, dass Pastor Schmidt nicht da ist. Leider befindet er sich zurzeit im Krankenhaus. Keine Angst, es ist nichts Ernstes, etwas mit dem Magen, aber die Ärzte wollen ihn ein, zwei Tage zur Beobachtung dabehalten. Wir müssen also ohne ihn zurückfahren. Wie gesagt, macht euch keine Sorgen, und das meine ich auch so, das ist eine reine Vorsichtsmaßnahme. Allerspätestens Anfang nächster Woche ist er wieder bei uns.»

Wieder bei uns, wie das klingt. Die Nachricht gibt mir den Rest. Elvis tot, Pastor Schmidt im Krankenhaus, DER SALZIGE bis auf die Knochen verbrannt.

Es gibt kein Nachmittagsprogramm, wegen Pastor Schmidt und wegen des Sauwetters und Elvis und weil es der letzte Tag ist. Die Jugendlichen verteilen sich auf Zelte und Aufenthaltsraum, die Erwachsenen haben sich mit Ausnahme von Herrn Schrader und den Fiedlers auf ihre Zimmer zurückgezogen oder sind sonst wo. Vielleicht kommen sie ja am Abend runter, um im Fernseher Näheres über die Umstände von Elvis' Tod zu erfahren.

Ich bin unfähig, mich abzulenken, und bleibe sitzen. Frau Thieß wischt mit einem feuchten Stinkeschmuddellappen die Tische ab. Die Arme, ich wusste nicht, dass sie neben der Kocherei auch noch Hiwitätigkeiten verrichten muss. Sie macht einen erschöpften Eindruck, die Haare sind wirr und strähnig, ihre Hände runzlig wie Datteln. Ob ihr schon jemand gesagt hat, dass Elvis gestorben ist?

Frau Thieß wischt gleichmäßig wie ein Scheibenwischer. Gierig saugt sich das Tuch mit verschüttetem Tee, Schokoflecken, Reiskrümeln und Frikasseepfützen voll. Sie wringt es in einem Eimer mit trübem, schmutzgesättigtem Wasser aus, Schweißrinnsale kriechen in Richtung Augenbraue, zum Schluss geht sie noch mit einem Papierhaushaltstuch über die Tische. Saugetücher, denke ich, ein viel besseres Wort als Haushaltstücher. Ich schaue aus dem Fenster. Ostseeblick. Vom Meer grollender Donner, der sich bricht, das Echo mischt jeden Schlag in den nächsten.

Ich bin müde und fröstelig. Es gibt keinen Anspruch auf Glück, und mir kommt es so vor, als würde das Leben einfach so vorübergehen, ohne dass noch etwas Entscheidendes passiert. Ich denke wieder an die Bundesjugendspiele. Siebzig Meter, siebzig Meter, kein Mensch erinnert sich mehr an meinen Meisterwurf, und spätestens zehn Jahre nach meinem Tod wird sich auch an mich niemand mehr erinnern. An gar nichts. Thorsten Bruhn? Nie gehört, nichts wird bleiben, kein Fussel, kein Fitzelchen, ich werde vergessen werden, getilgt, ausgelöscht, wie Onkel Johnny und Oma Änne.

Ich bin wahrscheinlich der *jüngste* Mensch überhaupt, der sich noch an Johnny und Änne erinnert. Wenn ich tot bin, weiß man noch nicht einmal mehr, dass sie überhaupt gelebt haben. Daher ist es meine verdammte Pflicht und Schuldigkeit, dafür zu sorgen, dass man ihnen ein Andenken bewahrt.

Sie haben es verdient, weil sie mehr Gutes als Scheiße in die Welt hinausgetragen haben. Am Ende geht es ausschließlich darum: mehr Gutes als Scheiße in die Welt hinausgetragen zu haben. Insofern sind sie viel wichtiger, als es vielleicht scheint, abgesehen davon, dass sie entscheidend zu meiner glücklichen Kindheit beigetragen haben. Viele Jahre durfte ich sie an den Wochenenden und in den Ferien in ihrem Häuschen auf dem Land besuchen, mit dem Nahverkehrszug: Hittfeld, Klecken, Buchholz, Sprötze, Tostedt. Dann weiter an den Bahngeleisen entlang nach Todtglüsingen, halbe Stunde Fußmarsch. Hunde, Katzen, Wälder, Bäume, Blumen, Pferde, Schweine, Teiche, Bauernhöfe, Baumhäuser, Höhlen, und vor dem Einschlafen habe ich den von ferne ratternden Zügen gelauscht. Der arme Onkel Johnny, seit drei Jahren ist er tot, und ich war noch nicht mal auf seiner Beerdigung. Oma Änne ist im Oktober gestorben, und der Scheißpastor hat bei der Trauerrede sogar ihren Nachnamen falsch ausgesprochen! Ach je. Irgendeine Geschichte müsste man sich ausdenken, die zwar nicht wahr zu sein braucht, aber trotzdem stimmt:

Onkel Johnny war mein Großonkel. Immer wenn er uns besuchen kam, freute ich mich wie Bolle und konnte es kaum abwarten, bis er endlich mit seinem ockerfarbenen Kadett B angebraust kam. Er kurbelte die Scheibe herunter und drückte mir ein Fünfzig-Pfennig-Stück in meine schwitzenden, dünnen Händchen. «Aber nicht im Puff verjubeln», dröhnte der Koloss und lachte, dass der Kleinwagen vibrierte. Onkel Johnny war ein Schrank von einem Mann, seine Beine waren groß wie Straßenlaternen. «Die Beine sind die Visitenkarte eines Mannes», sagte er immer. Alles an Onkel Johnny war groß. Die riesigen Hände sahen aus wie Lkw-Reifen, und seine Füße hatten die Größe von Eigentumswohnungen, so kam es mir als Kind jedenfalls vor. Wenn er beim Lachen seinen Mund weit aufriss, sah man große Mengen Essensreste, die sich zwischen seinen mächtigen Hauern festgesetzt hatten. Als er bemerkte, wie ich ihn beobachtete, nahm er mich fest in den Arm und sagte augenzwinkernd: «Geh, Junge, als Mann musst du immer deine Speisekammer mit dir führen.» Das leuchtete mir ein, und auch ich versuchte, möglichst viele Reste in meinem Mund zu behalten. Onkel Johnny war von solch übermenschlicher Präsenz, dass vor ihm selbst die Tierwelt in Habtachtstellung ging. Im Spätsommer, wenn die Wespenplage begann und alle anderen Menschen wild um sich schlugen, blieb der Gigant ruhig wie ein Hinkelstein sitzen; nie hätte ein niederes Insekt es gewagt, den mächtigen Mann zu stechen. Manchmal und nur so zum Spaß schnellte seine riesige Pranke durch die Luft, und wenn er sie öffnete, befanden sich darin zerquetschte Wespen, Fliegen und Hornissen, manchmal auch ein kleiner

Vogel. Ich bewunderte ihn zutiefst und hätte alles darum gegeben, so zu sein wie er.

Onkel Johnny war Mitte sechzig, sein ganzes Leben hatte er allein wie ein Einsiedlerkrebs als Sattlermeister in seinem Hexenhäuschen auf dem Land verbracht. Doch plötzlich nahm sein Leben eine unerwartete Wendung: Seine Cousine Änne war nach dem Tode ihres Mannes das Stadtleben endgültig leid. Da Johnny und sie sich immer gut verstanden hatten, schlug Änne vor, zu ihm zu ziehen. Onkel Johnny war wie vom Schlag getroffen. Zusammenwohnen, und dann noch mit einer Frau? Doch nach ein paar Wochen fand er Gefallen an dem Gedanken und willigte ein. Kurz darauf zog Änne mit Sack und Pack in sein Hexenhäuschen. Die beiden älteren Herrschaften verstanden sich hervorragend. Jeden Tag verbrachten sie zusammen, sie tranken Tee oder Kaffee, gingen spazieren, plauderten wie die Waldspatzen, und am Wochenende unternahmen sie Ausflüge im Kadettauto.

Nach einem halben Jahr verliebte sich Onkel Johnny in Oma Änne.

Es war das allererste Mal in seinem Leben. Er wusste überhaupt nicht, wie er damit umgehen sollte, und beschloss, es für sich zu behalten, weil er dachte, es würde bald wieder vorbeigehen. Aber das Gegenteil trat ein: Mit jedem Tag liebte er sie mehr. Er konnte nicht mehr richtig essen und schlafen und lachte auch nicht mehr so laut, um die geliebte Person nicht zu erschrecken. Er schälte Kartoffeln, goss Blumen und tat noch andere Dinge, die früher undenkbar gewesen wären. Schließlich hielt er es nicht mehr aus und gestand Änne seine Liebe, wobei er fest damit rechnete, dass sie ihn auslachen und so schnell wieder ausziehen würde, wie sie eingezogen war. Doch auch Oma Änne empfand große Zuneigung für den mächtigen Mann. Sie sprach beruhigend auf ihn ein und tätschelte die riesigen Pranken des zwei Meter zwei großen Sattlermeisters. Alles hätte nun gut werden können, aber dann veränderte sich Johnny: Er wurde oft krank, war schon am Vormittag müde und verlor in kurzer Zeit zwanzig Kilo.

Die Liebe war zu stark für ihn. Sie hatte ihn komplett überwältigt und aus seiner soliden Onkel-Johnny-Verankerung herausgerissen. Änne beobachtete die Entwicklung mit großer Sorge und musste hilflos mit anschauen, wie Johnny verzweifelt versuchte, seiner Gefühle Herr zu werden und wieder auf die Beine zu kommen. Tagsüber ging er jetzt immer öfter in seine verwaiste Werkstatt und bastelte irgendwas, abends saß er neben Änne auf dem Sofa, massierte ihre Füße, kraulte sie am Nacken und schaute sie stundenlang an. Diese Liebe war zu viel für einen einzigen Menschen, sie hätte für eine ganze Kompanie deutscher Landser im Zweiten Weltkrieg ausgereicht. Der mächtige, stolze Mann war gleichsam auf einer Eisscholle ins Meer hinausgetrieben, und nichts auf der Welt konnte ihn von dort zurückholen. In tiefster Not saß Onkel Johnny nun manchmal tagelang in der leeren Sattlerei, ohne ein Wort zu sprechen. An einem kalten Januartag verschwand er und wurde nur durch Zufall zwei Wochen später in einem kleinen Wäldchen ganz in der Nähe des Hauses gefunden. Nach seiner Genesung wurde er in ein Pflegeheim verbracht, in dem er bis zu seinem Tode lebte. Oma Änne besuchte ihn, sooft sie konnte. Sie verbrachte ganze Tage an seinem Bett, streichelte seine Hand, küsste ihn auf die Stirn und sang ihm Lieder vor. Johnny schaute Änne dabei die ganze Zeit aus diesen unendlich liebevollen Augen an, und die beiden Alten weinten zusammen. Die Liebe war zu spät gekommen, um ihnen noch Glück zu bringen.

Ich gehe ein letztes Mal an den Strand. Das Gewitter ist weitergezogen, aber kühl ist es geworden, sehr kühl sogar. Was wird eigentlich mit dem übriggebliebenen Saufkram? Wer nimmt was mit? Werde ich Heiko wiedersehen? Oder Roland? Wie geht's mit Tiedemann weiter, macht er seine Ankündigung wirklich wahr und zieht mit den Deadheads mit? Und Susanne, läuft da vielleicht doch noch was irgendwann? Ich werde einfach so lange warten, bis sie verblüht ist, in zehn, zwanzig Jahren, dann bin ich am Drücker. Das Äffche! Von wegen. Ausgewachsen. Klarer Blick, volle Haare, stattliche Figur. Wenn ich dann ihr hefiges Backengesicht in meinen Händen halte und ihre vertrockneten Lippen küsse, denke ich an damals zurück, vielleicht funktioniert so was ja, dass man sich in ein früheres Bewusstsein zurückversetzen kann. Fragen über Fragen.

Badezeit fällt aus.

Andacht.

Essen.

Schlafen.

Ich bringe Tiedemann die Bukowskibücher zurück, dann stoßen Heiko und Roland zu uns, und wir unterhalten uns. Niemand sagt etwas Verbindliches, von wegen dass es ganz toll war, Versprechungen, Verabredungen, Schwüre, nichts. Nach einer Stunde löst sich die Runde auf, wahrscheinlich für immer. Na ja, vielleicht auch nicht; wenn zu Hause die Stimmung wieder besser ist, treffen wir uns sicher mal alle Mann hoch und reden über alte Zeiten.

Die Spastis ratzen schon. Ich verstehe das nicht: Wie kann man am letzten Abend bereits um zehn im Schlafsack liegen und pennen, als ob nicht geschehen wäre?

Mitten in der Nacht wache ich schweißgebadet auf. Ich hatte einen ganz schlimmen Traum, es ging um unser Hochhaus, die elende Zementnutte. Es steht in hellen Flammen, Feuerfontänen schlagen aus den Fenstern, eine pechschwarze Rauchsäule hängt über dem Gebäude. Ich habe mich retten können, stehe nun auf der Straße und glotze nach oben. Da sind ja noch Menschen! Verzweifelt rennen sie in ihren ausgebrannten Wohnungen hin und her und hangeln sich über die Balkone in die Nachbarwohnungen. Einen Mann verlassen dabei die Kräfte, und er stürzt mit einem entsetzlichen Schrei in die Tiefe.

Mein Trainingsanzug ist klitschnass, meine Haare auch, und am ganzen Körper verspüre ich einen gewaltigen Juckreiz. Ich kratze mich wie ein Verrückter und reibe meinen Rücken an der Matratze. Jetzt bin ich in der allerletzten Nacht auch noch krank geworden! Grippe, Mittelohrentzündung, irgendein Virus, hoffentlich nehmen sie mich morgen wegen der Ansteckungsgefahr überhaupt mit. Vielleicht muss ich ja auch ins Krankenhaus zu Pastor Schmidt. Wegen der starken Gliederschmerzen tippe ich auf Sommergrippe. Und nun? Um mich herum ruhiges und gleichmäßiges Atmen. Ich schaue auf die Uhr, erst Viertel vor vier, meine Güte. Ich zieh mir die klamme Hose runter und versuche mich in den Schlaf zu wichsen, schupper schupper, reib reib, pump pump. Bringt weder Spaß noch Ablenkung, es juckt und zieht und brizzelt und reißt, wie soll ein einzelner Mensch das nur aushalten? Verzweifelt drehe ich mich von der rechten auf die linke Seite und wieder zurück, auf den Bauch, auf den Rücken. Mich friert, ich muss unbedingt aus den nassen Klamotten raus. Leise stehe ich auf und wechsle die Sachen. Für den Schlafanzug ist es viel zu kalt, in ein paar Stunden geht's los, da kann ich mir auch gleich meine normalen Klamotten anziehen. Dann lege ich mich wieder hin, vielleicht kann ich ja nochmal einschlafen. Im rechten Fuß erwischt mich eine mächtige Juckattacke, er zuckt wie ein frischgefangener Aal oder ein anderer Fisch. Der nächste Anfall am Kopf, ich kratze mit beiden Händen wie ein Irrer, es kommt mir unnatürlich laut vor, bestimmt habe ich mich blutig geschuppert. Was ist das eigentlich jetzt schon wieder für eine Quälerei? Vielleicht wird's ja besser, wenn ich mich wasche.

Die Baracke ist dunkel und wulstig. Peter Edam ist nicht mehr auf seinem Posten, wozu auch? Während ich splitterfasernackt vor der modrigen Waschrinne stehe, bekomme ich einen Steifen, obwohl ich friere wie ein Schneider. Eine Morgenlatte, hat nichts mit Geilheit zu tun, ich muss einfach nur tierisch pissen. Ah, waschen tut gut. Zur Sicherheit schmiere ich mir noch eine Ladung Nivea in die Kimme, bereit zur Abfahrt, denke ich, und lache bitter und menschenverachtend. Der Juckreiz ist abgeklungen, dafür sind die Schmerzen stärker geworden. Ganz komisch fühlt es sich an, ich kann mich nicht erinnern, jemals unter solch seltsamen Schmerzen gelitten zu haben. Er sitzt überall und nirgends, in Armen, Beinen, Bauch, Nacken, Knochen, Rücken, Hals, Füßen, unmöglich, das zu orten.

Ins Zelt kann ich nicht, da werde ich ja verrückt. Also gehe ich an den Strand. Die Vögel plärren und fiepen und schreien und krächzen in einer ohrenbetäubenden Lautstärke, als wollten sie mich warnen oder irgendwas sagen. Erlösungsgeflüster, denke ich und weiß nicht, was das soll. Es ist so kalt, dass ich kurze Sprints einlege, um mich aufzuwärmen, ein paarmal falle ich hin.

Es wird schon wieder hell. Dann kann ich auch gleich aufbleiben, und wer weiß, ob nicht etwas Schlimmes passiert, wenn ich mich wieder hinlege und einschlafe.

Heiße und kalte Schauer rieseln mir über den Rücken, ich glühe vor Aufregung, mein ganzer Körper juckt und brizzelt und reißt und zerrt, als würde ich auseinandergezogen. Und dann dämmert es mir.

Das ist es, das muss es sein!

Regungslos sitze ich im feuchten Sand und werde ganz still. Endlich ist es so weit. Ich wachse.

Heinz Strunk

Die Zunge Europas

Rowohlt gebunden
ISBN 978 3 498 06398 6

Sieben Tage im Leben des vierunddreißigjährigen Markus Erdmann; es ist die letzte Woche eines brutalen Hitzesommers. Sie beginnt, wie stets, mit dem Besuch bei den Großeltern in der «Käfersiedlung». Oma kocht Markus was Schönes. Großvater wird zusehends senil. Aber nicht nur sonntags herrscht bei Markus Routine. Auch in seiner, na ja, Beziehung zu Sonja ist alles Feuer erloschen.

Sein Geld verdient er als Gagschreiber. Meist für Phillip, einen Comedian, der auch schon bessere Tage gesehen hat. Markus soll es richten, denn so gut Phillip auf der Bühne ist, Humor hat er keinen. Dafür Erfolg bei den Frauen, aber das bedeutet ihm nicht viel. Markus auch nicht, aber der hat ja auch keinen Erfolg. Dann trifft Markus im Zug Janne. Die ist mit ihm zur Schule gegangen und spielt in einer ganz anderen Liga. Trotzdem scheint sie sich für ihn zu interessieren. Kann sie Markus aus dem ganzen Elend retten? Oder eher Onkel Friedrich, der legendäre Kaffeekoster aus dem Hamburger Freihafen, den sie «die Zunge Europas» nennen?

Wie schon in seinem ersten Buch «Fleisch ist mein Gemüse» schreibt Heinz Strunk mit drastischem Humor und echtem Mitgefühl vom großen Schmerz im kleinen Leben.

Heinz Strunk

Fleisch ist mein Gemüse
Eine Landjugend mit Musik

rororo 23711

Wie es ist, in Harburg aufzuwachsen, das weiß Heinz Strunk genau. Harburg, nicht Hamburg. Mitte der 8oer ist Heinz volljährig und hat immer noch Akne, immer noch keinen Job, immer noch keinen Sex. Doch dann wird er Bläser bei Tiffanys, einer Showband, die auf den Schützenfesten zwischen Elbe und Lüneburger Heide bald zu den größten gehört. Aber auch das Musikerleben hat seine Schattenseiten: traurige Gaststars, heillose Frauengeschichten, sehr fettes Essen und Hochzeitsgesellschaften, die immer nur eins hören wollen: «An der Nordseeküste» von Klaus und Klaus.

«Der Mensch ist kein Beilagenesser.» Die Geschichte der hässlichsten Schützenfestband Norddeutschlands – ein tränentreibendes Erinnerungsbuch. Der Roman wurde fürs Kino verfilmt.

Strunk bei tacheles!

Fleckenteufel

UNGEKÜRZT

4 CDs 19,95 €

Die Zunge Europas
UNGEKÜRZT

Fleisch ist mein Gemüse
UNGEKÜRZT

Der Schorfopa
Kurzhörspiele Vol. 2

Mit Hass gekocht
Kurzhörspiele Vol. 1

www.roofmusic.de

 tacheles! Hörbuch & Kabarett bei ROOFMUSIC